INGRID ASTIER

LA VAGUE

EQUINOX
LES ARÈNES

Pour Tita et Christian Robert
Tim McKenna
Michaël Vautor
Peva Levy et Benoît Beliaeff
... Parce que tout rêve mérite d'être vécu.

Tahiti
TAHITI NUI
TAHITI ITI
Pointe Vénus
Papenoo
Mahina
Pirae
Arue
Papeete
Aéroport de Faa'a
Punaauia
Paea
Papara
Mataiea
Papeari
Taravao
Afaahiti
Pueu
Tautira
Plateau de Taravao
Toahotu
Plage de Maui
Vaira'o
Ifremer
Vallée Vaiavaro
Uri Bewe
Faauoro
Teahupo'o
Passe Hava'e
Pointe Fare Mahora
Grotte de Vaipoiri
Falaises du Pari
Pointe Hihitera
Motu Fenua Ino
Motu Tiere
Pointe Fareara
Récif de Faraatara
Océan Pacifique

« L'ombre et la lumière sont toujours de bonne compagnie, jointes au corps, l'ombre plus puissante que la lumière parce qu'elle l'empêche et prive les corps de clarté, alors que la clarté ne parvient jamais tout à fait à chasser l'ombre des corps. »

LÉONARD DE VINCI,
Les Carnets de Léonard de Vinci

« La vie de chaque homme est un chemin vers soi-même, l'essai d'un chemin, l'esquisse d'un sentier. Personne n'est jamais parvenu à être entièrement lui-même ; chacun, cependant, tend à le devenir, l'un dans l'obscurité, l'autre dans plus de lumière, chacun comme il le peut. Chacun porte en soi, jusqu'à sa fin, les restes de sa naissance, les dépouilles, les membranes d'un monde primitif. »

« Chacun de nous tend à émerger des ténèbres et aspire au but qui lui est propre. Nous pouvons nous comprendre les uns les autres, mais personne n'est expliqué que par soi-même. »

HERMANN HESSE
Demian

AUR*O*RE

PENSÉE SUR LE MAL N° 1

Reva dut s'y prendre à deux fois. Le premier stylo n'écrivait pas. Le carnet qu'elle avait acheté à Papeete gardait en creux son écriture invisible. Il aurait fallu un crayon de couleur pour la révéler en frottant à larges traits. Comme du codage d'espionnage.

Elle se retourna pour regarder si personne n'arrivait vers le tronc d'arbre d'où elle aimait contempler la vague, seule, aux premières heures.

Mais dans son dos, il n'y avait que le pont.

Le pont de la rivière Fauoro.

Dans son sac, elle chercha un deuxième stylo noir. Un feutre, celui-ci.

Il glissa sur le papier blanc et suivit le fil de ses pensées.

Elle vit enfin apparaître l'écriture, nette comme une blessure.

Du sang noir qui coule sur le papier.

Levant les yeux, elle aperçut Hiro au loin. Hiro dévoré par la vague. Elle devinait plus sa silhouette qu'elle ne le reconnaissait.

Hiro, son héros.

Un jour, elle parlerait à Hiro.

Elle lui dirait... Non, ce qu'elle lui dirait, même le carnet jamais ne le saurait. C'était un carnet secret.

Elle oublia Hiro et l'écume qui grondait pour se concentrer.

Soudain, la houle des phrases arriva.

« Les hommes ont peur du bonheur car ils redoutent de le perdre. Alors ils se réfugient dans le mal pour être sûrs de ce qu'ils trouvent. »

Elle déchira la page, la plia en forme de bateau et la posa sur l'eau.

Et se plut à penser que ces mots vogueraient lentement, très lentement vers Hiro.

1

Le type monta sur son bateau presque sans un mot et Lascar remarqua d'abord le top en lycra assorti au short. *Stars and Stripes*. On ne lui avait encore jamais fait le coup. Au téléphone, l'homme lui avait juste dit qu'il voulait surfer Teahupo'o, s'était vaguement inquiété des conditions météo et avait demandé le prix. Lascar avait hésité. La voix était autoritaire, arrogante, et il avait désormais sous les yeux exactement la personne qui allait avec. Un enfoiré. Tout se terminerait sans un regard et quelques billets froissés. Sauf si Teahupo'o en décidait autrement. Pour dire le vrai, la vague avait un détecteur d'humilité.

Un détecteur qui ne mentait jamais.

Lascar mit les gaz et quitta la marina. Sous le soleil, les palmiers prirent des reflets argentés. À l'avant du bateau, l'homme finissait de fumer. Ses épis décolorés surplombaient sa planche qu'il waxait. La vague approchait et il jeta son mégot dans l'eau. Au-dessus des montagnes, les nuages restaient accrochés, indifférents au sort qui se jouait. Le vent était *offshore*. En plus d'être imbuvable, ce salopard avait de la chance. Comment s'appelait-il déjà ? Lascar secoua sa mémoire tandis que l'écume battait les flancs du bateau. Taj ? Oui, ce devait être Taj.

Eh bien, *welcome*, Taj ! Bienvenue en enfer. Ici, c'est Teahupo'o, le mur de crânes.

L'homme retira sa veste à capuche et se fit des peintures de guerre avec la crème solaire. Puis il se mit à l'eau et Lascar eut la conviction que la fête foraine n'allait pas durer longtemps.

Dans l'onde transparente tremblaient désormais les cinquante étoiles du drapeau.

Taj, tu en as oublié une, marmonna Lascar. La meilleure. Tu as oublié ta bonne étoile.

Et il se sourit à lui-même, tandis que l'homme, allongé sur sa planche, ramait souplement vers le *line-up*.

Hiro était déjà là. Il avait dû arriver le premier.

Hiro arrivait toujours le premier.

Lascar tendit le poing dans sa direction. L'aube se levait. Partout, des petits nuages roses dansaient. Les fougères dévalaient inlassablement les pentes des anciens volcans et donnaient cette couleur d'un vert irréel, un vert qui aurait piégé la lumière tant il caressait le regard. À chaque fois, Lascar saluait les montagnes. Il scruta ensuite la passe de Hava'e mais ses amis les dauphins n'avaient pas daigné l'accompagner. À cause de son hôte, il en était persuadé. Les dauphins se méritaient. À croire qu'ils avaient un sonar à connards.

Depuis quinze ans qu'il menait les hommes sur la vague de Teahupo'o, des surfeurs aux badauds, Lascar pensait avoir tout vu. Mais pas cet ego surdimensionné dans l'eau. Qui pouvait être ce type ? Il lui rappelait pourtant quelqu'un. Au ponton, il l'avait trouvé très excité. Le genre de mec qui a besoin d'un transformateur pour se sociabiliser. Que cherchait-il ici ? Le fameux quart d'heure de célébrité d'Andy Warhol ? YouTube l'avait réduit désormais à une minute. Une minute de frime. Mais à l'échelle de l'humanité. Et Taj, c'était un drôle de prénom. Venait-il de Californie, de Floride ? Vu la dégaine, plutôt d'Hawaï. Oui, il aurait parié sur Hawaï. Encore un mec de Kauai qui se prenait pour Andy Irons.

Après tout, il s'en fichait. La vague n'allait pas tarder à lui dire qui il était.

Fendant le bleu, la pointe jaune de la planche surnagea, bec acéré du rapace braqueur de vagues qu'elle portait. Lascar lança Chemical Brothers sur son bateau et se roula un joint. Le *paka* local le détendrait de ces étrangers qui se muaient en conquérants dès qu'ils posaient un pied, que ce fût sur terre ou en mer. Conquérir n'avait jamais été sa nature. Même les femmes, il les laissait venir. Heureusement qu'il était surfeur et non pêcheur car remonter une ligne n'était pas son fort. Les poissons, il préférait les taquiner.

Comme les femmes.

Sauf en chasse sous-marine.

Ses yeux se posèrent sur l'horizon tandis qu'il appréciait la première bouffée. Une vague se forma et Lascar sut que Hiro la laisserait à l'étranger. La deuxième aurait le temps, comme un joyau, de se polir de mille reflets. Le phénomène était simple. Une fois au pic, les novices se précipitaient sur tout ce qu'ils voyaient. Des gobeurs de vagues. Un côté fête de la bière, où il s'agissait d'en aligner et d'en aligner pour les compter. Ils venaient pour consommer. Comme si chaque pinte rassurait ce vide en l'homme qui ne demande qu'à exister.

À côté, Hiro était un Prince. Capable de passer des heures à attendre la Vague. Celle qui, en quelques secondes, lui procurerait l'éternité. Une vague qui savait être aussi grande qu'un hall d'aéroport. Une vague qui, déjà cent fois, aurait pu le tuer. Le moment venu, il se glissait en elle et elle l'enrubannait d'un tube parfait. Alors, Hiro entendait le souffle du géant, puis il rentrait.

Oui, Hiro était un Prince, que tout le monde respectait. Et jamais il ne se serait collé la Voie lactée sur le torse pour affronter la vague mangeuse d'hommes.

Sur son corps, Lascar se souvenait d'avoir vu la vague tatouée, stylisée par Terupe. Au plus près de son cœur, là où d'autres portent le prénom de leur premier amour ou de leur mère.

Lascar aussi portait la vague dans son cœur. C'était sa maîtresse. La vraie.

Le bateau amorça une valse avec l'océan. À quelques mètres, le mur d'eau s'élevait. Une masse tellement puissante qu'il fallait la voir une fois dans sa vie pour le croire. Depuis l'Antarctique, rien ne l'arrêtait sur huit mille kilomètres. Teahupo'o. Le mirage du bout de la route. La Vague. Le rêve de tout *waterman* digne de ce nom. L'approcher, c'était croiser le diable en robe d'écume. Elle était belle à se damner. Lascar aurait su la regarder jusqu'à la fin du monde sans se lasser. Il n'était pas sûr de dire la même chose de toutes les femmes qu'il avait connues. Et elles de lui.

Il tira une autre bouffée et le temps parut se dilater. Dans la lumière du matin, la vague piégeait tous les bleus de la création. Le vent de mer ne s'était pas encore levé et les teintes de l'eau étaient transparentes et étirées – du verre de Murano. Lascar lança un regard à la côte et ses nuées de palmiers, prit ses repères et plaça son bateau de manière à ne pas se faire entraîner. Un instant d'inattention et lui aussi sombrerait.

L'ange Teahupo'o passait.

Un miracle de la nature. Une déesse qui portait aux nues ou qui broyait.

C'est elle qui décidait.

Le surfeur battit des bras comme un oiseau et fit mine de se lancer. Lascar sourit. La suite, il la connaissait. Le type allait rebrousser chemin dare-dare avant de finir lacéré par le récif. Les coups de bluff de ce genre, il connaissait. Il évalua la hauteur de la vague à un bon deux mètres. Ce qui, sur le spot, commençait à devenir sérieux. Pas encore une grosse bombe, non, mais du sérieux. La première fois, la surpuissance de cette vague surprenait, le récif à fleur d'eau aussi. Les deux ne pardonnaient pas. Les surfeurs gagnaient alors avec des *pizzas quatre fromages dans le dos*. Lascar tira sur son joint et mêla aux embruns des odeurs résinées. Il se cala pour attendre la suite. Avec Teahupo'o, on était toujours au spectacle.

Lascar contempla l'arène. Fait singulier, Teahupo'o ne déroulait pas de façon linéaire. Elle s'incurvait en fer à cheval, prête à piéger son guerrier. C'était unique, insensé. Un vrai piège-né. Au moment où Lascar s'apprêtait à vérifier de nouveau ses repères sur la côte, il vit le surfeur se dresser sur la vague qui déferlait. Un *take-off* rapide qu'il n'avait pas raté. Soudain, Taj fut ce point infime et absolu, ce défi de l'homme à la nature sur une pente à presque quatre-vingt-dix degrés. Lascar en resta bouche bée. L'orgueil traça un sillon blanc dans le bleu virginal tandis que le monstre s'ourlait, épais à souhait, crémeux d'écume. Lascar releva ses lunettes sur sa casquette bleue. Il n'en revenait pas. Le mec avait de l'ambition, de la technique, du courage et du style. Les quatre données réunies qui seules impressionnaient ici.

Bordel, qui il était ? Il lui rappelait... Le joint mettait de la brume dans sa mémoire.

Teahupo'o jeta sa lèvre frangée d'écume en avant et, à ses pieds, le lagon se vidait. En dessous, Lascar vit le récif, presque mis à nu. Partout, le danger du corail menaçait. Des pointes acérées : même le cuir tanné de ce guerrier n'aurait pu résister. Tandis que le bateau tanguait, Lascar guetta si Taj sortait du tube. Allait-il se faire éjecter comme une boule de flipper ou y rester ? C'était la roulette russe. Il ressortirait peut-être pelé comme une orange.

Un souffle infernal gagna le bateau qui fut criblé d'embruns.

Sur ses lèvres, Lascar sentit leur goût salé – l'hostie d'ici. À chaque fois, il communiait avec cette vague qui était leur divinité.

Talonné par l'avalanche, le corps de Taj apparut dans l'œil du cyclone, un bras tendu pour s'équilibrer. Puis il se retrouva sur l'épaule de la vague, à flanc d'abîme, flirtant avec l'arête vive du monstre qui déferlait, prit un virage pour s'échapper, et moulina rapidement vers le bateau. Sauvé.

Un peu plus au large, Hiro, lui, n'avait pas bougé.

Il guettait la bombe qui finirait par arriver.

Il voulait la dédier à Moea.

Moea qui revenait.

2

Affalée sur le sable noir de la plage, une femelle reposait ses mamelles distendues. L'air était lourd. La bâtarde reconnut Hiro et jappa aussitôt. Le surfeur vint lui flatter le museau.

Ses cheveux noirs gouttaient encore de l'étreinte avec la mer et la chienne cligna des yeux en recevant cette pluie inopinée.

— Alors, Salsa, t'as vendu beaucoup de *teeshs* ?

Elle n'avait pas de nom et personne ne lui donnerait jamais ni collier ni ne la baptiserait, voilà pourquoi Hiro avait décidé de l'appeler Salsa. Il y avait des soldats anonymes. Il ne voulait pas qu'il y ait des chiens anonymes. Tout le monde, sur cette terre, méritait un prénom.

À quelques mètres, Brandon l'avait entendu. Il tenait un stand d'informations et vendait des tee-shirts à l'effigie de la vague. À défaut de la surfer, les touristes achetaient le modèle apprivoisé en coton ou réservaient un tour en bateau. Et quand les affaires étaient bonnes, Brandon leur fourguait les deux.

À son tour, il héla Hiro :

— Hé ! Hiro ! La première houle ! C'est bon, ça !

— La première houle, Brandon. La première bombe.

— Pas trop tôt...

Houle rimait ici avec business. À Teahupo'o, on était au bout du bout du monde. Le goudron se terminait sur une sculpture de la vague en béton qui divisait l'opinion, et les derniers mètres de la route s'enroulaient autour de cette étrangeté comme un boa. Une célèbre borne rouge et blanc indiquait le fameux PK0. Au-delà commençait le Fenua Aihere et la brousse. Un océan vert sur des pentes escarpées, zébrées de cascades enfiévrées. Un autre monde. Ceux qui s'y aventuraient clamaient qu'ils trouvaient le Tahiti d'autrefois. Ceux qui y vivaient secouaient la tête : le Fenua Aihere n'était pas le Tahiti d'avant – mais le Tahiti authentique. Le touriste qui débarquait au PK0 ne comprenait d'abord pas qu'il était arrivé. Il n'y avait presque rien. Pas de centre-ville. Pas de boutique. Pas de vague.

Juste Brandon, la vague en béton, un truck qui vendait des sandwichs, et un snack discret.

Même une poubelle, il fallait longtemps la chercher.

La vraie vague était au large. Une vague de récif uniquement accessible en bateau, si on considère que le touriste moyen ne partira pas de la pointe à la nage pour contourner le lagon, se lancer dans la passe et se jeter dans la mâchoire d'écume.

Voilà pourquoi Brandon faisait l'épuisette. Il ramassait tout ce qui tombait dans les mailles du bout de la route.

Semblable à cette plante carnivore rusée, le népenthès, qui piège les insectes dans son urne sucrée.

Hiro laissa Brandon aux affaires et s'apprêtait à rentrer chez lui quand l'homme qui avait surfé le matin sortit du snack, une bière à la main.

Midi approchait et il avait quitté sa tenue sidérale.

Autour de la sculpture, des jeunes tournaient à vélo en d'inlassables concours de *wheeling* tandis que des femmes en paréo bavardaient, assises contre le flanc de la vague.

Le surfeur s'avançait. Hiro le détailla. L'homme souriait bêtement, comme toute personne qui n'est pas du coin et qui cherche à se faire accepter.

Ce qu'on remarquait en premier était les dents. Blanches comme l'écume. Il portait un tricot Volcom rouge qui faisait ressortir sa carrure. Et un bermuda gris et blanc, plus sobre, avec des hibiscus. Il avait des mollets forgés dans l'acier. Pourtant, ce n'était pas le modèle hawaïen trapu. Il était puissant sans être épais. Et très grand. Un mètre quatre-vingt-dix au jugé. Un blond décoloré à la coiffure en pétard qui, alliée au style décontracté, rentrait parfaitement dans la case cador de Red Bull. Derrière les lunettes de soleil de l'étranger, Hiro ne pouvait lire le regard.

Mais le sourire, exagéré, résumait l'essentiel.

Alors il se méfia.

— Une bière ?

Hiro n'avait pas envie de dire oui. La familiarité immédiate lui déplaisait. Les vagues lui avaient appris qu'on n'approchait pas l'inconnu sans présentations.

Et puis, il voulait revenir au plus vite à la maison pour préparer l'arrivée de Moea.

Dans quelques heures, elle serait là.

Après sept ans d'absence.

L'étranger renouvela sa proposition en lui tendant une bouteille de Hinano.

Hiro ressentit un malaise. Il se dégageait de cet homme un mélange d'arrogance et de toute-puissance – comme sur la vague. Le Tahitien se demandait comment il allait sortir de cette impasse, quand l'homme s'avança vers lui, main tendue :

— Je m'appelle...

— Taj, le coupa Hiro.

Au-dessus des lunettes, Hiro remarqua les sourcils haussés.

— Tu...

— Tu es Taj, le grand espoir du surf hawaïen et tu as déclaré récemment que tu gagnerais la Teahupo'o Tahiti Pro.

Il avait séché. C'était le Taj des photos et des vidéos, Hiro en était certain, mais avec dix kilos en moins. Il se souvint que l'homme avait disparu pendant un an du circuit pour des raisons qui n'avaient jamais été éclaircies. Cette fois-ci, Taj retira ses lunettes et s'essuya la bouche d'un revers de main :

— Avec la bière, je crois que je pourrais dire beaucoup de conneries.

Hiro se tourna vers l'horizon et leva le menton vers la vague. Il dit calmement :

— Elle appartient à tout le monde.

Ceux qui le connaissaient auraient perçu un nuage d'amertume dans ces dernières paroles.

Taj eut l'air perturbé. Une fraction de seconde, et il se redressa :

— Elle appartient à tout le monde... mais le succès n'appartient qu'à soi.

À nouveau, ce sourire qui en disait long.

— À bientôt, Hiro. Je suis sûr qu'on se reverra, pas vrai ?

Sur la vague.

Et il se frotta le ventre :

— Maintenant, je crois que j'ai rendez-vous avec ce hamburger au thon.

Il s'en retourna à l'intérieur du snack Hinerava pour fuir le soleil qui tapait.

Sur la plage, Salsa s'était dressée. Tremblante sur ses pattes, elle jappa trois fois. Jusqu'à ce que Hiro reprenne, pieds nus, le chemin de sa vallée, sa planche serrée sous le bras, tel un animal blessé.

3

En route, Hiro croisa Lascar qui avait réussi à comprimer les matelas gris de son bateau dans le pot de yaourt qui lui servait de voiture. C'était un exploit à chaque fois. La veille, Hiro avait assisté, épaté, au processus entier. Et pourtant, Lascar avait raison de se méfier. À la marina de Teahupo'o, seules les bouteilles vides restaient sur un bateau.

Lascar brandit le bras pour le saluer une nouvelle fois et Hiro reconnut les notes de Dum Dum System, avant qu'elles ne se volatilisent sur le goudron. La voiture disparut dans un virage. Lascar était son ami le plus proche. Hiro ne disait jamais « meilleur ami ». Cette expression n'avait aucun sens pour lui. « Proche », si. La proximité qu'on s'autorisait avec l'autre, cette distance qui se réduisait jusqu'à un mince filet, jusqu'à menacer sa zone de sécurité, voilà ce qui comptait.

La chaleur remontait de l'asphalte et lui cuisait les pieds.

Mais Hiro n'avait pas beaucoup à marcher. Sa maison était à deux pas du bout de la route. Elle marquait le début de la vallée Vaiavaro. Hiro n'aimait pas être enfermé. Tout ce qu'il pouvait faire à pied, il le faisait. La vieillesse viendrait un jour, et ferait de lui un homme assis.

Si elle venait.

Ou une mauvaise vague qui subitement fermerait, et le priverait de ses jambes comme Birdy. Des surfeurs aux ailes cassées, il en connaissait.

En attendant, chaque minute devait lui donner la sensation d'être vivant.

Le surfeur est un homme étrange, qui copule avec l'instant. Voilà ce qu'il se disait, tandis que des pick-up le dépassaient. Rouler n'avait pas la même grâce que la glisse. Pourtant, les voitures n'allaient jamais vite ici, les chiens étaient les ralentisseurs du coin et personne ne pouvait se lancer dans des rallyes sans risquer de la charpie de roquet.

Hiro tenait autant à la vague qu'à sa vallée. Il tenait aussi à sa tranquillité. Il n'habitait pas la presqu'île de Tahiti pour retrouver la folie de Papeete. Sur la route, tout le monde se saluait. Ce qui ne l'empêchait pas d'avoir hâte de rentrer chez lui. Enfin, son deuxième chez-lui, si on considérait que les flots étaient le premier. Vaiavaro, sa vallée, aurait presque pu se situer dans l'enfilade de la vague mais, en vérité, elle plongeait dans le creux d'à côté, un poil à gauche quand il surfait. Son père, Peva, lui avait conté l'époque pas si lointaine où la presqu'île n'avait pas d'électricité et où il enfilait des noix de bancoulier sur une nervure de *ni'au* pour en faire des lampes. Il en piquait dix par tige et chaque amande mettait quatre à cinq minutes à se consumer. « C'était notre sablier, disait Peva, le sablier polynésien. » Elles sentaient bon, comme le santal, et éloignaient les moustiques. Hiro écoutait, respectueux de ce temps où l'homme et la nature restaient liés. Les cultures donnaient le taro, la banane, le café, l'avocat, le coco, le coton et le citron. La mer, le poisson, les forêts, les *fare* et les pirogues.

Mais les temps avaient changé. Tout s'était emballé. Que ce soit en bien ou en mal n'était pas la question. L'homme était désormais sous perfusion de la modernité qui faisait de lui l'esclave parfait, et il en souffrait. Un être aliéné à ce qui venait de loin, alors qu'il avait tout à portée de main. Cette modernité était, pour Hiro, une drôle de loterie. Tu gagnais une baguette magique entre les mains et des fers aux pieds. Oui, les temps avaient changé.

Un gros pick-up noir passa avec un pitbull qui prenait le vent sur la plate-forme. À l'avant, côté passager, Hiro crut reconnaître Taj. C'était peu probable et il s'en voulut d'imaginer ce type partout. Une femme à vélo le frôla, vêtue d'un bustier rouge et d'un short court. Elle avait des cheveux en cascade. Ici, les chevelures faisaient des vagues. Pourrait-il aimer une femme aux cheveux courts ? La question, il se l'était souvent posée. Il restait persuadé que non, et aucune femme ne l'avait pour le moment détrompé. Quant à aimer tout court, c'était une autre affaire.

La grande affaire.

Il longea des *pūrau* et piétina leurs fleurs évasées. L'hibiscus des plages portait bien son nom. Cet arbre était le premier à le saluer sur terre quand il revenait de la mer. Ses fleurs avaient la couleur d'un soleil pâle. Qu'est-ce qui pouvait faire pâlir le soleil ? Cette question, c'est à ce fichu Taj qu'il faudrait la poser. Il assombrissait sa journée. L'homme avait l'ego enragé et il ne regretta pas d'avoir refusé de prendre une bière avec lui. De quoi l'étranger lui aurait-il parlé ? De lui, de lui et encore de lui. Les gens se lassent souvent de tout mais rarement de leur petite vie. Perdu dans ses réflexions, Hiro faillit marcher sur un rat écrasé et c'était moins sexy que les *pūrau*. L'animal se rapprochait de la crêpe. Hiro songea : « Voilà à quoi se résume l'épaisseur d'une existence. »

Le chant du vent dans les aiguilles des *'aito*, les fameux arbres de fer, le ramena sur le chemin. C'était un flirt léger, comme si la nature se laissait caresser. Aucune sensation n'égalait celle de retrouver son chez-soi. Après les chevaux de l'Apocalypse sur l'eau, un instant de repos.

Une trêve régnait dans l'air. Des astrilds s'étaient réunis pour paresser. Il les appelait les *clowns*, à cause de leur bec rouge. Hiro respira profondément pour chasser ce qui le tracassait. L'air embaumait le parfum puissamment solaire des fleurs de tiaré et de frangipanier. En lui fourmillait encore la sensation d'avoir pris une bombe. Depuis des mois, il l'attendait. Son corps vibrait de ce moment d'éternité où il glissait dans le tube de la vague, lisse comme si la main de Dieu l'avait lustré.

Ce moment, il l'avait dédié à Moea. Combien d'heures encore ? Trois, et elle serait là. Cette joie aussi fourmillait en lui.

Voilà des semaines qu'il lui bâtissait un bungalow plus enfoncé dans la vallée, gardé par l'arène des montagnes. Il était presque terminé, au milieu des centaines et des centaines d'arbres qu'il avait plantés. Elle serait tranquille. Loin des regards, loin de la méchanceté. Il n'aurait pas voulu la laisser vivre au bord de la route. Pas après ce qu'elle avait vécu.

En sept ans, elle n'était revenue que six fois. À chaque fois, il avait pleuré. Quelques gouttes de cristal qui tombent en silence. Être un gladiateur de la vague n'aidait en rien pour se barder.

Le portail grinça et ce fut grand comité d'accueil. Yaya, Kali et Kaya bondirent à qui mieux mieux.

— Kali ! Hé ! Kali ! Couché, ou je te fais une manucure ! T'es pire que le corail avec tes griffes, chien.

Kali faillit le renverser et ce fut léchage intégral. C'était un chien massif, aussi noir que la nuit, à la mâchoire redoutable. En vérité, juste assez redoutable pour les cambriolages qui se multipliaient aux alentours. À Tahiti, il fallait remballer son yorkshire et lui offrir un vol pour Los Angeles. Un bon chien était un gros chien. L'*ice* faisait des ravages et cette drogue avait révolutionné l'île plus férocement qu'un cyclone. Maintenant, les jeunes traînaient le soir sur la route, hurlaient comme des chacals et voulaient tuer sur pied toute personne qui tentait de les raisonner. Alors qu'ici, tout le monde se connaissait.

Cette nouvelle peste mettait Hiro hors de lui. Elle piétinait leurs racines. C'est Malik Joyeux, un surfeur hors pair mort trop tôt à Pipeline, qui avait trouvé le mot d'ordre : « *No ice in paradise* ». Plus que tout, Hiro se méfiait de cette gangrène. L'alcool était sournois. L'*ice* était insolent. Quand il voyait l'un des leurs maigrir à vitesse grand V et se comporter en mode survolté, il savait. Il savait qu'il avait vendu son âme au diable et que ce ne serait pas un sermon qui le ramènerait. Au bout du compte, un chien le raisonnait mieux que le poing. Alors il fallait remballer sa colère et se taire. Une image vint perturber Hiro. Elle tremblait dans ses pensées sans précipiter. Quelque chose le tracassait. Quelque chose que son esprit avait noté et qui devrait l'alarmer. Il resta un moment arrêté, à repousser mollement les assauts de Kali, puis se décida à se préparer.

Hiro rangea sa planche au garage, étendit ses affaires sur un fil et se rinça à l'extérieur. L'eau coula sur son corps nu. Son épaule gauche le faisait souffrir. Il la massa sous le regard des martins-tristes qui râlaient. Il s'essuya avec un tee-shirt et, en quelques enjambées dans sa propriété, rejoignit l'endroit que Moea avait baptisé « Le Centre du Monde ». Elle avait quinze ans quand il avait cloué sur ce poteau des panneaux qui pointaient vers différents lieux de la planète. Sous le manguier en face de la terrasse de la maison, ils avaient élu les destinations tandis que Moea peignait chaque panneau en turquoise. Rythmant le lettrage rouge et le lettrage noir, Hiro avait écrit : Teahupo'o, Toronto, Tokyo, Groenland, Brasil, Los Angeles, et indiqué les kilomètres : 6 631 km pour Los Angeles, 10 278 pour Brasil… Quand tout avait été terminé, Moea avait ajouté un panneau – *Home sweet home*.

Un an après, elle rencontrait Mano.

Et six ans après, elle quittait Teahupo'o.

Il y avait longtemps que Hiro savait que même le chant le plus pur des oiseaux ne tue pas le venin du destin. Sa vallée avait beau être reculée, elle ne le serait jamais assez pour fuir la folie des hommes.

Alors il fallait l'affronter. Et comme la houle, la dompter. Vite dit – mais pas du tout vite fait.

La joie de retrouver Moea était presque parfaite. Du bleu lumineux qui noyait le cerveau. Oui, tout aurait été parfait, la première vague de l'année, la promesse tant attendue de cette journée… Tout, sauf ce Taj qui ne lui plaisait pas. Ce n'était pas une question de sale gueule. Taj n'avait pas une sale gueule, au contraire. Le genre de mec qui attrape les filles par nuées, il en était persuadé. Quoique… Qu'est-ce qu'il en savait ? Il avait connu des Roméo qui restaient le bec dans l'eau. Mais c'était comme croiser une murène ou un poisson-pierre.

L'esprit humain pressent. Il sait qu'il y a danger.

Un danger plus sournois que n'importe quelle lame venue de l'océan.

Un danger qui sourit – et à pleines dents.

De lui, Hiro ne connaissait que ses exploits. N'importe qui aurait été impressionné. Taj avait pris des vagues cyclopéennes – des tickets directs pour l'au-delà pour la plupart de ses semblables. Hiro tâcha de se remémorer. Il se souvint de photographies de Taj sur Pipeline, Jaws et Waimea bien sûr, Mavericks, mais aussi Shipstern Bluff en Tasmanie, Cloudbreak aux îles Fidji et même Mullaghmore, en Irlande. L'homme pistait les houles. Ce chasseur de bombes était allé jusqu'en Alaska pour affronter les vagues apocalyptiques créées par la chute de gigantesques blocs de glace. Rien ne l'arrêtait. Taj était réputé pour mettre de la décontraction là où il y avait du danger, également pour sa fortune qui lui permettait de voyager où il le voulait. Ses contrats lui rapportaient 900 000 euros par an. Dans le milieu, on disait encore de lui que son plus gros sponsor ne savait pas qu'il choyait son meilleur ennemi. À moins que la femme de son sponsor ne fasse partie du contrat…

Bref, Taj était un mercenaire de la mer.

Et sur terre, personne ne savait ce que donnerait ce mercenaire.

PENSÉE SUR LE MAL N° 2

Reva avait posé son vélo. Elle était rentrée chez elle plus doucement qu'un chat. Elle habitait une maison simple, côté montagne. Ni forfanterie ni fantaisie. Rectangulaire et blanche, avec un toit en tôle bleu-gris. La maison de ses parents, dont la seule coquetterie était une balustrade. Autour, quelques arbres débordant de générosité brisaient cette austérité. Un arbre à pain, un manguier, un goyavier, des pommes Cythère, des litchis... À Tahiti, il n'y avait qu'à se pencher pour ramasser ou tendre le bras pour profiter. Pourtant, ce geste, la modernité faisait tout pour le gommer. Des gens dépendants, voilà ce que le prétendu progrès voulait. Reva ôta son bustier et son short ajouré. Elle se drapa dans un paréo qu'elle noua autour de son cou et releva sa longue chevelure noire en un chignon. Elle évita un miroir pour ne pas voir son reflet. C'est dur, de se croiser tous les jours.

Dehors, un autre vélo passa. Comme tout dans sa vie, sans s'arrêter.

Elle entendit les rires des jeunes. Ils devaient être deux sur le vélo. Cette sensation d'être deux lui était inconnue. Elle se sentait transparente. Comme si les autres ne la voyaient pas... Et pourtant. Elle avait toujours été différente. Oh ! non pas difforme comme ces êtres dont les jambes enflent tellement qu'on dirait des pattes d'éléphant. Ceux-là, elles les revoyaient bien. Longtemps, elle n'avait pu dire le nom de cette maladie qui l'effrayait. Son voisin, Tamatoa, le lui avait appris. On disait filariose. Il était l'une des seules personnes qui lui parlait. Petite, Reva disait *filarose*, pour atténuer l'horreur de ces membres atrocement déformés qui faisaient basculer l'humain du côté de l'animalité. Les malades venaient voir Rumahere, sa mère, implorants, avec des offrandes car elle ne prenait pas d'argent. Ils attendaient le *rā'au tahiti* qui chasserait les responsables de cette pachydermie – des vers parasitaires en forme de fils transmis par les moustiques. Personne n'avait jamais su dire à Reva à quoi servaient les moustiques sur terre. Sa mère préparait à ses visiteurs des remèdes traditionnels et écrasait du *vaianu ute-ute* rouge. Du blanc aussi, avec une poignée de *niuroahiti*. Le précieux liquide, il fallait le badigeonner sur le corps pour guérir. Et le boire froid.

Guérir, quel joli mot. Un mot pour les autres.

Sa mère, c'était un peu leur mère à tous car elle les soignait. Ce savoir, elle l'avait reçu de ses aïeux avant que Reva ne brise la chaîne car elle avait peur des gens.

Reva n'avait pas des pattes d'éléphant.

Et pourtant, elle se voyait monstrueuse.

Mais pour chasser cette monstruosité, aucun *rā'au*, aucun remède.

Et plus de mère pour la consoler et lui dire: « Mais tu es belle, ma poupée. »

Rumahere était morte d'un AVC. Deux cent quatre-vingt-huit jours exactement qu'elle avait disparu. Reva les comptait. Ce n'est pas l'AVC qui avait emporté sa mère. Mais l'hôpital. Jamais elle n'aurait dû confier sa mère à l'hôpital. Alors qu'elle s'en était toujours occupée. À la fin, sa mère ne voulait plus manger. Rien ne passait. Elle s'étranglait. Mais ils n'étaient pas patients, à l'hôpital. Ils ne comprenaient pas ce que Rumahere aimait. Si elle avait pu encore lui préparer ses flans de coco, Reva restait persuadée que sa mère les aurait avalés. Elle les aimait tant ! Il n'y en avait jamais assez.

Mais elle l'avait laissée. À d'autres mains. Elle, qui avait dédié les siennes à soigner.

Jamais Reva ne se le pardonnerait.

Elle se punirait. Oui, il faudrait qu'elle se punisse.

L'idée d'un châtiment proche calma ses angoisses.

Elle se pencha sur son carnet. Un rai de soleil stria la double page. Heureusement qu'il y avait les livres. Ses seuls amis. Sinon, à qui aurait-elle parlé ?

Les images affluèrent. Elle aurait voulu se faire une robe avec toutes les fleurs de la vallée. Des fleurs tellement chatoyantes, tellement colorées qu'elle leur prendrait leur beauté. Il y aurait des hibiscus rouges, des *pūrau* jaunes, des fleurs blanches de *kahāia* et leur œil étoilé. Elle serait un jardin entier. Avec des oiseaux aux plumes vives pour la butiner.

Alors, peut-être que quelqu'un la remarquerait et dirait, comme sa mère : « Mais tu es belle, ma poupée. »

Reva prit sa tête entre ses mains et fixa un petit coin de ciel depuis la fenêtre. Ce week-end, il y avait un bal à Vairao. Elle avait entendu deux femmes en parler au supermarché, près de la station-service. Elle braverait sa timidité. Elle irait. Elle irait pour se punir, elle irait pour l'affronter.

Reva réprima un sanglot, et écrivit des mots dans son carnet qu'elle savait être plus que des mots. C'étaient des larmes de fond.

Les larmes de fond de Teahupo'o.

« Le mal est comme l'éléphantiasis. Il méprise les formes, rend monstrueux ce qui est harmonieux. J'ai peur du mal car il n'a pas de contours. Une mangue qui pourrit m'effraie car elle perd sa forme qui fait qu'elle est mangue. Elle s'effiloche et s'amollit jusqu'à se répandre sur la terre, semblable à un vomi. Elle n'est plus une mangue, elle est un dégueulis. Les gens qui me font peur sont pareils : en eux, je ne vois pas les limites. Leur âme visqueuse dégouline et s'infiltre partout en moi. Ils déforment le monde comme la filariose et sèment des vers dans l'espérance.

Le mensonge aussi est une déformation.

C'est une parole qui a pourri. »

4

Dans sa cuisine, Hiro chantait. *Hoho'a*, une chanson d'Angelo. La pièce n'était pas très grande mais les paroles qui volaient dans l'air emplissaient l'espace et donnaient l'impression que la terre entière dansait. L'océan lui avait offert une vague, et Moea revenait.

Hiro chantait. Il aurait pu chanter jusqu'à la tombée de la nuit.

E hoho'a no te here
E hoho'a no te aroha...
Papa'i hia, a here atu
Papa'i hia, aroha tu
Are'a ra to tiaturiira'a
Eiha ia e horoa atu[1]

1. Tu es l'image de l'Amour / Tu es l'image de la Bonté / Il est écrit que tu dois aimer / Il est écrit que tu dois être bon / Cependant ta confiance / Ne la donne pas à n'importe qui.

Torse nu, il râpait un morceau de curcuma. Il le mélangea à du miel et du poivre puis il l'allongea avec un jus de citron dans un grand verre. Son père, Peva, lui avait appris que cette boisson calmait les douleurs aux articulations. Hiro rit devant ses doigts orange comme le *longboard* de Lascar. Il fallait être Lascar pour se trimbaler à Teahupo'o avec son *longboard*. Et il fallait être Lascar pour qu'on le respecte avec cet éléphant de mer sur le spot. Le *longboard* n'avait rien à voir avec les planches courtes et incisives des surfeurs d'ici. C'était une planche *old school*. Hiro trouvait, lui, qu'elle avait la classe des Anciens. Peut-être fallait-il approcher de la quarantaine pour ne pas se laisser bluffer par la moindre nouveauté. À trente-cinq ans, c'est la sagesse qui le gagnait.

E hoho'a no te here... Une voiture freina et Hiro l'entendit tourner. Il dressa la tête : il n'attendait personne. Le retour de Moea l'inquiétait malgré lui. Il cessa de chanter et tendit l'oreille. Les oiseaux aussi s'étaient tus. De là où il était, il ne pouvait voir l'allée où la voiture s'était garée. Son cœur se mit à battre plus fort. Peut-être était-ce Moea qui était arrivée plus tôt ? Mais il en doutait. Elle avait pris un avion de Huahine et refusé qu'il vienne la chercher.

Pour qu'elle pousse la porte et rentre comme si de rien n'était.

Comme si elle n'était jamais partie.

Les pas se rapprochèrent. Mais que trafiquaient ces feignasses de Yaya, Kali et Kaya ? À quoi bon des chiens de garde s'ils filaient au fond de la propriété ?

Hiro posa son verre. Son regard croisa son couteau qu'il avait ôté pour se laver au moment où un homme se présenta devant ses baies vitrées. Il sursauta.

— Alors, toujours pas de Moea ?

— Hey, Lascar ! Je pensais justement à toi !

— Eh bien, ça a l'air de te perturber quand tu penses à moi...

Hiro resta un moment interdit, conscient de l'absurdité de la situation.

— Non, non... Je ne suis plus habitué à attendre quelqu'un chez moi.

Lascar vit le verre à moitié plein.

— Je t'en prie. Ne t'arrête pas pour moi. Je veux bien boire quelque chose mais pas de ce truc-là.

— C'est pourtant à cause de *ce truc-là* que je pensais à toi.

— Je ne vois pas le rapport. Il y a des milliards de kilomètres entre cette boisson et moi.

Hilare, Hiro se décontracta. Il lui tendit ses mains, paumes ouvertes, et en approcha le visage de Lascar qui esquiva.

— Je ne vois toujours pas le rapport entre tes doigts dégueulasses et moi.

— La couleur !

Lascar visa un fauteuil et s'y affala.

— ... Tu crois que c'est celle de mon foie ? Jaune curcuma ?

— Mais non, Lascar... Orange. Comme le truc préhistorique qui te sert de planche.

— Aaaaaaah ! mon *longboard* !!!!

Et immédiatement, il réalisa. Lascar reprit :

— Tu sais ce qu'un enfoiré de djeun's m'a dit sur le spot ?

— Vas-y...

— Tu devineras jamais... Que j'étais « une régression de l'évolution » avec mon *longboard* !! Une régression de l'évolution, t'entends ça ???

Hiro haussa les épaules.

— Bah... C'est pas faux. Mais rien ne dit que l'évolution ait du bon... Qu'est-ce que tu veux boire ?

— Un chocolat. Je régresse.

— Non, qu'est-ce que tu veux vraiment boire ?

— Ça commence par B comme Bon...

— O.K., je te ramène une bière.

Lascar eut à peine le temps de mettre la main sur *Surfer's Journal*, une élégante revue de surf, qu'une masse noire s'abattit sur lui.

— Hé, vire tes pattes de ma sublime chemise toute neuve ! C'est un modèle archi évolué pour protozoaire dégénéré !

Hiro sourit. Lascar était une bombe d'énergie positive. Avec lui, même un ciel gris prenait de la couleur.

Soudain, son ami parut étrangement concentré. Hiro suivit son regard qui s'arrêta sur l'une de ses anciennes planches accrochées au mur. Elle était entourée de tirages de la vague du photographe Tim McKenna pour ne pas la dépayser. Cette planche portait une dédicace de Malik Joyeux.

— Tu nages au large, Lascar ?

— Non, non, je me demandais qui était ce type qui surfait ce matin. Taj, tu connais ?

Hiro rapporta une bouteille de Heineken du réfrigérateur et la lui tendit, un demi-sourire aux lèvres.

— Qui ne le connaît pas ?

La mémoire de Lascar travailla. Hiro avait l'impression d'assister en direct aux connexions dans son cerveau. Tout se voyait en lui.

Lascar se redressa et faillit renverser la bouteille qu'il avait saisie d'une main distraite.

— Putain de bordel, mais oui ! Kai Stevenson !!

— Bingo.

— Mais Kai Stevenson au pays des zombies. Il a sacrément maigri.

Hiro hocha la tête. À nouveau, cette sensation qu'une image flotte en lui. Lascar n'arrêtait pas de s'agiter.

Kali vint lui renifler les pieds.

— Ton chien est limite de me vexer...

— Kali, viens ici.

Après avoir bu une gorgée, il reprit le fil de ses pensées :

— ... Et pourquoi Taj ?

— Je pense qu'il se croit mythique comme le Taj Mahal...

— T'es sérieux, là ?

— Autant que lui en tout cas !

Hiro chercha son jus de curcuma qu'il avait laissé traîner. Les deux burent en miroir.

— Et pour les filles, ça fait toujours son petit effet, ajouta Hiro.

— C'est vrai que, quitte à choisir, il va pas s'appeler Bronx. Mais tu sais quoi, il pourrait s'autoproclamer M. le Président que sur le bateau, ça reste un porc.

Quelque chose en Hiro s'alluma.

— Pourquoi tu dis ça ?

Il se leva et invita Hiro à le suivre sur la terrasse. Ils s'assirent face à face. Lascar sortit de sa poche de quoi se préparer un joint. Hiro, lui, avait arrêté le *paka* depuis que sa sœur était partie. Il n'y avait plus jamais touché. La drogue était un écran avec la réalité.

Face à eux, la lumière faisait cligner les yeux.

— Ce mec respecte rien, Hiro. La vague, c'est Amsterdam pour lui.

— Amsterdam ?

— Je me sers, je prends, je jette. Comme les putes. J'aligne les billets, et la vague n'a plus qu'à se coucher.

Lascar s'énervait, à en oublier sa bière.

Il étendit ses jambes sur la grande table où Hiro mangeait le soir puis se vissa une casquette sur la tête. Ses cheveux aux reflets blond-roux ondulaient jusqu'à ses épaules et il cultivait la barbe courte. Hiro l'observa. Son côté faussement décontracté cachait un sacré tempérament.

— Rappelle-toi ce que tu dis toujours : cette vague a un détecteur d'humilité. Elle va se venger.

— Il revient demain matin. On sera vite fixés.

— Entre nous, je peux te poser une question ? (Il hésitait.) Pourquoi t'embarques des crevures sur ton bateau ?

Lascar prit le temps de répondre. Il balaya des miettes imaginaires sur la table.

— Parce que j'ai trois gosses, Hiro. Et que les paquets de gâteaux de mes gosses, c'est pas mes idéaux qui vont les payer.

Hiro repensa à Amsterdam et fit la moue.

Dans ce monde, il se demandait qui ne jouait pas au mac et à la prostituée.

Et s'il y avait des rescapés.

5

L'air se chargeait d'humidité et Lascar devisait sur le temps qui changeait, quand Yaya dressa les oreilles. Kali et Kaya l'imitèrent puis ce fut un concert d'aboiements. Les chiens bondirent vers la clôture et suivirent une voiture qui avançait au pas.

Hiro lâcha un sandwich de thazard fumé qu'il mâchonnait, et lui aussi avait le cœur qui bondissait.

Avec Lascar, ils avaient tant parlé de ce qui pouvait motiver Taj à avoir débarqué sur la presqu'île que l'heure avait tourné. Ce moment auquel Hiro aurait tant voulu se préparer était là, subitement là, et Moea descendait d'une voiture qu'il ne connaissait pas, debout à côté d'un homme qu'il voyait pour la première fois. Moea en paréo à motifs de flèches, Moea aux pieds nus. Moea enfin revenue.

Il courut vers elle, devancé par Yaya, Kali et Kaya. Ses pas retentirent sur la terrasse de bois puis l'herbe les étouffa. Il stoppa à mi-chemin, comme un homme ivre, et un sourire irradia son visage. Plus tard, il se souviendrait qu'il avait ressenti en lui une secousse, quelque chose qui se réveillait et qui lui soufflait : « Hiro, méfie-toi de la joie. »

Il serra Moea dans ses bras, si fort que toute la pudeur des sentiments qui le signait se volatilisa.

— Petite sœur, enfin tu es là.

Et il le répéta.

Ses doigts déchiffrèrent son visage. Ses yeux sondèrent le passé. Moea s'offrait à son investigation, paupières baissées.

Lascar avait suivi et maintenant, ils se serraient tous les trois, comme un clan que plus rien ne pourrait séparer.

Hiro voulait le croire.

C'est alors qu'il réalisa qu'il n'avait pas salué l'homme qui accompagnait sa sœur.

Moea tourna enfin la tête vers lui et le présenta :

— Hiro, Lascar, voici Haukea. On a bossé ensemble à Huahine et Haukea a de la famille à Taravao. Il va travailler dans une pension à Teahupo'o.

Hiro le salua mais ne put détacher ses yeux de sa sœur. Elle avait changé. D'où lui venait cette impression ? De son assurance. Elle avait pris de l'assurance. Ce qui mêlait un air de sérieux à sa beauté. Cette beauté que la souffrance n'avait su déloger.

Un paon passa le coin de la maison côté portail et ses ocelles jouèrent avec la lumière.

Haukea parut étonné.

— Oui, c'est la maison des animaux, ici, dit Hiro. Il y a des lapins aussi.

— En liberté, précisa Lascar. Hiro trouve que les cages, c'est pour le foot.

Moea inspira profondément.

— On ne respire pas impunément l'air de chez soi, dit-elle. Il s'amuse avec notre sang. Si bien que chaque cellule en nous sait qu'elle vient d'ici.

— Il y a des plantes qui ne poussent que dans leur vallée, sourit Hiro.

Lascar approuva.

— Et la fleur *tiare 'apetahi* de Raiatea, on ne la trouve que là-bas.

— *Là-bas*, murmura Moea.

Un instant, elle disparut dans ses pensées. Hiro le vit et même cette courte absence lui fit peur.

Il lui serra le bras et l'entraîna.

Yaya jappa, et, comme un signal entre les chiens du quartier, tous se mirent à aboyer.

Hiro adressa un clin d'œil à sa sœur :

— Tu crois qu'ils disent que tu es revenue ?

— Je crois qu'ils disent que je ne suis jamais partie puisque mon cœur est ici.

Et elle embrassa du regard la vallée. Tout lui parlait.

Home sweet home.

6

Moea suivit Hiro dans la vallée. Haukea était reparti après avoir déposé Moea. En pleine nature, l'air était plus frais. Les arbres avaient encore poussé. Près des bassins à chevrettes – des crevettes d'eau douce – il y avait des seurettes, pareilles à des petites cerises en cœurs étoilés, qu'elle adorait pour leur côté acidulé.

Elle en chercha quelques-unes à grappiller mais elles n'étaient pas mûres. L'arbre n'en donnait que deux fois par an. La dernière cueillette remontait à mars. Il faudrait maintenant attendre septembre.

Hiro nota l'allégresse qu'elle mettait à les traquer.

— Tu fais ton *vini*, petite sœur ?

Plongée dans sa quête, elle fit mine de ne pas entendre sa référence aux oiseaux qui dévoraient les fruits. Et ne se tourna vers lui que lorsqu'elle en brandit une grappe, triomphante.

— Pouah, grimaça Hiro qui repoussa les seurettes vertes.

Elle s'était nouée une longue natte piquée d'hibiscus rouges, qui tressautait.

C'est fou ce qu'une femme peut semer de gaieté. Avec trois fois rien, des détails qui pour toujours lui échapperaient.

Hiro prit plaisir à se dire que cette année, Moea serait là et qu'il lui préparerait toutes les seurettes qu'elle voudrait. Il en ferait des sucrées, des salées. Avec du vinaigre qu'il chaufferait. C'était ses pickles préférés, avec les mangues vertes coupées en lamelles.

Il dit sobrement :

— Chaque arbre ici prendra soin de toi, Moea.

Il lui épargna surtout la suite – et ce qu'il ferait à quiconque la perturberait.

Ils passèrent devant des manguiers puis s'engouffrèrent dans l'allée des *'uru*. Hiro avait planté toutes les variétés qu'il avait pu trouver. Vingt-six en tout. Un botaniste était venu dans les années trente. On disait qu'il en avait décrit trente-quatre. Hiro finirait par trouver les manquantes. Chacun de ces arbres, avec ses gros fruits, pourrait les nourrir pendant des décennies. L'allée était impressionnante. Majestueuse, elle saluait celui qui s'aventurait dans la vallée et l'invitait à continuer, tout en imposant le respect.

Moea eut un regard qui embrassait le paysage entier.

— Tu sais quoi ? C'est un lieu sacré, ici. On oublie tout. Teahupo'o, les gens, la route...

Dans ses yeux, Hiro lut l'intensité retrouvée.

— Oui, dans cette vallée, le *mana* est puissant.

Hiro stoppa et lui désigna un arbre parmi les *'uru*.

— Cet arbre, Moea, je pense qu'il est l'ancêtre du *'uru*.

Moea s'approcha du tronc. Son frère le vénérait.

— Tu crois ?

— Personne n'a jamais su me dire. Mais j'en suis certain. Un ami me l'a donné. Il viendrait des Philippines. C'est lui, le gardien, dit-il en posant sa main sur la première branche. Maintenant, viens.

Il changea soudain d'idée, un sourire aux lèvres.

— Attends !

Et il passa derrière elle. Alors, il ôta son tee-shirt.

La lumière, filtrée par les arbres, zébra sa peau nue.

Il remit l'étoffe à l'endroit, et l'enfila sur la tête de Moea.

— Ferme les yeux.

— Mais je ne vois plus rien !

— Le tee-shirt est blanc, pas sûr que tu ne voies rien...

— Je te promets !

— Alors, on peut avancer. Crois-moi.

Ils étaient tous deux pieds nus. Elle progressa en tâtonnant, confiée à son bras.

— Dis-moi ce qu'il y a autour de nous, que je me repère...

— Là, si tu respires profondément, tu dois reconnaître, même à travers le tee-shirt...

Elle inspira et le tissu dessina sa bouche. Sous le tee-shirt, elle ressemblait à un petit fantôme blanc.

— Non, Hiro, je ne sens rien. Ce n'est pas drôle, ton jeu.

— Hey ! Laisse-toi faire.

Il cueillit des fleurs d'un jaune-vert pâle, et les lui glissa dans l'encolure.

— De l'ylang-ylang !

À sa voix, il savait qu'elle souriait.

— Trop facile. Maintenant, on passe devant l'abricotier de Saint-Domingue, un jacquier... attention, ça glisse... un carambolier, un mangoustan, un langsat... Là, un kaki. Et là, un durian...

Elle rit.

— Tu sais ce qu'en disent les Anglais ?

— *Oh my God* !?

— Non ! « Ça sent comme l'enfer mais ça goûte comme le paradis ! »

À nouveau, son rire à la fraîcheur de cascade.

— Comme quoi ils ne disent pas que des...

— Bon, ça monte, Moea, tu te souviens ? On arrive au goyavier, au pommier d'Afrique, au néflier du Japon... au quenettier... Tu veux vraiment tout savoir ?

— J'oublie à chaque fois...

— Alors je continue, on a là... euh... comment déjà ? Des noix de mission, des litchis, un bancoulier... Attention aux pierres, lève le pied...

Elle avait l'impression d'être aveugle, et entendre tous ces noms de la vallée enchantée la plongeait dans un poème géant. Comme si on lui parlait d'une lointaine contrée. Du paradis, peut-être, si elle avait encore pu y croire.

Au loin, des chiens aboyèrent. Non, le paradis avait définitivement quitté la terre.

— Tu vas tomber, Moea... On est presque arrivés.

Moea voulut hâter le pas et elle trébucha sur une pierre. Elle roula sous son pied, et l'ombre humide délivra un mille-pattes sombre aux reflets rougeoyants qui se faufila dans l'herbe. Hiro n'avait pas envie de savoir ce que donneraient les crochets venimeux du cent-pieds dans la chair de Moea. Il en avait fait l'expérience. Deux fois. Il s'escrima à le repousser.

Elle sentit un blanc, l'esprit de son frère subitement préoccupé.

— Un problème ?

— Non, non... Il y avait... un trou. Je reprends... Le ramboutan te salue...

— Ah oui ! le fruit chevelu...

Il était heureux qu'elle n'ait rien vu. Le cent-pieds aurait tout gâché. Il n'avait pas travaillé si dur pour que la joie finisse en morsure.

— Et le pitaya t'attend... Maintenant (il foula les herbes sur un large cercle avant de lui retirer son tee-shirt), tu peux regarder en grand.

— Oooooh !!!

Mais elle restait muette, sur ce plateau dégagé où le soleil jouait avec ses yeux entre deux nuages.

— Alors ?

Elle n'osait comprendre. Elle fixait son frère qui triturait la pierre de basalte poli qu'il portait en pendentif.

— Tu as bâti un *fare* ?

— Oui, c'est ton *fare*, Moea. Tu vas pouvoir rester là.

Elle battit des mains et se mit à courir jusqu'à la bâtisse. Il cavala derrière elle.

— Tu as fait une forme...

— ... en étoile.

Comme elle allait lui demander pourquoi, il précisa :

— Parce que le ciel doit être sur terre.

Moea se jeta dans ses bras. Il crut qu'elle allait pleurer. Mais non, elle rayonnait.

En Hiro, les émotions combattaient. Il aurait voulu ne ressentir que de l'enthousiasme.

— Plus sérieusement, il est en forme d'oiseau. Pour qu'il prenne moins le vent. Tu peux le visiter. Il y a une chambre qui fait aussi salon-cuisine, une petite salle de bains et une mezzanine, si Tuhiti veut venir dormir là.

Tuhiti était le fils de Moea et de Mano. Elle l'avait eu très tôt, à dix-sept ans. Elle avait voulu le garder et leur propre mère, Mihi, ne le lui avait jamais reproché. Tuhiti était un garçon taiseux mais facile. Depuis son plus jeune âge, Hiro avait été son modèle et, très vite, la vague son obsession. Cette obsession s'était muée en fièvre *quand leur vie avait basculé*. L'expression, Hiro l'avait longtemps méditée. Jusqu'à se demander si chaque être, comme les planètes, naissait avec un axe de rotation prédéterminé. Il savait que l'immuable n'existait pas. Que les séismes impactaient la rotation de la terre.

Mano avait été un séisme. Mano avait touché cet axe. Et tout avait basculé.

Et Hiro ne comprenait toujours pas autour de quoi les êtres humains tournaient.

Mano avait été puni. Lorsque Moea était partie, Tuhiti était resté et Peva et Mihi s'en étaient occupés. En vérité, c'est la vague qui avait gardé Tuhiti. Elle l'avait kidnappé.

Face à eux, des nuages semblaient s'emmêler autour des pics de verdure qui trouaient le ciel. Le vent enflait. Hiro renversa la tête pour scruter les changements qui s'annonçaient là-haut.

— Tuhiti a déjà vu ? s'enquit Moea.

— Non, personne à part toi. Tu devrais jeter un œil…

Il la laissa passer en premier. Elle avait trois marches à gravir pour accéder à la terrasse. Hiro y avait disposé deux chaises et une table. Les formes étaient douces, irrégulières. Tout était en bois de la vallée. À l'intérieur, Hiro avait utilisé des branches entières, polies et vernies, des perches de *'aito*, du *marumaru*, du *mara* rosé, du bambou pour les cloisons, et aucune pièce de bois ne se ressemblait.

Certaines étaient martelées au ciseau à bois. Il avait intégré du bois flotté, et s'était servi des courbures naturelles pour que la main de l'homme s'efface. Moea eut l'impression que c'était la forêt qui avait construit son *fare*. Elle était émerveillée.

— La salle de bains devrait te plaire...

Moea fit coulisser la porte et poussa un cri.

La douche, couverte de pierres et de galets de la rivière Uri Bene, évoquait une cascade. Des plantes l'ouvraient sur la nature.

— On dirait Vanira Lodge, souffla-t-elle.

Vanira Lodge était la plus belle pension de l'île.

— Oui, c'est inspiré de Vanira et de Jean-Claude Michel, le sculpteur en charge du Hana Iti à Huahine... Et de la salle de bains de Tupuna.

Le Hana Iti, l'hôtel légendaire... Balayé par un cyclone.

Moea avait travaillé à la pension Tupuna de Huahine ces six dernières années, après un passage à Ahe au Cocoperle Lodge. Elle avait fait ce dans quoi elle excellait depuis l'enfance : masser. Et quand on a des doigts en or, on peut faire le tour du monde.

Elle quitta la pièce et revint sur la terrasse. Le ciel grisait à vue d'œil, et l'air se chargeait d'humidité. La pluie arrivait. Moea posa ses mains sur la rambarde de bois et ferma les yeux.

Comme dans son enfance, la rivière chantait.

Le chant gai de l'eau, que rien ne peut arrêter.

PENSÉE SUR LE MAL N° 3

Depuis que sa mère n'était plus là, Reva doutait de ce qui était bien ou pas. Dans un langage plus simple, elle disait qu'elle ne savait plus si les choses « étaient en haut ou en bas ». Couchée sur son lit, alors qu'elle rêvait d'une sieste-rédemption, elle se laissa glisser au-delà de l'oreiller, tête renversée.

Son sang coulait-il au fond de sa tête ? Cette sensation lui rappela quand elle faisait, enfant, le cochon pendu sur une branche. Elle adorait cette inversion qui en même temps la perturbait. Ses jambes s'agitaient dans le ciel et ses cheveux touchaient terre. Que se passe-t-il lorsque les pensées se rapprochent des racines ? À l'envers, elle avait l'impression de raisonner plus à l'endroit. On n'aurait jamais dû détacher la tête de la terre.

La plonger dans des rêveries, lui montrer constamment ces étoiles qu'on ne rejoindrait pas, ce n'était pas bien l'habituer. Il fallait lui apprendre à se débrouiller dans la boue, à apprivoiser la fange. À nager dans les torrents turbides de la méchanceté sans se noyer.

Elle releva la tête et écarta les hibiscus des rideaux. Dehors, l'orage montait. La pluie, violente, allait laver la terre. Et elle? Qu'est-ce qui lui laverait l'esprit?

Son carnet dormait auprès d'elle. Elle le réveilla et griffonna ces mots qu'elle recopia d'un livre qu'un touriste avait abandonné à Papeete, sur la jetée, avant de prendre son avion. Un livre qui, tel un chien, avait rempli sa mission et devenait soudain lourd, trop lourd pour faire partie du voyage.

«Comment avons-nous pu vider la mer? Qui nous a donné l'éponge pour effacer l'horizon tout entier? Ne fait-il pas plus froid? Ne fait-il pas nuit sans cesse et de plus en plus nuit?»

La *nuit*... Depuis que sa mère était morte, parfois, elle supportait mal le noir.

Elle avait peur des pensées qui viennent habiter la nuit. Elles se glissent doucement, tout doucement dans le lit. Et grandissent dans l'ombre. Pareilles à ces animaux sauvages qu'on ne croise jamais le jour. Comme déformées par des torches de feu, ces bêtes deviennent gigantesques sur le mur, elles prennent plusieurs têtes et leur gueule crache une semence immonde au goût de vice.

Il y en avait une qui revenait tout le temps. Une bête indomptable. Une bête sanguinaire. Seule Rumahere savait la faire taire par le berceau des bras. Mais ce berceau n'était plus là.

Cette bête soulevait le drap lorsqu'elle s'était endormie, regardait dessous ce qu'il pouvait y avoir de si joli. Tellement joli que ce trésor n'appartenait plus à Reva. Et, qu'une main sur la bouche, l'autre dans ces lieux si sombres d'elle qu'elle-même ne les connaissait pas, la bête lui volait tout. Rageusement. Elle la saccageait. En bête avide, jamais repue de sang. Et l'haleine de la bête, comme un halètement... Reva voulait crier. Reva voulait ne plus avoir ce corps qui la brûlait.

Mais comment échapper à soi ?

On naît avec un corps dont on ne sort pas.

Sa mère, à qui elle n'avait jamais parlé de la bête, lui avait dit : « Tu peux tout changer, ma poupée, mais garde ce corps que Dieu t'a donné. »

Reva ne voyait vraiment pas ce que Dieu venait faire dans tout ça.

La bête était pire que Dieu : elle était vraiment partout, toujours là, tapie dans une partie du cerveau de Reva.

Dans le ciel, l'orage lança le cri de guerre du tonnerre. Tremblante, elle écrivit :

« Le mal est un monstre dont la tête renaît toujours quand on l'abat.

Parce que la source est en moi. »

7

La pluie s'abattit sur la vallée avec une violence enragée. Chaque goutte semblait vouloir percer le sol et résonnait sur le toit d'un cliquetis obstiné. L'air avait encore fraîchi et Moea serrait ses bras contre sa poitrine. Avec Hiro, ils avaient regagné la maison du bord de route. Moea se tenait maintenant sur la terrasse de bois. Elle avait froid mais elle ne pouvait détacher ses yeux de cette route où toute l'énergie du ciel se déversait. Cette unique route la fascinait. Tout le monde finissait par passer par là.

Tout le monde.

Derrière elle, la voix de Hiro se rapprocha :

— Le ciel jette ses lances sur la terre.

Sans se retourner, elle sourit. Soudain, son visage s'assombrit.

— Tu vas surfer, demain ?

— Si la mer le veut, je crois bien.

La houle allait forcir, elle le sentait. Elle revit son frère, adolescent, revenir déchiqueté par le récif. On comptait plus de rouge que de brun sur sa peau. Comme tous les grands surfeurs, son corps portait les fameux *reef tatoo*. Tatoué par le récif, c'est ce qu'on disait. Son tribut à la mer. Son lien de sang.

Elle essaya de taire l'angoisse dans sa voix :

— ... Tuhiti aussi ?

— Tu le lui demanderas. Il ne devrait pas tarder à arriver.

— Il a fait des progrès ?

Hiro sourit.

— Je crois qu'il est doué.

Moea lui fit face. Son frère tripotait un gros coquillage dans ses mains – un burgau joliment nacré qui jetait des reflets.

— Il a un bon modèle...

— Les bons modèles ne manquent pas ici, Moea.

Son frère regardait au loin. Il n'avait jamais eu cette vanité qui empoisonnait si vite les humains. D'où tirait-il la force d'affronter ces vagues titanesques ?

— Matahi et Kauli lui ont beaucoup appris. Et Vetea veille sur lui. Raimana aussi, ajouta Hiro.

Elle ne connaissait pas beaucoup Kauli mais elle savait que toute sa famille surfait, du père à la mère, jusqu'à la sœur et au petit frère. Vetea et Raimana étaient les gardiens du temple. Quant à Matahi, c'était un jeune de Teahupo'o, de la famille des Drollet, né pour *rider*.

— Matahi, l'enfant béni des dieux..., murmura-t-elle.

— Oui, renchérit Hiro, tu sais ce que dit Lascar de lui ?

— Non, sourit-elle avec curiosité.

— Que dès qu'elle l'aperçoit, la vague s'écrie : « Je vais me faire belle rien que pour Matahi ! »

Il avait contrefait la voix de Lascar imitant la vague, pour le plus grand plaisir de Moea qui aimait plus que tout l'humour de son frère.

— C'est vrai ?!

— Sans rire, parfois, il n'y a que des séries pourries. Et il suffit que Matahi déboule pour que la vague creuse pour lui.

— Et Tuhiti s'entend bien avec eux ?

— Tuhiti s'entend bien avec tout le monde.

À nouveau, elle sourit. Elle aimait son fils plus que tout. Bien sûr, elle avait souffert d'en être séparée. Mais la vie n'était pas une longue ligne droite, oh non, et elle redoutait ses virages.

— J'ai hâte qu'il arrive..., dit-elle, songeuse, comme si elle s'adressait à la route.

L'eau ruisselait sur le goudron en crépitant. Les cocotiers agitaient leurs palmes comme des bras en plein naufrage. Deux vélos passèrent, côte à côte, unis sous le déluge. Tandis qu'il pédalait, l'un des garçons portait un parapluie camouflage. Son ami y trouvait refuge. Moea se demanda comment il résistait aux assauts du vent. Dans le jardin, le jaune des fleurs de *pūrau* restait le seul soleil et Yaya courait après les paons.

Elle quitta la terrasse et disparut dans la cuisine pour finir de préparer le repas qu'elle avait commencé dès leur retour. La cuisine était ouverte sur le salon, seulement séparée par un muret à mi-hauteur, couvert de coquilles d'huîtres perlières. Cette maison sentait bon les plats qui mijotaient et Hiro pensa qu'il y avait longtemps que les murs n'avaient pas été aussi heureux.

S'il aimait manger, il n'avait ni la science ni le courage de

Moea. Se lancer dans un plat répondait pour lui à la règle de trois : peu de temps, peu de matériel, peu de vaisselle. Chaque minute prise sur son rapport à la nature était une minute de trop et sa spécialité restait les pickles.

— Qu'est-ce que tu nous prépares ? dit-il en se haussant par-dessus l'épaule de Moea pour en savoir plus.

— Une surprise. Tu ne vas pas reconnaître les perroquets que tu as pêchés...

— Ça sent bon... Grâce à toi, il fait beau aujourd'hui, d'une autre façon. Tu vas aussi utiliser les oursins que j'ai ramassés ?

Concentrée sur sa tâche, elle se contenta de hocher la tête.

Hiro était un vrai homme de la mer, un *waterman* accompli. Il ne se contentait pas de surfer des tubes. Son plaisir reposait dans cette connaissance intime du lagon et de la mer, dans la lecture des vagues qui ridaient la surface, dans ce dialogue constant avec la houle et le vent, et dans la chasse sous-marine. Leur père, Peva, lui avait appris que l'essentiel dans la vie était de nourrir sa famille. Il n'avait accepté que son fils fasse du surf qu'à condition qu'il soit capable de rapporter du bleu autre chose que des souvenirs. « Je veux bien que tu attrapes des vagues, fils, si tu attrapes aussi des poissons. » Hiro avait retenu la leçon. Dans les Tuamotu, un archipel distant de Tahiti de presque cinq cents kilomètres, il avait même pêché dans des coins où le poisson n'avait jamais vu l'homme. Les mérous géants le suivaient comme des petits chiens et il se sentait l'intrus d'un monde oublié. Il n'avait jamais pu les tuer. Ces mérous n'avaient pas appris à se méfier. Ils le regardaient avec curiosité.

— Tu penses à quoi ? lui demanda Moea qui sentait qu'il rêvait.

— J'étais aux Tuamotu...

Elle était aussi allée aux Tumaotu, à Ahe. C'est là qu'elle avait appris à cuisiner le plat qu'elle préparait à l'instant, en observant les gestes de Janine, la femme qui tenait Cocoperle Lodge avec son mari, Franck. Janine venait de Teahupo'o. Sa famille habitait toujours au village, quelques centaines de mètres plus loin. Cette femme avait recueilli Moea quand elle avait quitté la presqu'île. Elle lui avait proposé un travail à la pension. *En attendant...* Loin de tout, Moea avait pu se retirer et peupler son silence d'espérance. Ahe n'avait rien d'une île haute. C'était un atoll plat comme une raie, coiffé partout de cocotiers. Mais la vie y était simple et franche, et les verts et les bleus s'y mariaient à l'infini. Le soir, Moea regardait le soleil déteindre dans le ciel, et tout semblait à sa place. Chaque jour, les pieds dans le sable du *hoa*, elle saluait cette chance que le soleil n'abdique pas. Qu'il accepte son devoir d'éclairer et de réchauffer. De mémoire d'homme, on ne l'avait jamais vu se mettre en grève ni démissionner. À son image, elle n'avait cessé de donner aux autres le meilleur d'elle-même. Elle avait massé des corps, défroissé les muscles, chassé les tensions qui nouaient les gens, fait du bien à tellement de personnes qu'elle avait fini par adoucir son désarroi. Voilà pourquoi elle aimait aussi cuisiner. L'autre rayonnait de la joie d'être comblé.

Une heure auparavant, elle avait fait bouillir du lait avec du beurre. Elle avait ajouté de la farine hors du feu, et incorporé des œufs au mélange. Elle avait cuit des perroquets dont elle avait récupéré la chair pour la hacher finement. À nouveau, elle avait mis du beurre et des œufs et mixé le tout avec du piment et du sel. La farce à quenelles reposait. Elle les ferait pocher puis elle les gratinerait avec la sauce aux *fetu'e*, des oursins-crayons, qu'elle préparait.

Elle releva la tête vers Hiro.

Il prenait des assiettes sur une étagère pour mettre la table. Elle en nota deux en plus.

— Qui as-tu invité ce soir ? Mihi et Peva ?

— Non, ils étaient retenus ailleurs. J'ai invité Lascar. Et un ami que tu ne connais que de loin, Birdy.

— Birdy ?

— Tu vois qui c'est ?

— Je crois me souvenir… C'était il y a longtemps. (Elle chercha dans sa mémoire.) Un très bon surfeur, non ?

Son frère soupira et elle ne comprit pas pourquoi.

— Oui… un très bon surfeur.

Elle sentit qu'il ne voulait pas en dire plus et se concentra sur sa sauce. Le monde était peuplé de secrets et Hiro avait sans doute les siens.

— Il est beau, non, Birdy ? demanda-t-elle en lui adressant un clin d'œil.

Comme il ne répondait rien, elle se mit à douter :

— Ne me dis pas que c'est pour moi que tu l'as invité ? Cachotier !

Les souvenirs remontaient. Birdy, son frère lui en avait souvent parlé. En bien.

Hiro hésita. Il voulait ajouter quelque chose, c'était évident. Mais il prit les assiettes et alla les disposer sur la table, dehors. Ses pieds frappèrent plus fort le plancher. Il revint choisir des verres quand, soudain, il en fit tomber un.

Moea sursauta. Il s'empara d'une balayette de *ni'au* et elle l'entendit ramasser les morceaux. Les chiens accoururent.

— Bas les pattes ! ordonna Hiro.

Dehors, la pluie faiblissait. Le bruit était désormais régulier et l'intérieur paraissait drapé de sa protection. Elle coupait de l'extérieur et concentrait l'attention sur la maison.

Hiro était en quête de grosses bougies.

— C'est la fête ! s'étonna Moea.

— Birdy va venir avec une surprise pour Tuhiti.

— Pour Tuhiti ? dit-elle en goûtant sa sauce.

— Oui, ils s'entendent vraiment bien. Birdy... est un peu un père pour lui.

— Un père ?

Elle paraissait tomber des nues. Qu'est-ce qui se tramait sans elle ? Elle posa la cuillère qu'elle tenait.

— Moea, il ne faut pas rêver. Tout le monde a besoin d'un modèle.

Elle marqua un silence.

— Je croyais que c'était toi...

— Dans sa vie, ton fils sera comme les rivières. Son flot se nourrira des autres eaux et tu n'y pourras rien. Personne n'y pourra rien.

Moea resta suspendue à ces mots, pensive. L'image de la rivière la pénétra. Elle vit un flot que rien ne pouvait endiguer et elle frissonna.

La nuit tomba d'un coup et la pluie cessa.

Moea fit quelques pas sur la terrasse. Dans le ciel, les nuages avaient effacé toutes les étoiles.

PENSÉE SUR LE MAL N° 4

Derrière les rideaux, la nuit avait craché son encre noire, comme les seiches.

Reva hurla. Elle avait crié le nom de sa mère. Rumahere.

Son angoisse était tellement forte qu'elle aurait voulu réveiller le cimetière.

Pourquoi les morts dorment-ils si profondément ?

Sa mère, elle l'entendait encore. Elle la voyait parfois. Pourquoi n'apparaissait-elle pas ?

Elle se leva en sursaut, enfila une nuisette et alla se recueillir devant un autel où elle avait posé une statuette de la Vierge sur une petite table. Le visage, pur, croulait sous les fleurs. Des roses de porcelaine qui refusaient de mourir.

Reva aurait tout fait pour sa mère quand elle était encore vivante.

S'il avait fallu faire la pute pour que Rumahere ait à manger, elle le jure, elle l'aurait fait.

Tout pour qu'elle soit encore là.

Une larme coula. Dans le miroir, Reva l'accusa:

— Tu aurais pu être en sang, toi.

Elle s'était assoupie alors qu'elle avait juste souhaité lire sur son lit. Un cauchemar l'avait réveillée. Un chirurgien lui avait vissé une broche dans la jambe et sa plaie suintait. C'était après son accident. L'accident qu'elle avait réellement eu quand elle avait quinze ans. Une voiture l'avait renversée près de l'isthme qui reliait la presqu'île à la grande île de Tahiti. Depuis, elle gardait une longue cicatrice. Elle avait toujours répété que sa cicatrice la défigurait. Jusqu'à ce que le chirurgien lui dise qu'une jambe n'était pas un visage, donc qu'elle ne pouvait être défigurée.

Elle était juste *marquée*.

Marquée, oui, elle l'était. Et si profondément. *Si tu savais.*

Il lui avait assuré que son visage était très joli. *Joli à croquer.* Un ogre. Encore un ogre.

Le chirurgien avait des poils sur les bras.

Elle détestait les poils.

Elle détestait cette jungle noire qui fourmillait sur les bras. Elle détestait les bras poilus qui la fouillaient. Oh! elle voulait encore hurler!

Et n'être qu'un cri, un cri perdu dans la nuit.

Comme pour renaître.

Et être délivrée de *l'autre vie*.

Sur son carnet, elle écrivit:

«Le corps est une prison. Le corps est un carcan. On ne peut s'échapper de son corps qu'en rêvant. Mais quand on cauchemarde, on redevient son esclave.

J'ai peur de la mort. J'ai peur de sombrer pour l'éternité dans un cauchemar qui me tiendra éveillée à jamais, Maman.»

Elle laissa glisser la nuisette à terre, ouvrit son armoire, et en sortit sa plus belle robe. Noire.

Et des talons hauts, avec des cœurs rouges.

L'angoisse diminua quand elle enfila les escarpins. La peau glissa dans la forme parfaite de ces navires vernis.

Elle se regarda dans la glace et son profil la rassura.

C'étaient des collines tout en douceurs, des arrondis pleins comme des fruits.

Loin des angles acérés des hommes, du poignard de leur sexe.

Elle engloba ses seins dans la paume de ses mains.

Demain, elle irait nettoyer la tombe de sa mère à Tautira, sur la côte opposée. Elle adorait prendre soin de sa tombe.

Elle ferma les yeux.

Maintenant, il faisait doublement nuit.

Comme dans un cercueil.

Comme dans l'oubli.

8

— Maman !

Une torche blonde fondit dans ses bras, précédée par Yaya, Kali et Kaya.

Moea serrait maintenant son fils contre sa poitrine. Il courbait la nuque sans fermer les yeux.

— Tu as encore grandi, s'étonna-t-elle en lui caressant les cheveux.

Elle le repoussa pour mieux le considérer et posa sa main sur ses épaules. Elles étaient redoutablement musclées.

— Tu t'es teint la frange en blond ?

— Maman..., soupira Tuhiti. Le ton avait complètement changé.

Elle repensa à la rivière Uri Bene dont Hiro parlait. Oui, on ne pouvait rien dominer. Le laisser faire, après tout, ses cheveux lui appartenaient. C'était son garçon, ce n'était pas un objet.

À nouveau, elle le prit dans ses bras et l'embrassa.

— Tu vas rester ? dit-il avec une lueur d'inquiétude dans le regard.

— Tuhiti... oui... C'est ce que je t'ai dit au téléphone.

— Je ne crois pas toujours le téléphone.

Il avait déjà disparu sur la terrasse.

Moea resta, interloquée. De quoi avait-il peur ? Elle lui avait promis de rester.

Hiro ajouta à mi-voix :

— Le beau temps est malheureusement comme le mauvais temps : on croit qu'il s'installe... et il ne demeure pas.

Moea affermit sa voix.

— Hiro, j'ai dit que je ne repartirai pas.

Yaya aboya.

— Ne t'énerve pas. Je crois juste que Tuhiti ne l'avouera jamais, mais qu'il a besoin de toi.

— En attendant, il a surtout besoin de prendre une douche avant le dîner. Tu vas le chercher ?

— Tuhiti ? lança Hiro en direction de la terrasse. La pluie ne dispense pas de la douche, tu sais ça, garçon, hein ?

Le jeune réapparut comme par magie. Il hocha la tête et courut vers la salle de bains. Hiro songea qu'un jour, et sans doute pas si lointain, Tuhiti n'obéirait plus aussi vite. La rivière deviendrait torrent de montagne.

Moea avait disparu dans le jardin. Elle revint avec des brassées de fleurs qu'elle disposa sur la table sur du bois flotté. Du frangipanier et du bougainvillier qui alternaient blanc crème et rose. Elle les posa avec un naturel qui le déconcerta. Comment avait-elle pu créer autant de beauté en si peu de gestes ?

— Waouh...

— C'est Janine qui m'a appris. Les quenelles aussi.

Hiro alluma des bougies.

Tout était prêt pour le dîner.

Justement, Birdy arrivait. Le faisceau des phares balaya l'allée et les rais de pluie.

Hiro alla à sa rencontre, tandis que la timidité gagnait Moea. Elle retourna à la cuisine pour vérifier que sa sauce ne brûle pas.

Les oiseaux s'étaient presque tous tus. Au loin, elle entendait Birdy et Hiro qui se saluaient. Les chiens couraient en tous sens.

Puis il lui sembla que les deux hommes chuchotaient.

Elle les entendit se rapprocher et se surprit à vérifier sa coiffure, ajoutant une fleur à ses cheveux.

Quand elle croisa le regard de Birdy, elle sursauta.

Elle ne s'était pas attendue à... ça. Ses yeux avaient plongé plus bas, jusqu'au fauteuil roulant qui avançait vers elle. L'homme lui souriait avec beaucoup de douceur. Elle se sentit devenir gauche à vue d'œil. Il se présenta :

— Birdy, dit-il sans quitter son sourire.

Devait-elle se baisser pour l'embrasser ? Ou lui tendre la main ?

Elle décida de se courber jusqu'à lui. Était-ce humiliant pour Birdy ? Elle s'en voulait de se poser autant de questions. Pourquoi perdait-elle son naturel ?

— Ça sent très, très bon, nota Birdy. Bien meilleur que la cuisine de Hiro !

Tuhiti se pointa, cheveux encore mouillés, suivi de la masse jaune de Yaya, et Birdy et lui se tapèrent dans le dos. Moea constata avec satisfaction que son fils avait revêtu un tee-shirt propre.

Birdy avait les jambes amaigries mais ses bras restaient

solidement bâtis. Son visage était couronné de mèches brunes qui bouclaient. Quelque chose d'enfantin en lui contrastait avec le drame qui l'avait frappé.

Moea fut saisie par son entrain. Cet homme était empreint d'une telle gaieté qu'elle eut honte d'abriter autant de tristesse en elle. Quel âge avait-il ? Quarante, peut-être. Sans doute moins. Il paraissait coupé en deux : le visage était juvénile et le haut du corps charpenté, alors que ses jambes semblaient deux grandes oubliées. Elles avaient fondu sous lui et ses genoux prenaient une proportion démesurée.

Hiro lui avait posé une coupe dans les mains et lui versait du champagne qui tourbillonnait.

Moea apporta une assiette de carpaccio de *korori*, le muscle de l'huître perlière. Elle l'avait assaisonné de quelques gouttes d'huile d'olive au combawa. Elle fit passer le plat et des piques en bois.

Yaya avait rejoint Kali et Kaya, couchés sous la terrasse. On percevait leurs queues qui battaient le bois en cadence.

À son tour, Moea accepta une coupe de champagne et s'assit en face de Birdy. Tout redevint normal, chacun à la même hauteur. Elle n'osait pas le regarder.

Quand elle releva les yeux, il la fixait. Elle réalisa qu'il avait de grands yeux bleus intenses. Il devait être impossible de mentir à un homme de cette trempe-là. À nouveau, elle se sentit gênée. Les Polynésiens n'avaient pas l'habitude de soutenir un regard. Mais Birdy venait de métropole, même s'il était acclimaté depuis des années. Il faisait partie du décor.

Elle se demanda ce qu'il voyait en elle.

Étrangement, ce fut elle qui eut honte de ce qu'elle était.

Elle se sentait transparente et nue.

La conversation tourna autour de la bombe de la journée. L'océan avait envoyé sa perle, une offrande qui ne se refusait pas. Tuhiti en rêva.

— Tu crois que j'aurai bientôt le niveau pour charger du gros, Hiro ?

Il avait les coudes calés sur la table mais le reste du corps ne tenait pas en place.

Hiro resta indécis, puis se pencha vers lui.

— Le jour où tu auras le niveau, Tuhiti, crois-moi, tes *tarihua* le sauront avant toi. Pour le moment, amuse-toi.

Tout le monde rit et Moea rougit. Elle n'était pas habituée qu'on parle des couilles de son garçon.

Tuhiti avait les doigts fourrés dans un bocal de pickles et il contemplait son verre d'eau, un sourire aux lèvres. Bientôt, il aurait droit au vin aussi. Et aux exploits.

Lascar arriva à cet instant, s'excusa que sa femme, Océane, ne soit pas là mais elle gardait les enfants. Moea n'en revenait pas : il fallait vraiment être Lascar pour avoir grandi en France à La Rochelle puis à Six-Fours-les-Plages, près de Bandol, partir tous les jours de la marina, passer sa vie en mer, et avoir une femme qui s'appelle Océane. Était-ce ce qu'on appelle une destinée ? Lascar attrapa un verre au passage pour saluer tout le monde et s'assit au plus près des pickles, à côté de Tuhiti. Les deux eurent un clin d'œil de connivence.

— Mais c'est super bon, ce truc de la mort qui tue ! dit-il en engloutissant deux pickles qui gouttèrent entre ses doigts. C'est quoi ?

— Des bilimbis, dit Moea, ravie.

— Des quoi ?

— Des bilimbis. C'est Franck qui les fait à Tupuna. Il a un grand jardin en montagne, un peu comme Hiro.

— Et c'est quoi ? insista Lascar.

— Un cornichon indien qui pousse tellement haut que pour la cueillette, tu as besoin d'une épuisette ! Franck le trempe coupé en deux dans l'eau salée sucrée, il le couvre d'un paréo puis il le laisse au soleil pour qu'il développe ce jus épais. Il ajoute de l'ail, du gingembre, du curcuma et du piment, encore du sucre et, quinze jours après, le tour est joué. Tu prends le plus fade des sandwichs, tu mets du bilimbi, et c'est le paradis.

— C'est pire que l'*ice*, cette tuerie ! ajouta Lascar.

Tuhiti baissa les yeux et se tortilla sur sa chaise.

— Sans rire ? reprit Lascar en se tournant vers lui.

— Ouais, commenta Tuhiti sans développer.

— ... Ah parce qu'en plus, tu sais ? enchaîna Lascar du tac au tac.

Le garçon mit un temps à comprendre, puis eut l'air gêné.

— Allez, je te charrie, j'arrête de t'embêter.

Lascar ramena la discussion sur la houle qui risquait de s'installer pour quelques jours. Birdy dit qu'il irait peut-être en jet-ski. Comme Moea eut l'air étonné sans rien oser demander, il précisa à son intention :

— Cette vague m'a pris mes jambes mais je ne lui en veux pas.

La phrase eut une force d'impact incroyable sur toute la tablée.

Il continua sans jamais fanfaronner, pourtant conscient de l'intérêt qu'il suscitait.

— J'aime Teahupo'o. Plus que tout. Elle m'a procuré mes plus grandes joies, m'a apporté des sensations que rien d'autre ne m'apportera. Alors, je ne vais pas lui en vouloir pour mon erreur.

Tuhiti semblait douter. Birdy avait été un tel champion, un *windsurfer* pro qui s'était converti au surf et qui avalait des vagues dantesques. Avant son accident, il virevoltait sur les vagues.

— Je t'assure, Tuhiti, j'ai merdé. Ce jour-là, tu ressentais une énergie incroyable dans l'eau. Elle était palpable. Une force démoniaque, quelque chose d'indomptable. De presque animal.

Tout le monde l'écoutait. Plus personne ne mangeait. Seul le parfum de l'ylang-ylang se mêlait à la conversation, plus intense avec la nuit.

— Dans ma vie, j'ai shooté des vagues impossibles. J'ai vécu des trips inoubliables, j'ai été sponsorisé par Oxbow... Et je dirais que je n'ai pas eu de chance ? J'irais me plaindre ? La chance, je n'ai eu que ça. Il fallait bien payer un jour. Je suis juste passé à la caisse. Dring... Voilà.

Moea ne pouvait plus se détacher de ces yeux bleus, de la fièvre qu'ils contenaient.

Hiro et Lascar hochaient la tête.

Birdy s'adressa franchement à Moea :

— Cette vague, c'était mon jardin. Je m'y promenais. Il ne faut jamais être trop sûr de soi. Elle a dû le sentir. Elle a dû flairer cette assurance qui mène à la vanité. Elle ne s'est pas vengée, elle m'a juste rappelé à l'ordre.

Moea voulut recaler la fleur dans sa chevelure mais elle tomba sous la table.

— Rappelé à l'ordre, médita-t-elle.

— Oui. C'était un matin, avant 7 heures. L'heure où tout semble se réveiller pour toi. La houle était de sud-ouest, et la marée montante. Ce ne devait pas être plus gros que ce que tu as pris aujourd'hui, Hiro. Du bon deux mètres bien épais. Mais la houle d'ouest est, comme tu le sais, traîtresse. À cause du *bowl* ouest, l'effet fer à cheval était redoutable. Je n'en étais pourtant pas aux présentations avec Tchopo et j'étais habitué aux grosses vagues avec Jaws. (Il fit une pause.) J'habitais Tahiti depuis un an après avoir vécu à La Mecque du surf, Maui. Je voyais Tahiti dans mes rêves, voilà pourquoi j'ai dit bye bye à Hawaï. Cette vague, Teahupo'o, j'en suis tout de suite tombé amoureux. Ce fameux matin, c'était *morning sickness*. Il y a toujours un gros *swell* au lever du jour, n'est-ce pas, Hiro ?

Hiro opina, attentif. L'histoire, il n'avait jamais entendu Birdy la raconter en détail.

— C'était une journée à me faire mal. L'énergie de l'eau le hurlait de partout. Quand la vague tapait, elle écrasait. Tu sais si une vague va jeter quand le *reef* descend comme une rivière sous le niveau de la mer. Je ne me disais jamais : *Je vais en prendre une dernière*… Je me l'interdisais… Et là… J'en ai pris une dernière.

Il but une gorgée de champagne qui parut le brûler et reprit :

— J'ai raté mon *take-off*…

La tension montait et il était impossible d'imaginer l'enfer dans des yeux aussi bleus. Pourtant, Moea eut l'impression qu'au fond de ces pupilles, la vague de Teahupo'o enflait toujours. Oui, elle voyait ce mur qui montait et Birdy, en proie à l'inéluctable, aspiré par la vague.

— La vague était tellement ouest que je ne voyais plus la sortie. La lèvre du tube, surpuissante, m'a happé comme un confetti et je me suis retrouvé tête en bas et bras en croix, emprisonné. Tuhiti, dans ces moments, tu ne peux plus bouger, je te jure, et là, dans la descente, tu te dis, O.K., je suis mort.

Tuhiti écoutait, entre fascination et effroi.

— J'ai cru que cette descente durait une heure. Mes jambes sont passées par-dessus ma tête...

— L'effet scorpion..., murmura Hiro.

— Oui, j'ai fait le scorpion et j'ai cru que j'allais m'exploser contre le corail. Rideau. Je me suis luxé et fracturé la vertèbre L1 sans même toucher. Juste par la violence du choc. Ma moelle épinière était pincée. À partir de cet instant, je n'ai plus jamais senti mes jambes. Les pompiers m'ont transporté sur le ventre à Mamao. Je flippais : j'avais l'impression que mes jambes tombaient dans le vide et que je les tenais avec mes abdos.

Il échangea un regard avec Moea. Elle battit des paupières. On ne lui avait pas volé ses jambes mais souffrir, elle connaissait.

— On m'a shooté à la pompe à morphine. Je fermais les yeux, j'étais sur un toit à Paris et je regardais le coucher de soleil, promis... quand je me suis réveillé dans ma chambre pourrie. Et là, on te dit : il y a entre 0 et 2 % de chances que tu remarches un jour.

Birdy accusait encore le choc. Il marqua un silence.

— Et toi, dans ta tête, tu continues de chevaucher des vagues, intervint Hiro.

— Exact, sauf qu'on a déconnecté des fils dans ton corps et que même pisser debout sur tes jambes, tu pourras plus jamais. Alors scorer du gros...

Moea partit en cuisine et rapporta le plat à gratin. Les quenelles nageaient dans la sauce la plus appétissante du monde.

— Dieu merci, j'ai encore une bouche pour embrasser et pour manger.

L'humour de Birdy détendit l'atmosphère et Moea les servit. Elle s'apprêtait à verser une deuxième cuillerée de sauce dans l'assiette de Birdy quand il dit :

— Désolé, mais un estomac n'est pas fait pour rester assis. C'est sobriété forcée !

Elle s'en voulut encore de ne pas avoir réfléchi et réalisa tous les automatismes qui allaient avec une bonne santé. Elle n'osa plus demander si c'était bon. Heureusement, Lascar prit la parole :

— Sur la ligne d'arrivée, on trouverait les bilimbis. Mais maintenant, il faut compter sur ton plat aussi.

— Oui, c'est délicieux, Moea. Ta cuisine fait définitivement partie des plaisirs de la vie.

Tuhiti paraissait heureux aussi. Mais pour le savoir, il fallait regarder le fond de l'assiette.

Il avait pris du pain pour saucer. À la fin, on eût dit l'écuelle de Yaya.

Il posa la question qui lui brûlait la langue :

— Et ça te manque fort ?

— La bonne cuisine ? plaisanta Birdy.

— Non, dit Tuhiti en chassant sa réponse d'un revers de main. L'adrénaline.

Birdy lui sourit.

— Tu sais, Tuhiti, je passais huit heures par jour dans l'eau. Je faisais pas de gras, je te garantis. Suer en faisant du sport, je ne connaissais pas. Je passais ma vie à glisser. Des boîtes de malade sans rien me casser, j'en ai pris à la pelle. Et là, bang, paraplégie. L'ostéo de génie qui m'a soigné m'a posé la seule question qui comptait. Écoute bien, c'est bon pour ton français, Tuhiti.

— Vas-y !

— Il m'a demandé si je disais « Il m'est arrivé un accident »... ou « J'ai eu un accident ».

— Et alors... ?

Birdy se cala au fond de son fauteuil.

— ... *J'ai eu un accident.*

Le cerveau de Tuhiti turbinait. Il soupesait la nuance.

— C'est toute la différence entre assumer et...

— ... se poser en victime, le coupa Tuhiti.

Hiro sentit que la question le travaillait.

— Voilà, t'as compris, dit Birdy.

— Et l'adrénaline ? insista Tuhiti.

Moea s'étonna de l'obstination de son fils.

— Ce qui me manque, c'est de pouvoir me démerder. Demander, c'est pour moi parfois mendier. Alors je prends mon pied autrement. Je fais du kart, je tracte Raimana sur la vague en jet-ski comme tu sais, même si je t'avoue que, parfois, j'aimerais bien être au bout de la corde...

— Un jour, tu le seras, ne put s'empêcher de dire Tuhiti.

Birdy lui envoya une tape amicale derrière la tête.

— Chaque truc a son temps, petit. Je veux prendre mon pied en pirogue, maintenant.

— Moea, pour que tu comprennes bien, précisa Lascar, Birdy *shape* les pirogues en fibre de verre les plus dingues de la terre. Au top 20 des compétitions, dix-neuf sortent de son atelier. En quatre jours, il t'en pond une finie. Treize mètres de pur bonheur.

— Et en parlant de bonheur...

Birdy s'était tourné vers Tuhiti.

— Pour fêter le retour de Moea, continua-t-il, je suis venu t'annoncer que si tu gagnes ta prochaine compétition de surf, je t'offre ton *va'a*. Tu viendras le choisir à l'atelier.

— C'est vrai ?! s'enflamma Tuhiti.

C'était son rêve. Un Tahitien a la pirogue dans le sang. Il aurait déjà fait le tour de la lune si le ciel était un océan.

— Est-ce que j'ai la gueule d'un mec qui ne sait pas ce qu'il dit ?

Tuhiti lui tapa dans la main.

Le garçon sortit de table en courant, fit des bonds comme un poisson-volant et revint en soufflant entre ses doigts des bulles de savon géantes. Ses avant-bras étaient pleins de mousse.

Dans ses mains, il tint deux bulles irisées qui tremblaient.

Il les accoupla et elles éclatèrent.

C'était vraiment une drôle de journée, entre cette promesse insensée de Birdy et ce surfeur hawaïen, Taj, qui lui avait fait fumer du *paka* alors que quelques heures auparavant, ils ne se connaissaient pas.

Tuhiti se sentit grand d'un secret.

Et adulte, de savoir le garder.

9

Le bateau filait le long du Fenua Aihere. Dans le ciel chargé, il n'y avait pas d'étoiles à guetter. Taj se demanda comment Timeo, l'homme qui pilotait, pouvait se repérer.

— Ce ne doit pas être évident, avec les patates de corail, cria-t-il.

— Bah, tout est dans le crâne.

Taj n'avait pas l'air convaincu.

— Le GPS..., fit l'homme en se tapotant la tête d'une main, gardant l'autre rivée sur le volant.

— Ton GPS, ça n'empêche pas de prendre des chiens, s'époumona Tini, le troisième homme sur le bateau.

— Des chiens ?

Taj pensait avoir mal compris.

— Ouais, reprit Tini. L'autre fois, on s'est pris un chien avec le bateau. Timeo pensait que c'était une noix de coco.

— Merde, dit Taj qui n'était pas emballé par l'image.

Tini se rapprocha de lui. Il avait un visage fripé par le

soleil même s'il ne devait pas avoir plus de la quarantaine. Son haleine aurait pu incendier un chalutier.

— Dans l'eau, y a même des cochons.

— Des cochons ?

Cette fois-ci, Taj ne le croyait pas. Ils avaient trop bu de cocktails à la plage de Maui, sur la route qui bordait le lagon après Vairao.

L'homme n'avait pas l'air de plaisanter.

— Des cochons, oui.

Taj laissa traîner sa main sur la coque du bateau pour sentir l'écume.

— Sauvages, reprit Tini. Ils sont comme les filles en bikini. Ils aiment bien nager pour se rafraîchir. Mais eux, ils vont jusqu'au récif.

— Jusqu'au récif ?

— Je te jure.

Taj partit d'un grand rire qu'il n'arrivait plus à endiguer. Tini fut fier de son effet. Il tenait entre les mains une lampe électrique et, par moments, il la faisait clignoter. Taj comprit que c'était pour prévenir les autres fous qui navigueraient de nuit. Un avertisseur de présence. Finalement, ces tarés gardaient un minimum de raison.

L'Hawaïen avait la tête qui tournait. Trop d'alcool. Trop de drogues.

Mais il restait invincible.

Il respira à pleins poumons l'air salé.

La houle du matin continuait à distiller son adrénaline dans son cerveau.

Il tapa dans le dos de Tini :

— Et les filles en bikini, y en n'a pas la nuit ?

— Tu veux des filles ?

Taj vit une lueur éclairer le regard de ce prédateur.

Non, il n'était pas sûr de vouloir une fille ce soir. La vague du lendemain l'attendait. Mais s'il prenait un peu d'*ice*, peut-être que… Il pourrait alors tenir des nuits sans dormir.

Il hésita puis se résigna.

— Demain… Demain, c'est bien.

Timeo, qui n'appréciait pas qu'on l'écarte de la conversation même quand il pilotait, se tourna vers eux. C'était le modèle carré au carré. Du solide de partout. Un homme bien arrimé. Avec la courbure Hinano qui donnait au ventre de l'ambition.

— Tu veux Radio Cocotier ? demanda-t-il, hilare.

Taj ne comprenait pas ce qu'il racontait.

Et comme Taj n'avait pas dit non, il lança dans les airs une musique qui n'avait rien de traditionnel.

— Anthrax ! précisa Timeo.

Et il prit une pose méchante. Ce qui ne le changea pas beaucoup.

— Du trash metal *old school*, *yeah* !

Sur le lagon qui dormait, l'effet était surréaliste. Les basses donnèrent à Taj l'impression que sa cage thoracique explosait. Le nom du groupe lui rappela vaguement un guitariste avec une barbichette et un skate-board. Il commençait à regretter de ne pas avoir dit oui pour les filles. Il avait toujours du mal à s'endormir sans bons oreillers.

Le bateau ralentit et amorça une courbe. L'eau jaillit sur les côtés.

Timeo hulula :

— On est arrivéééééés !

Tini sauta sur le ponton qui se présentait, bout à la main.

— Bienvenue à Las Vegas, lança-t-il à Taj qui accosta avec son sac de voyage.

Et il tapota un SMS pour son boss, Fauvero.

La pluie avait cessé. Taj piocha dans sa poche pour trouver ses cigarettes. Son briquet mit le feu à la nuit. Il tira quelques bouffées. Au fond, l'horizon était légèrement plus clair au-dessus des montagnes.

Entre deux nuages, la lune sortait. Sur le ponton, elle dessina la longue silhouette de l'Hawaïen qui avançait.

Il allait à la rencontre d'un homme qui descendait d'un escalier. On ne pouvait pas le rater. Le blanc de sa chemisette et de son pantalon attrapait la lumière qui subsistait.

À mesure qu'il se rapprochait, Taj découvrait des pans d'une villa insoupçonnable depuis le lagon. C'était l'ancienne maison d'un milliardaire qui avait cru qu'il pouvait faire pousser un paradis dans la brousse. Il avait tenu un an, puis avait compris qu'il fallait une âme bien trempée pour vivre dans un monde sans route ni électricité. Il avait déserté et rejoint un autre mirage, sans doute.

Le nombre de chiens qui déboula, Taj eut tout d'abord du mal à le déterminer.

Ils vinrent le flairer et il sentit leurs museaux humides flirter avec ses mains et ses pieds. Il s'étonna de ne pas recevoir des torrents de bave sur ses tongs.

— Kokaina ! Ti'aporo ! Ici.

Fauvero n'eut besoin de crier leurs noms qu'une fois. Sa voix était puissante et assurée.

Ces deux chiens devaient être les leaders. Les autres suivirent en meute serrée.

Tous se réunirent autour de Fauvero, le dieu Fauvero, qu'ils entourèrent en étoile.

— Quel comité d'accueil ! dit Taj.

— On ne reçoit pas tous les jours des VIP, ici !

Taj se demanda si Fauvero n'y avait pas mis un peu d'ironie. La drogue le rendait parano. Il doutait de tout. Il n'était pas d'accord avec l'idée que la drogue transformait les gens. Elle exacerbait juste ce qu'ils avaient en eux. Ce que tu étais, profondément, avec la drogue, tu l'étais puissance cent.

— Dis-moi, ça change de ta cahute, dit insidieusement Taj, au cas où.

— Oui, il faut savoir jouir de tout.

Taj passa du ponton au sable côtier et les deux hommes se serrèrent poitrine contre poitrine.

— C'est toujours de l'acier, dit Fauvero dont les doigts avaient touché les muscles du surfeur.

— La mer n'aime pas le coton.

Au bord, l'eau clapotait, inoffensive.

Kokaina avait sauté dans le lagon. Enfin, Kokaina, c'était une supposition. Car elle était toute blanche, alors que l'autre leader était noir.

Il se dégageait de la propriété une incroyable fraîcheur. Taj avait presque froid. Partout, la végétation s'étageait et c'était comme si elle avait piégé chaque goutte de pluie. Il ne voyait que des contours mais les feuilles bruissaient et dès qu'il passait à côté d'un buisson, des parfums l'étourdissaient.

Fauvero tenait à la main un traditionnel collier tressé de feuilles et de fleurs. Il le passa au cou de Taj en signe de bienvenue. L'odeur fit réviser à Taj son point de vue. On était loin du traditionnel collier : les feuilles étaient de cannabis.

— Spécialité locale ? sourit le surfeur.

Fauvero cligna de l'œil.

— Combien de temps vas-tu rester parmi nous, l'ami ?

Taj le suivit dans l'escalier, bousculé par Ti'aporo. Ce chien était le Rambo des canidés. Tout en muscles et en mâchoires. Un peu comme Timeo.

— Jusqu'à ce que je ne puisse plus supporter la Hinano et que je rêve d'une bonne Bikini Blonde.

— Sacré Taj...

Un oiseau déchira la nuit d'un cri moqueur et Taj leva la tête vers les montagnes. Leurs cimes étaient dentelées. Il les imagina peuplées de cochons sauvages qui rêvaient d'un bain de minuit.

Rapidement, ils débouchèrent sur une grande terrasse en bois.

Aux coins, des lanternes étaient posées. Elles diffusaient une lumière jaune d'or, sensuelle et discrète. Le contraire du néon criard. Une multitude de coquillages constituait la principale décoration, avec de grands coussins en demi-étoiles et des troncs grisés de bois flotté. Sur le côté droit, Taj nota un hamac vide qui oscillait encore. Il entendit le chant d'une rivière et réalisa que la fraîcheur qu'il avait sentie en accostant venait de l'eau. De la rivière, et de la brousse qui l'entourait.

— Moi, je m'arrête là, dit Fauvero.

Taj stoppa en bordure de terrasse, tira sur sa cigarette et le considéra. Il n'avait pas changé. Une masse un peu épaisse, un visage durci par la vie qui savait sourire aussi, et une moustache d'un autre temps. Des petits yeux noirs qui auraient lu en vous le moindre début de l'amorce de la naissance d'une trahison. Un homme rusé et rugueux mais qui aurait tout risqué pour obtenir le respect par l'argent.

Il ne touchait pas à la drogue qu'il brassait. C'était son missel : si tu touches à la dope, tu perds la tête et les affaires ne se gèrent pas avec les pieds. Les vols à Los Angeles étaient son taxi, son obsession des blondes siliconées l'équivalent de celui de la vahiné pour les étrangers. Une bonne paire de seins qui dansait au-dessus de sa tête le berçait plus sûrement que le vent dans les feuilles de cocotiers.

Officiellement, il était un homme d'affaires retiré dans sa robinsonnade, à mi-chemin entre le fou et le néo-romantique.

Officieusement, la plus vicieuse tête de réseau de la Polynésie qui n'hésitait pas à bourrer le ventre des femmes enceintes d'*ice* pour en faire de parfaites mules. Quitte à ce que la drogue qui éclatait dans leur corps prive la Polynésie d'une génération future.

Simples dommages collatéraux.

— On parlera business demain, dit-il.

Et il lui fit une dernière accolade.

Il disparut vers le séjour qui ouvrait sur la terrasse.

Sans se retourner, il ajouta :

— Si tu as besoin de quoi que ce soit, les deux écervelés sont là pour toi. *Nana* !

Timeo et Tini gravissaient les marches, chargés des planches de Taj. Ce dernier en trimbalait une cohorte avec lui. Cachées dans leurs housses noires, elles donnaient aux deux hommes l'allure de voleurs de sarcophages. La percussion régulière des pas sur le bois s'éleva et le chemin se corsa en lacets serrés. Le terrain était pentu et partout, la nature semblait vouloir dévorer le vide. Taj repoussa une branche de fougère arborescente et aperçut, dans un virage, une niche creusée dans la pierre. De petites bougies avaient été allumées et leur flamme tremblait.

Il posa un instant son sac de voyage et regarda. Il crut halluciner. Un Christ en croix rayonnait au milieu. À ses côtés, un Bouddha doré reposait solidement sur son fessier. Une Vierge en plâtre assistait à la scène sans trop s'émouvoir, épaulée par des tikis en pierre et en bois sculpté. Taj avait beaucoup traîné en Afrique de l'Ouest et il fut fier de reconnaître le dieu Eshu – le dieu médiateur, un peu voleur, grand entremetteur entre l'homme et la nature. Le roi de la duplicité dans la culture Yokuba, avec son visage asymétrique. Bref, l'alter ego de Fauvero. Une statuette complétait la réunion de famille, incrustée de fils d'argent de ce dieu indien à tête d'éléphant dont il ne retrouvait plus le nom. Ganesh, peut-être. L'Inde avait trop de dieux pour qu'il s'y reconnaisse.

Les deux hommes ne furent pas surpris qu'il marque une halte. Les rares visiteurs s'arrêtaient sans déroger devant cette niche.

Timeo devança les interrogations de Taj et déclara, de sa voix forte :

— Fauvero pense que dans la vie, on n'a jamais trop de dieux de son côté. Alors, il les a tous rassemblés.

Quel renard... pensa Taj en son for intérieur. Tandis qu'il reprenait l'ascension, il songea que face aux bombes qu'envoyait l'océan, il était prêt à prier n'importe qui aussi.

En vérité, l'histoire de Fauvero était un peu plus compliquée – et un peu moins glorieuse. Voilà deux ans, il était parti à la pêche avec un ami chinois qui était bien le seul à avoir une Mercedes SLK au pays des pick-up. Ils naviguaient du côté des falaises du Pari, au bout de la presqu'île. La mer était grosse et pourtant, elle n'empêchait pas le soleil de faire croire au paradis. Ce soleil faussait la donne. On était loin de ces nuages gris bleuté comme la peau des requins et des bourrasques qui intiment l'ordre de rentrer. Ils s'approchaient du récif que tous les locaux craignaient, là où les vagues cassent au large. Fauvero cria au Chinois : « On va se ramasser ! » Il scrutait nerveusement l'horizon. Il répéta en hurlant, perdant son sang-froid : « On va se ramasser ! » Bien sûr, la série de grosses qu'il redoutait est arrivée. « Accélère ! Bordel ! Accélère ! » Fauvero avait beau crier, le bateau s'est mis sur la tranche en un rien de temps. Le Tahitien était du côté bas. La déferlante a commencé à casser et a projeté violemment le bateau, un jet-boat de 90 CV. Il a été secoué dans tous les sens par les vagues. Fauvero s'est retrouvé sonné au fond de l'eau. Soudain, il a senti le corail. Et dans ses mains, la ligne qui tenait tout à l'heure les leurres, des poulpes en plastique, enroulée entre ses doigts. L'hameçon était coincé dans le corail. Et Fauvero coincé sous quatre mètres d'eau, entraîné au fond par le nylon. Un cauchemar qu'il n'aurait pas souhaité à son pire ennemi.

Heureusement, le fil a fini par casser. Au-dessus de sa tête, une vague immense a mugi. Fauvero a juste eu le temps de regarder au loin dans le lagon et de prier tous les dieux de la terre. Puis il est parti avec la vague. Si le courant avait été sortant, il aurait dérivé au large. Le bateau a été éjecté dans le lagon. Le Chinois restait vissé au volant, persuadé que Fauvero s'était noyé.

Mais Fauvero s'en était tiré.

Il en avait retenu trois leçons. Bien choisir son équipier. Prier tous les dieux quand la situation est désespérée. Et toujours avoir un couteau sur soi pour se sortir d'une impasse. S'il en avait eu un, il aurait coupé immédiatement le nylon et n'aurait pas failli s'asphyxier. Il en avait immédiatement commandé un aux États-Unis. Un ZT.

Zéro Tolérance.

Taj ne pouvait s'imaginer combien cette niche rocheuse était chargée, mais en reprenant son chemin, il sentit que le lieu ne prêtait pas qu'à sourire. Dès le lendemain matin, il était sûr de prendre le temps de demander au panthéon de Fauvero de sauver sa planche et son cul.

10

À l'aube, Hiro avait préparé sa boisson au curcuma. Il avait mangé à la hâte un bout de *ume*, un poisson qu'il avait cuit deux jours avant au barbecue. La chair de ce nason était superbe, avec peu d'arêtes, ce qu'il appréciait quand il avait autre chose à faire que de les compter. Il avait englouti une moitié de papaye, puis rassemblé ses affaires pour aller surfer. Tuhiti dormait encore. Tant pis, la session se ferait sans lui. Le fils de Moea se levait de plus en plus tard. Il grandissait aussi.

Dehors, le bruit d'orage des vagues qui claquaient sur le *reef* l'avait rassuré. Il n'avait pas besoin de les voir pour sentir que cette session lui donnerait des sensations.

Il avait bien dormi. De savoir tout le monde réuni l'apaisait. Moea avait l'air heureuse de son nouveau *fare*. Et Birdy préparait une sacrée surprise à Tuhiti s'il savait s'en montrer digne.

Un vent de bonheur soufflait. Il fallait en profiter.

Hiro fourra tout le matériel dans son pick-up et fonça jusqu'à la marina. Lascar le déposerait sur la vague. Il vérifia l'heure sur son téléphone : 6 h 01. Presque la perfection. Ce mot, il s'en méfiait. Il n'y avait que dans la vague qu'il recherchait l'instant parfait.

Sur terre, les règles n'étaient pas les mêmes. L'anarchie, la guerre, la violence et la jalousie étaient banalités. Après tout, les gens pouvaient les contempler à la télé sans cesser de manger. Lui, elles lui donnaient envie de gerber.

Quand il arriva à la marina, Lascar était en train de transférer de l'essence depuis un bidon, sur fond de *Californication* des Red Hot Chili Peppers.

— Putain de branlette ! J'en ai reçu sur mon tee-shirt !

La branlette était le tuyau qui lui permettait de transvaser l'essence. Il désigna la tache du doigt, pile au milieu de l'inscription *Naked Turtle*.

— Bordel ! Il suffit que j'aie écrit *Naked* quelque part, et tout me saute dessus ! reprit-il.

Hiro sourit et embarqua sa planche. Ils se topèrent la main.

— Matinal ? demanda Hiro à Lascar qui en avait fini avec son bidon.

— *Choisis un travail que tu aimes, et tu n'auras pas à travailler un seul jour de ta vie !*

Lascar se plaça face au volant, tandis que Hiro rentrait les pare-battages à l'intérieur du bateau.

— C'est de toi, cette phrase ?

— Non ! Je suis pas aussi vieux que ça, moi ! Faut de la sagesse pour sortir des phrases pareilles… C'est de Confucius, Hiro ! Je peux pas lutter contre Confucius. Personne ne peut lutter contre Confucius. Même pas toi.

Et il démarra le moteur.

Hiro jeta un œil inquiet aux nuages puis balaya la côte du regard pour analyser le vent dans les cocotiers. C'était plus rapide que Windguru.

Cinq minutes après, il commençait à pleuvoir.

— Le paradis, mon cul ! jura Lascar. Cette ville est jumelée avec Rennes et Quimper !

Il fit sourire Hiro qui se mura ensuite dans le silence. Il se concentrait sur la vague et se demandait s'il serait seul au pic. Il avait revêtu un haut en néoprène rouge dont l'odeur promettait l'extase proche – ou l'hôpital. Mais il l'aimait plus que tout. Ce haut agissait comme le heaume du chevalier. L'enfiler, c'était accepter de se jeter dans la mêlée. Et d'affronter. Quoi ? Seul l'océan le savait.

Teahupo'o choisirait.

Sa planche était déjà waxée. Il l'avait frottée avant de partir car se préparer débutait à terre. Une forme de rituel, une mise en condition qui programmait son esprit bien avant qu'il ne fasse corps avec la vague.

Hiro regarda les montagnes défiler. Les nuages assombrissaient les pentes couvertes de fougères et le rhinocéros, la forme de la montagne en face de la passe Hava'e, paraissait plus féroce. Puis il pivota vers l'horizon. La houle était de sud-ouest et il savait très bien ce que cela signifiait. Il lui faudrait être plus attentif à ce que Teahupo'o pouvait lui envoyer. La houle de sud était plus propre. La vague devenait alors un vrai métronome.

Mais il était prêt. Il fit signe à Lascar, se jeta à l'eau et rama vers le *line-up*. Lascar vit la planche blanche zébrée de bleu rejoindre sa drogue liquide pour recevoir sa dose d'adrénaline. Il réalisa que la taille des planches avait beaucoup évolué depuis ses débuts, il y avait presque trente ans. Trente ans. Il venait de calculer. Le choc fut brutal : satané rouleau compresseur du temps… À cinq ans, il montait sur un skate en plastique, à neuf, il virait palmipède et s'allongeait dans l'eau sur une biscotte. À quinze, il s'adonnait au *longboard* et à dix-neuf ans, il s'engageait dans la Marine nationale sur la frégate *Tourville*, avec, pour baptême, la tempête de 1999 et ses vagues de vingt-cinq mètres. Il se souvenait d'avoir prié. Oh, pas une prière dans les formes, non. Une vague géante avait mis le bateau sur la tranche et tout avait valdingué, hommes et objets. Il s'était pris une bonbonne d'oxygène sur le crâne. Alors oui, il avait prié. « Je veux revoir une prairie. Si je reste en vie, je trouve une vache, je l'embrasse, et je lui roule une pelle. »

Voilà à quoi ressemblait une prière de Lascar. La vache s'en souvenait.

Il en avait vomi d'adrénaline. À bien y réfléchir, c'était la formation idéale pour que son bateau ne finisse pas en pièces détachées sur le *reef* à Teahupo'o.

À une centaine de mètres du rivage, Hiro n'avait pas le temps pour les souvenirs. Il vivait l'instant présent. Avec sa planche 6'1, rageusement incisive, là où il aurait eu du 7'2 auparavant. Les surfeurs recherchaient aujourd'hui les figures. Taper un *aerial*, en plus de shooter du Teahupo'o de deux mètres, deux mètres cinquante était leur but. Une petite planche les y aidait, même s'ils partaient avec moins de vitesse. Ils la rattrapaient ensuite dans la vague. Lascar se décontracta la nuque, sans quitter des yeux les lignes de houle : lui, il restait fidèle à son dinosaure de *longboard*. Quitte à se faire traiter d'« erreur de l'évolution ».

Une série arriva mais les vagues n'étaient pas parfaites.

Elles cassaient trop rapidement. Hiro resta tranquille, à guetter ce que la belle daignerait lui envoyer. Grâce au début de saison, il était seul à l'eau. Il s'étonna de ne pas voir Simon Thornton sur le spot. Même si l'Australien préférait charger du gros, c'était un lève-tôt. Un homme qui n'avait pas hésité à venir habiter Teahupo'o pour vivre au plus près de son addiction – la vague du bout de la route. Comme il le comprenait ! Lui avait eu la chance de naître à quelques brassées du paradis.

Ces moments d'intimité avec la vague, il savait les apprécier. Ils devenaient rares. Depuis la fameuse Millenium Wave prise par Laird Hamilton le 17 août 2000 à Teahupo'o, cette cathédrale d'eau qui avait repoussé les limites et révolutionné le monde du surf, Hiro avait vu leur jardin secret devenir le terrain de jeux des plus grands *riders*.

Bien sûr, cette vague était leur « mine d'or ». Bien sûr, elle faisait ponctuellement du bout de la route le centre du monde du surf. Mais elle changeait aussi le spot en grand barnum dès qu'une forte houle était annoncée. Et bientôt, les bateaux s'empileraient les uns sur les autres pour que tout le monde ait sa part du spectacle. La vague avait lancé des avertissements. Des bateaux avec des juges et des photographes avaient été punaisés sur ses flancs. Il y aurait des morts si le respect ne revenait pas.

Hiro devait se l'avouer : il avait soufflé de ne pas croiser Taj sur sa vague. L'hospitalité polynésienne lui était chère, et il avait le cœur sur la main, mais Taj suscitait en lui des pulsions qu'il croyait vaincues.

Il réveillait le peuple des ombres.

Soudain, un set s'annonça. Teahupo'o se dressa comme un cobra.

11

Au réveil, Taj n'eut pas l'impression d'avoir beaucoup dormi. La nuit avait été fraîche. Il avait bien supporté le dessus-de-lit. Le jour se levait d'un coup en Polynésie. Juste avant, les oiseaux entamaient un concert et c'était une cacophonie. Une vraie cour d'école où ça piaillait de tous les côtés. Taj se demanda combien ils étaient. Il y en avait un qui émettait une sorte de basse continue. Les autres lançaient des sons plus flûtés. Il avait laissé le ventilateur tourner au-dessus de sa tête toute la nuit. Le rythme des pales, régulier, avait le don de le calmer. Il feutrait aussi les bruits. Sa chambre était vaste et claire et il eut cette joie, singulière, de se réveiller en un lieu qu'il n'avait foulé que de nuit. Les premières minutes confuses, entre éveil et sommeil, il n'avait plus su où il était. C'était parfait. Son esprit, un bref instant, s'était soustrait de l'espace et du temps. Taj s'était étiré, les articulations de ses épaules avaient craqué et une soif terrible l'avait sorti du lit. Dans la salle de bains, luxe inouï, le lavabo et le plan étaient en marbre blanc, avec de la robinetterie dorée en forme de col de cygne. Un côté palace en pleine brousse sur lequel il n'aurait pas parié. Une bouteille d'eau l'attendait, où surnageait une tranche de citron vert. Il se brossa les dents et cracha une salive mêlée de sang.

Puis il revint dans la chambre et enchaîna près du lit des séries de pompes et de gainage. Il finit par quelques assouplissements. L'air tiédissait mais il y avait beaucoup de vent.

Il enfila un short de surf, dévala l'escalier et tomba sans chercher sur Timeo à qui il demanda du café, des œufs brouillés et du pain. Il remontait déjà deux à deux les marches vers son bungalow quand il ajouta : des fruits aussi. Pour l'instant, il n'avait qu'une idée en tête : trouver un angle dégagé depuis sa terrasse, et lire la mer.

Il ne fut pas déçu. Le vacarme des vagues s'emparait de la colline. Sa peau s'électrisa.

— Waouh, fit-il, bras posés sur la rambarde. Waouh, waouh, waouh...

Autour de lui, c'était un entrelacs de pandanus, de fougères et de cocotiers.

Il retourna vers la salle de bains en chantonnant : « Même le roi de la jungle doit aller pisser ! Oh yeah ! » Il s'était réveillé avec une terrible érection et il n'avait pas complètement débandé.

Au-dessus de la lunette des toilettes, il immobilisa sa queue entre trois doigts et se demanda combien de temps il allait tenir sans fille. La question commençait à le tarauder. La lumière jouait avec sa peau et cette caresse l'amusait comme un gamin. Il faudrait qu'il dégote une fille qui sache le caresser avec dextérité et dont la langue saurait être partout, oh oui, et partout se glisser pour surfer avec son gland.

Il revint vers le lit, s'y jeta et commença à se branler sur le patchwork froissé puis se raisonna. Il fallait qu'il garde sa semence pour la vague. Il n'était pas bon de se décharger avant de l'affronter.

— Tout pour toi, ma belle, tout pour toi, O.K.

Et il se releva, prêt pour son petit déjeuner.

Les filles étaient pires que la dope ou les deux allaient ensemble. Elles n'arrêtaient pas de court-circuiter son cerveau qui en redemandait encore et toujours.

Il devait vite se mettre à l'eau.

Là-bas, plus rien n'existerait.

Que cette étreinte avec la vague.

La seule qui savait lui résister.

Ou presque.

PENSÉE SUR LE MAL N° 5

Le matin, Reva ne mangeait quasiment rien. C'est ce qu'elle prétendait. En fait, elle ne mangeait pas grand-chose le midi, et très peu le soir.

Ce qui, au final, était très économique.

Elle ne voyait de toute façon pas pourquoi elle aurait comblé un corps qui la torturait.

Le priver ne lui demandait pas beaucoup d'effort.

De la même façon, la sexualité ne lui manquait pas.

Le plaisir lui était presque étranger.

Car qu'est-ce que le plaisir, sinon un bienfait menacé ?

Elle redoutait l'espérance. La vie l'avait si souvent déçue. Elle ne voulait pas mendier.

Jamais elle n'aurait demandé au ciel de lui apporter de la chance. La chance n'était qu'une avance mal gagnée. De toute façon, il y aurait le prix à payer.

Elle priait seulement pour que sa mère n'ait ni trop chaud ni trop froid au cimetière. Et pour qu'elle ne s'ennuie pas. Les cimetières, c'était calme, mais ça manquait de conversation. Et on ne choisissait pas qui on avait en face de soi.

Alors elle allait parler à sa mère. Elle s'asseyait sur la tombe et elle lui racontait tout ce qu'elle ressentait. Tout ce qu'elle n'avait jamais su lui dire.

Il lui était arrivé de rester une heure sous le soleil, avec un chapeau. Elle suait à grosses gouttes sous le *ni'au* tressé.

Elle en voulait à Dieu. Elle lui reprochait de ne pas avoir fait vivre plus longtemps sa mère. Elle lui disait que Rumahere aurait pu durer aussi longtemps qu'un banian. Qu'est-ce que ça aurait changé pour lui ? Pour elle, tout. Elle aurait voulu vivre jusqu'au bout avec sa mère. « C'est la mère et sa fille », la phrase était si simple, si évidente, si naturelle...

Sa mère était tout ce dont elle avait besoin. Reva se débrouillait sinon toujours avec ce qu'elle avait. Ses vêtements, elle ne les achetait jamais hors des périodes de promotions. Elle préférait les promotions aux soldes car elle avait remarqué qu'elle trouvait alors toutes les tailles. Durant les soldes, il suffisait qu'elle craque sur une jolie petite robe pour qu'on lui dise qu'il ne restait que du S. Et elle avait de longues jambes.

Elle aimait beaucoup les salons d'essayage. Dans le miroir, avec ses vêtements neufs, elle avait l'impression de croiser une femme qu'elle ne connaissait pas.

Elle se regardait, amusée, en disant à l'autre : « C'est moi, toi ? »

Mais elle suivait sa liste de courses. Scrupuleusement. Une fois, elle avait fait une folie. Une seule. Elle s'était acheté des boucles d'oreilles. Elle ne savait pas pourquoi elle avait craqué. La montre, elle l'avait eue en offre spéciale, en ajoutant 1 000 CFP de plus à ses achats dans un magasin de produits de beauté.

Elle était rose. Elle lui plaisait.

Reva se prépara. Elle mit une robe à fines bretelles imprimée de fleurs fuchsia. Elle but un grand verre d'eau et changea les fleurs sur l'autel de la Vierge. Elle soignait un peu la Vierge comme sa mère en l'entourant de fleurs fraîches. L'idée la perturba.

Puis elle fit du stop jusqu'à Tautira, exactement de l'autre côté de la presqu'île, sur la côte est. C'était loin. C'était son chemin de croix.

Il fallait monter dans une voiture qu'elle ne connaissait pas.

Arrivée au cimetière, elle savait exactement où étaient enterrés des enfants. Elle renouvelait aussi leurs fleurs. Elle ne supportait pas les pierres affaissées. Comment pouvait-on oublier ses morts ? Ni les portraits en médaillon en noir et blanc. Nos proches méritaient de la couleur. Elle se recueillait encore devant les malheureux qui n'avaient pas même de pierre tombale.

Si elle réfléchissait, elle se sentait en communion avec eux.

Il n'y avait rien en elle qui ne signalât la mort qu'elle portait.

La mort brutale de l'enfant qu'elle avait été, tué par l'appétit d'un adulte.

12

Le mur se dressa. Une vraie paroi. Le mariage du surf et de l'escalade. Une verticalité à presque quatre-vingt-dix degrés. Hiro aurait pu le voir dix mille fois, il aurait toujours été impressionné par cette terrifiante majesté. S'il mourait un jour loin de cette vague, il pourrait, les yeux fermés, dessiner mentalement ces lignes tendues à l'extrême, comme du sucre filé, aspirées par la vague qui se formait et s'ourlait en formant le tube sacré. Cette vague qui semblait sucer toute l'eau du *reef* devant elle sans jamais vouloir s'arrêter. Cette force démoniaque décoiffée par l'écume, ces couleurs irisées et nacrées qui piégeaient la lumière comme le surfeur, où toutes les teintes des perles de culture se retrouvaient. Oui, il aurait pu mourir avec ce mirage dans les yeux, n'importe où dans le monde. Il aurait pu mourir pour elle aussi, à l'instant même.

Et à chaque session, il le prouvait.

Ce défi, il ne savait si c'était, au fond, envers elle ou envers lui.

Les deux se rejoignaient et se fondaient dans ce creux où la vague acceptait le surfeur comme l'huître la perle.

Il arrivait que l'huître perlière rejette parfois son nucleus. Il arrivait que Teahupo'o recrache celui qui la bravait.

Hiro laissa passer la première vague. Il l'offrit au rhinocéros de la montagne.

Sous sa planche, la vague vibra en lui. Des millions d'ondulations diffusaient leur énergie. Une telle puissance de vie le galvanisa. Un langage surface, fait d'impulsions et d'ondes retours, un code sacré qui achevait sa métamorphose en guerrier.

La légende des jumeaux gravita dans son sang. Cette légende imprégnait l'eau comme l'air ici. Tout la respirait.

Hiro s'élança sur la deuxième vague. Il était Hinapu'u. Ou Maraeono. Les jumeaux. Les deux premiers à avoir surfé Teahupo'o. La vague s'appelait alors Taravao-nui-i-te-vaha-'oro'oro. Ces deux chefs avaient lancé une compétition dans leur village. Les hommes les plus téméraires du district furent conviés. Au programme des festivités : lancer de javelot, lancer de pierre et s'élancer sur la vague mythique.

Prouver sa force, montrer sa bravoure. Hiro portait cette fierté en lui.

La foule gagna la pointe Fare Mahora, nommée jadis Fare-nui-atea, et observa les guerriers-surfeurs.

Les jumeaux firent un discours et rappelèrent que la vague « brise quiconque ose la défier », que seules la « force » et la « ténacité » allaient démarquer les guerriers. Les Anciens lancèrent une ultime recommandation : « Attention, courage, ne vous retournez pas. Regardez votre montagne Ateahunui, et voyez la terre où votre nombril a été coupé, et la patrie où votre placenta a été planté. Soyez courageux, combatifs et victorieux. Que l'on ne vous traite pas de poulet de basse-cour, mais que l'on vous reconnaisse dans cette patrie, et qu'elle vous honore à juste titre. »

Hiro regarda la montagne.

Hiro glissa sur la pente vertigineuse de la vague.

Sa puissance tressautait sous ses pieds. Elle rythmait tout son corps, elle lui parlait.

Était-il Hinapu'u ? Était-il Maraeono ?

Était-il l'esprit des deux réunis ?

Il était sa terre. Il était sa vallée.

Il était la joie de retrouver la matrice, cette eau faite terre, cette eau racinaire, cet air que la vague encerclait jusqu'à le comprimer, jusqu'à l'absorber, cette eau rendue feu par la fougue et cette beauté de verre soufflé.

Hiro, aux éléments livré.

Hiro dont la destinée appartenait désormais à la vague.

Hiro qui entendait son souffle – le souffle du géant, qui chuintait dans son dos.

Ce souffle qui lui ordonnait de sortir, sous peine de finir broyé.

Mais pour Hiro, ce n'était pas broyé. C'était mêlé aux quatre éléments, comme eux-mêmes s'entre-dévoraient.

C'était un défi autant qu'une offrande.

En suspens dans le creux de la main de la Vague.

Une éternité.

L'instant parfait.

La vague, épaisse, n'en finissait pas de monter. Des tonnes d'eau se concentraient, prêtes à frapper. Sa main gauche effleura l'antre bleuté où son ombre se reflétait. Elle aussi laissa son sillon dans le tube strié de mille reflets.

Derrière lui, l'écume se déchaînait, avalanche blanche à

ses trousses, furie qui voulait l'offrir à l'océan et ne jamais le rendre au rivage d'où il venait.

Derrière lui, l'orage grondait.

Un monstre. Un ogre.

L'inconnu.

Plus rien n'existait.

Que la vague et lui. Un couple éphémère.

Un couple sacré.

Toi. Moi. À jamais.

Un serment scellé.

Aucune femme ne lui avait encore arraché un tel engagement.

Au milieu du bleu, la lucarne vers le chenal irradiait. La porte de sortie. Tout près.

Soudain, le souffle a explosé.

Hiro a aperçu une ombre le dépasser.

Une ombre pire que le monstre, plus sanguinaire que l'ogre liquide.

Une ombre portant un short et un haut étoilé qui sortait de la vague en méchant *frontside air*, une manœuvre faite pour frimer.

Taj.

Taj, qui lui volait ce baiser.

Ce baiser avec celle qu'il aimait.

Les jumeaux – les deux ennemis pour une rencontre au sommet.

— *Fuck !!!!!!!!!!!!* hurla Hiro. *Fuck ! Fuck ! Fuck !*

Il avait adopté la langue du short étoilé.

En proie à la colère, rongé par cette acidité dans chaque pensée, il eut envie de foncer sur lui et de le frapper. De le noyer dans l'eau lustrale, de le secouer comme un arbre fruitier jusqu'à ce qu'il ne soit plus qu'un pantin désarticulé.

D'où sortait ce connard ? Comment avait-il pu ne pas le repérer ?

Où lui avait-on appris les règles de priorité ?

Une tempête s'éleva dans la poitrine de Hiro. Une tempête plus violente que l'orage de la vague.

C'était de la provocation. Claire et nette. Les mots du poète Henri Hiro prirent tout leur sens : « *Si tu étais venu chez nous, nous aurions pu t'accueillir à bras ouverts. Mais tu es venu ici chez toi... Et on ne sait comment t'accueillir chez toi.* »

Emporté par la colère, Hiro faillit l'être par la troisième vague. Une vague qui venait du *bowl* ouest qui s'était réveillé. Il eut juste le temps de l'esquiver. Bref regard derrière lui, et il vit passer le vertige d'un ravin. Parce qu'en plus, cet enfoiré manquait de le faire savater ?

Les deux hommes se retrouvèrent à quelques mètres.

Hiro s'apprêtait à s'expliquer quand il entendit le bruit d'un moteur. Il vit un jet-ski fondre sur eux. Un *black-short* le pilotait. Sous le gilet de sauvetage, ses muscles saillaient. Qu'est-ce que ça voulait dire ? En plus, Taj débarquait avec son garde du corps ? Le mec trimbalait son gorille avec lui ? Les *black-shorts* étaient les gardiens des vagues d'Hawaï, pas de Teahupo'o. Sur les spots, Hiro les avaient vus limiter l'accès au *take-off*. Comme les *Bra Boys* en Australie. Ce localisme virait parfois au « *IF YOU DON'T LIVE HERE, DON'T SURF HERE*[1] ». Même le gratin du surf n'y échappait pas. Tout l'or du monde ne s'y serait pas soustrait.

Et Taj venait faire régner sa propre loi ici ?

Non loin d'eux, l'eau bouillonnait. Moins que le cœur de Hiro qui bondissait.

Teahupo'o aussi avait eu ses lois. À la pointe Fare Mahora,

1. Si vous n'êtes pas d'ici, ne surfez pas ici.

tout surfeur croisait auparavant une planche brisée, jaune délavé. Elle avait été fixée sur le tronc grisé d'un *pūrau* et chacun pouvait y lire, sous le dessin d'un fer à cheval renversé sur une étoile de shérif : « *STRANGERS RESPECT 2 LOCALS OR FUCKING GO HOME*[1] ». En lettres noir et sang.

La planche avait disparu.

Ses préceptes s'étaient volatilisés. Quatre règles y étaient pourtant précisées. À Teahupo'o, même le surfeur le plus à l'intérieur n'avait pas la priorité. Il fallait juste attendre son tour. C'était ainsi et pas autrement.

Mais Taj n'avait pas attendu son tour.

Il était venu provoquer Hiro sur son territoire. Il était venu le défier. Plus que la vague encore.

Hiro passa en revue tous les codes qu'il connaissait. Cet arrogant méprisait jusqu'au bon sens du *Tribal law surfriders code of ethics* – « *GIVE RESPECT TO GAIN RESPECT*[2] ».

Mei'a, sale cafard.

Le géant se hissa sur le jet, et, avant de disparaître dans un trait d'écume, s'offrit même le luxe de tancer Hiro en lui rappelant ses propos :

— La mer appartient à tout le monde, non ?

Sourire compris.

Hiro, lui, ne desserra pas la mâchoire. Tout en lui se rebellait. Même son placenta dans la terre, il le sentait hurler.

La pluie se remit à tomber, effaçant l'arc-en-ciel qui enjambait l'horizon.

Le gris s'installait.

Pour de bon.

---

1. Les étrangers, respectez les locaux ou cassez-vous.
2. Respecte l'autre et on te respectera.

13

Pour se calmer, Hiro mangea du poisson séché. Une spécialité des Marquises qui aurait dû lui redonner le moral. Un ami, Tamatoa, le lui rapportait de temps en temps de Haakamai. Hiro en avait donné à Lascar et ils s'étaient quittés. Lascar était furieux d'avoir pu transporter Taj sur son bateau le premier jour. Il l'appelait Le Traître. En revanche, jamais il n'avait eu de problème avec les *black-shorts*. Lascar avait promis de trouver le gorille. Ils s'expliqueraient. Lascar savait s'expliquer avec tout le monde. Ou presque.

Hiro n'avait pas sa diplomatie. Face à la stupidité, son sang ne savait pas refroidir. Il bouillait. Il avait préféré marcher sous la pluie et prendre le chemin qui montait à son jardin. Il saluait chaque arbre en mâchonnant. Il se disait que plus il mâcherait, plus il ferait passer ce venin qui l'empoisonnait.

La pluie avait forci. Tandis qu'il coupait une feuille

d'*ape*, un tubercule géant proche du taro, pour improviser un parapluie, mille réflexions gravitaient. Taj n'était pas là pour rien. Il le pressentait. Mais que pouvait-il bien chercher ?

Le parapluie n'était pas pour lui. La feuille était tellement grande qu'elle pouvait abriter deux personnes. Il déposerait cette oreille d'éléphant verte devant le *fare* de Moea. Elle était sans doute là. Elle lui avait dit qu'elle avait rendez-vous vers 11 heures à Vanira Lodge pour parler des massages qu'elle pouvait proposer. Elle avait plein d'idées. Moea avait toujours plein d'idées.

Quelle heure était-il ? Hiro réfléchit. Sans doute 10 heures. Il dépassa des banians aux racines noueuses qui paraissaient avoir cent ans tant ils étaient grands, mais n'en avaient que quinze. Il fut vite à la terrasse. Quelque chose l'inquiétait. Il appela.

Mais Moea n'était pas là.

Dans le ciel, les nuages se liguaient. Aucun rayon de soleil ne filtrait.

La conspiration de la pluie, il y était habitué.

Il aurait eu pourtant besoin d'un signe pour le rassurer.

Lui dont le rythme cardiaque était exceptionnellement lent grâce au sport pratiqué, il avait maintenant le sang qui tambourinait aux tempes. Pourquoi n'était-elle pas là ? Ne pas s'inquiéter pour elle, il ne savait plus faire. Il ne croyait pas aux familles épargnées. La vie rappelait toujours le prix à payer. La souffrance, ils l'avaient sondée. Et la méchanceté, ils avaient découvert qu'elle était la fosse sous-marine la plus profonde sur terre. Avec ses onze mille mètres, la fosse des Mariannes pouvait aller se rhabiller. Non, rien n'égalait le forage de la méchanceté.

Il n'avait pas le joker zen de Lascar, qui ne cessait de lui répéter : « Ne prévois rien. Adviens. »

Voilà pourquoi il s'inquiétait.

Il réalisa qu'il n'avait pas récupéré son téléphone qui devait traîner dans le salon. D'un pas rapide, il redescendit à la maison, plus trempé qu'un biscuit tombé dans le lait. Il constata que Tuhiti n'était pas là non plus et libéra Yaya qui couinait.

Il vérifia ses messages. Rien. La chienne s'élança dans ses jambes et faillit le faire tomber.

Quand il montait dans la vallée, il était forcé d'attacher Yaya, l'aînée, sinon elle le suivait. Elle courait après ses faisans, ses lapins et ses poules, et les stressait. Parfois, elle énervait les chevaux qui paissaient plus haut encore, près de la cascade Tupe.

Kaya et Kali étaient plus disciplinés.

Dans le garage, il enfila à demi sa combinaison qu'il fit retomber sur ses reins. C'était une Pathos camouflage usée jusqu'à la corde mais fidèle. Comme beaucoup de Polynésiens, il n'était pas gagné par cette gangrène des logos. Un tee-shirt restait un bout de tissu. Une bonne combi devait finir sa vie au bout du rouleau. Et il ne voyait pas pourquoi son corps servirait de porte-drapeau pour faire la pub des marques. Les élections étaient passées et ils avaient au moins pu gagner des tee-shirts gratuits, à défaut de l'espoir que le monde changerait. De toute façon, Hiro aimait vivre torse nu. Sa peau, il ne la vendait alors à personne.

Il réunit ses palmes, son masque et son fusil et partit chasser.

Yaya adorait l'accompagner jusqu'au lagon. Elle vivait ensuite sa vie sur le rivage et l'attendait.

— Brave chienne, dit Hiro en lui tapotant le museau.

Elle le lécha, tandis qu'ils traversaient la route, et cette chaleur sur sa peau fut un cadeau.

Un vélo les contourna et Hiro se dit que sur cette route, que le soleil tape ou que la pluie s'obstine, il y aurait toujours des marcheurs, des chiens ou des vélos. Le plus souvent les trois. Des rêveurs aussi.

Le terrain d'en face lui appartenait. Il ouvrit une barrière, la referma en essayant de ne pas coincer Yaya qui flairait toujours ses mains, et s'approcha du lagon.

Des lapins firent des bonds dans le gazon.

Sous le ciel laiteux et gris, les couleurs ne ressortaient pas. Et pourtant, les teintes les plus belles de la création semblaient prendre leur bain.

Là, il respira.

Taj attendrait.

Les cons pouvaient toujours attendre – Hiro était sûr de les retrouver. Tels quels. Comme ils les avaient laissés.

Comment un con pourrait-il changer ? Ce genre de mec avait l'esprit fossilisé.

Présentement, seul l'intéressait le perroquet qu'il allait rapporter.

Le perroquet qu'il traverserait de sa flèche sans le manquer.

Car ce serait Taj qu'il viserait, pas vrai ?

14

Terupe, le tatoueur de Teahupo'o, avait donné rendez-vous à Taj à 10 heures.

Son chalet était en marge du village, côté montagne, et il fallait être habitué pour ne pas rater le discret panneau, dévoré par la verdure, où était peint TATTOO. Cette discrétion ne gênait pas Terupe. Il appréciait qu'on l'ait repéré ou qu'on le cherche comme le graal de la journée.

Et puis le style, ici, ce n'était pas les luminaires fluo accros à l'électricité. On était loin de Las Vegas. Par chance, McDonald's n'avait pas encore débarqué.

Il était 10 h 15 quand il entendit une voiture freiner brutalement, puis une porte claquer. Ses chiens, Bull et Buddha, avaient aboyé. Il pivota sur son siège à roulettes, écarta le rideau noir à fleurs blanches qui dansait au vent, fit taire ses chiens et passa une tête pour vérifier. La pluie frappait le sol, acharnée, comme si son obsession était de punir la terre. Un pick-up sombre, aux vitres fumées, démarra en trombe et s'élança dans la longue ligne droite en direction du village. Encore un excité. Après les multiples virages, les conducteurs se rattrapaient sur ce tronçon bordé de bananiers et de cocotiers. Il suffisait de les plonger dans le vert pour qu'ils se disent « À nous la liberté », aussitôt suivi du redoutable « Pas vu pas pris ». Sur cette courte distance, ils redevenaient les rois du pétrole, fiers de montrer que leurs puissants moteurs ne servaient pas qu'à trépigner derrière le bus scolaire ou les voitures de location des touristes qui se demandaient si, finalement, le bout du monde existait.

Terupe était *fiu* de leur ramdam : il le lassait.

Un homme était descendu du pick-up et s'avançait vers son chalet.

Son tee-shirt jaune fut vite trempé. Il colla à ses pectoraux d'où jaillissait une vague stylisée.

Terupe relâcha le rideau et s'affaira à repositionner son matériel. Les inconnus qui ne redoutaient pas le bout du monde étaient soit des touristes de passage, soit des surfeurs. Il n'eut pas de mal à choisir entre les deux possibilités.

L'homme s'engagea dans l'allée bordée de *'uru* et de *'ōpuhi*. La pluie ricochait sur les feuilles vernissées et dégringolait des longues hampes rosées. Il les repoussa d'une main. Terupe le guettait du coin de l'œil. Bonne tête de publicité mais la beauté, à voir ce qu'il en restait une fois que la mort s'en emparait, Terupe n'était plus impressionné. Seul l'esprit resterait.

Et l'esprit de cet homme, Terupe n'était pas sûr de vouloir s'y coller.

Mais le nouveau venu était déjà là, tongs flambant neuves sur son lino en damier, salut *shaka* de l'*aloha spirit* en prime, pouce et petit doigt tendus au-dessus du poing fermé.

— *'Ia ora na*, dit Terupe d'une voix traînante, sans trop chercher à croiser les yeux sous la casquette Red Bull qui gouttait.

Le regard du surfeur fit le tour du shop, se posa sur la table de tatouage réglable en cuir noir, les classeurs des motifs empilés, les étagères sobres et les rares éléments présents au mur lambrissé – deux dessins de tortue, un autocollant Oxbow, une attestation de formation encadrée comme chez les médecins et des photographies sous verre, délavées par le soleil, de tatouages traditionnels. Sobre pour dix ans de tatouage dans cette cahute.

Un instant, les deux hommes se toisèrent. Terupe avait bâti lui-même le lieu, un mouchoir de poche bien organisé. À l'intérieur, les planches de bois étaient peintes en blanc, surplombées par un toit de tôle en V inversé, couleur banane écrasée. À l'entrée, sa fille avait griffonné ses coordonnées au crayon avec des petits cœurs et un dessin de vague.

Tout respirait l'esprit de famille. La grande famille du bout de la route.

Une famille qu'on ne venait pas bousculer.

Dehors, les chiens de Terupe s'agitaient. Ils avaient renversé deux chaises en plastique posées sur le sable noir – le salon d'attente de plein air. Bull et Buddha s'étaient rapprochés de la porte coulissante du shop, et flairaient le plastique des tongs de l'homme. L'arrivant n'avait pas pris le temps de les essuyer sur le tapis bariolé.

Ce client, Terupe s'en serait bien débarrassé. Il mettait de l'électricité dans l'air.

Un silence, aussitôt comblé par le chant des coqs qui se répondaient entre eux, et les aboiements lointains des chiens des autres propriétés.

— Tu sais ce que tu veux ? s'enquit Terupe.

L'homme s'empara des classeurs qui récapitulaient en images l'art de Terupe sous feuilles plastifiées. Il passa en revue le bestiaire classique – dauphins, baleines, lézards, tortues, raies, cent-pieds, la flore d'hibiscus et de tiaré, les fougères tressées, tous dessinés au crayon à papier, et finit par l'incontournable vague et les tikis, ces hommes-dieux d'Océanie.

Ses bras puissants reposèrent les classeurs sur une étagère à bacs en inox chargés d'une frontale, de flacons à pompe d'antiseptiques, de tubes de vaseline et de boîtes à aiguilles.

Visiblement, il n'avait pas trouvé ce qu'il cherchait. Son regard errait sur les murs.

Peu loquace. Terupe encore moins. Les Polynésiens n'étaient pas réputés pour être des moulins à paroles. Le tatoueur bénit pourtant l'averse qui meubla le silence. L'eau filait sur le toit et déferlait. La pluie aimait l'urgence. Terupe eut le temps de se demander où elle courait, dans sa hâte de se faufiler. Personne ne le savait. Au fond, l'humanité n'était pas si différente de la pluie. Terupe profita de cette latence pour observer la peau de l'homme. Elle avait l'air relativement souple. Pas de ces « peaux de cochon », comme il les appelait, coriaces en diable, qui lui prenaient le double de temps pour tatouer. Pour le moment, c'était la seule qualité qu'il eût trouvée à son client.

Où étaient passés Bull et Buddha ? Les deux chiens se planquaient. Terupe contourna l'homme et sonda les environs. Le tandem avait écouté la sagesse. Ils étaient allés se réfugier, l'un sous une pile de tabourets, l'autre sous le toit de tôle qui dépassait. Buddha était à moitié sharpeï et ne présentait pas le profil d'un lévrier. Parfois, il gardait le ventre coincé entre les pieds des tabourets. Mais c'était un niaqueur qui gardait pour sa proie un amour dont il ne démordait pas.

Terupe laissa traîner son regard sur la boule jaune crème à poils dont la queue tressautait.

Chien parfait.

Il toussa pour s'éclaircir la voix, et se retourna vers l'homme.

— Tu t'appelles ?

— Taj, dit-il en ôtant sa casquette.

— Taj, répéta Terupe avec un bref haussement de sourcils.

Ce n'était pas courant.

Taj ne demanda pas où poser sa casquette. Sur l'étagère la plus proche, à côté de la boîte de gants en latex bleu, une flaque se dessina.

Terupe eut envie de montrer à l'étranger que ses bras ne servaient pas qu'à tatouer.

Mais s'énerver, on ne savait jamais ce que cela donnait.

Pourtant, CONNARD, il aurait bien saisi son stylo quatre couleurs pour le lui écrire dans le dos, en attendant qu'une aiguille encrée vienne le fixer pour l'éternité.

Le fameux Taj cala ses fesses contre la table de tatouage et prit un air faussement détaché.

— Des modèles pour surfeur, tu peux me montrer ?

La pluie redoubla et, dehors, le vert s'affadit sous le blanc et le gris. Quelqu'un s'amusait là-haut à renverser l'océan sur le ciel. De toute façon, il pleuvait beaucoup plus sur la presqu'île de Taiarapu que sur la grande île. Les arbres et les fleurs appréciaient, les humains moins. Il fallait s'y habituer ou déménager.

La question n'étonna pas Terupe. Il opina lentement de la tête, saisit l'un des classeurs et ouvrit les pages consacrées au sujet.

Taj feuilleta à nouveau, s'arrêta sur l'une d'elles, et sembla hésiter.

Les deux hommes se touchaient presque. Un parfum épicé monta de la peau de Taj et Terupe se demanda comment il avait pu ne pas encore le remarquer.

C'était viril et envahissant, une façon d'être doublement présent.

Son espace était si petit qu'il préférait les parfums qu'on oubliait. En vérité, il était habitué à respirer les parfums de la nature. Des parfums qui parlaient. Le vent ramenait l'odeur de l'océan, la vallée diffusait les richesses qu'elle offrait, le poisson ne mentait pas et disait tout de suite s'il était frais.

Mais là, l'odeur lui clamait juste qu'elle était là. Plus que lui.

Le matin même, Terupe avait ressenti des douleurs lancinantes dans les reins. Il avait hésité à tout annuler. Les douleurs le reprenaient, plus aiguës, et il regretta de ne pas avoir écouté son corps. Il plaça sa main droite dans son dos et tiqua. Alors, il se décidait ?

Taj dut sentir son impatience.

Il fit la moue.

— J'en ai vu un qui me plaisait.

C'était contradictoire avec son comportement.

— Lequel ? s'enquit Terupe.

— Sur la peau d'un ami, sourit Taj.

À nouveau, Terupe haussa les sourcils.

L'homme se redressa.

— J'aurais juste besoin d'un stylo et d'un papier, dit-il en fixant la tortue sur l'épaule droite de Terupe.

Terupe se releva, fouina dans un tiroir et brandit une feuille gondolée par l'humidité. Ses doigts agrippèrent son stylo quatre couleurs. Puis il se ravisa. Il ne voulait pas lui tendre le stylo qui lui servait à dessiner sur la peau à main levée. Un autre traînait.

— Voilà.

Et il s'absorba dans les lignes qui naissaient.

Un mur de crânes qui suivait l'épaule, face interne, O.K., et descendait. Une fougère amie du soleil, *anuhe*, en courbe sur la poitrine qui cerclait l'arrondi de la vague, des frises à motifs traditionnels, dents de requins, pandanus et S inversé du *mana*, enfin, sur le côté de l'épaule, deux tikis dos à dos, l'un qui riait, l'autre qui tirait la gueule.

Ce tatouage lui parlait. Mais le souvenir était trop loin pour remonter.

— Je ne vois pas.

Le sourire de Taj s'agrandit.

— C'est pourtant toi qui l'as fait.

Une tension sourde s'installait.

Terupe se rassit, et prit son menton dans une main. Le croquis n'était pas très réussi. Le mur de crânes, il comprenait. C'était la signification même de *Teahupo'o* : le mur de crânes. Qui rappelait la guerre qui avait opposé le district de Teahupo'o, nommé alors Matahihae, à son rival de toujours : celui de Tautira. Le sud contre le nord. Matahihae l'avait emporté. La frontière de Rapa'e, entre les deux territoires, fut dignement célébrée. Les guerriers y érigèrent un mur avec les têtes décapitées de leurs ennemis. Le mur de crânes qui donna son nom à Teahupo'o.

Une bourrasque chassa le parfum de Taj et apporta un coup de frais.

Ce dernier avait saisi une bouteille d'encre noire Panthera, et s'amusait à la passer d'une main à l'autre.

S'il la renverse, se dit Terupe, je lui fais manger le rouleau de sopalin tout entier.

L'homme asséna froidement :

— Je veux le même.

Terupe creusa sa mémoire, ses yeux restèrent fixes un instant, surpris. Maintenant il voyait. Il voyait très bien.

Le tatoueur fixa la bouteille d'encre jusqu'à ce que Taj la repose.

— Ce n'est pas possible, décréta-t-il.

L'homme resservit son sourire.

— Pas possible..., répéta Terupe d'un ton définitif.

Et il se leva.

Ce tatouage, c'était celui de Hiro.

Taj se rapprocha. Il dépassait Terupe d'une tête.

Terupe crut qu'il allait le frapper.

Mais il se détourna et jeta sur la table de tatouage une liasse de billets de 10 000 francs Pacifique. Terupe venait d'évaluer l'épaisseur à 300 000. L'équivalent de presque 3 000 dollars.

C'était indécent.

Un temps d'hésitation, et le tatoueur fut fier de décréter :

— ... Ce sera encore moins possible.

Et il secoua la tête.

Taj eut l'air déçu. Refuser de l'argent facile était pour lui le comble de la débilité. La survivance de valeurs chevaleresques complètement éculées. Dans un monde matérialiste et cynique, il fallait traiter l'argent comme une prostituée.

— Je t'en donne le double si tu le démarres maintenant, dit Taj, déterminé.

Le tatoueur commençait à ne pas du tout apprécier. Son poing le démangeait. Les Tahitiens n'aimaient pas qu'on vienne les chercher.

— O.K., dit tranquillement Terupe, résolu à ne pas se laisser démonter.

Taj eut un large sourire.

— O.K., reprit-il. Tu viens ici avec Hiro, puisque c'est ton ami, et j'aurai le modèle pour travailler, voilà.

L'étranger eut un petit rire d'étonnement.

— *Ce n'est pas possible*, s'amusa-t-il à dire.

Puis il enchaîna :

— Je t'en donne le triple.

Terupe se rassit et lui tourna le dos.

— Dans ma brousse, je n'ai pas de palace à acheter. Et les coqs qui chient sur la Ferrari, ça gâche le vernis.

Taj le fit pivoter sur son fauteuil à roulettes.

Le tatoueur le dévisagea de ses grands yeux marron sans cacher sa lassitude.

— Je suis sûr que ta brousse, ça prend vite feu, dit Taj froidement en plongeant dans ses yeux.

Les hommes qui faisaient le gorille, ça le saoulait. Terupe le renvoya à la pluie qui tombait d'un signe de tête.

— Alors il n'y a plus qu'à espérer que le soleil n'ait pas l'idée de se pointer, reprit l'étranger.

Pour une fois, Buddha ne s'était pas flanqué un tabouret sur le dos comme un dromadaire ; il rappliqua dare-dare en grognant.

Bon chien, pensa Terupe.

— Si tu remets le pied ici, dit Terupe avec mille efforts

pour garder son sang-froid, je te conseille de ne pas tenir à tes mollets pour surfer.

Et il appela Buddha qui s'entortilla entre ses jambes.

Taj revissa sa casquette sur sa tête. Elle n'avait pas eu le temps de sécher.

Il fit quelques pas vers la sortie et dit sans se retourner :

— Vous autres, Tahitiens, vous resterez toujours sous un bananier. Votre putain de fierté vous empêche d'évoluer.

Terupe fut au bord de le perforer à coups d'aiguilles bien plantées.

Puis il réfléchit et se dit que les esprits s'occuperaient de ce chien galeux aux poches remplies de billets.

Sur une île déserte, on se nourrirait plus de bananes que de billets, connard.

PENSÉE SUR LE MAL N° 6

Le vent avait décoiffé la tombe de sa mère. Les plantes étaient renversées comme des piétons fauchés. Reva redressa les becs d'oiseau rouge des héliconias et les flammèches alvéolées des gingembres-ruches. Mais les petites chéries ne tiendraient pas. Elle les sermonna: même dans la tempête, il faut résister. On le lui avait assez répété... Au-dessus d'elle, une gigantesque fleur de bananier faisait le pendule au bout de sa longue queue violacée. Les fleurs de bananier l'avaient toujours intriguée. C'était beau et effrayant à la fois. Un peu... comme... La tombe de sa mère était sobrement en béton. Juste à côté d'une autre, carrelée de blanc. Sobre, mais en forme de cœur. La seule cordiforme du cimetière de Tautira, oui. Bien sûr, au milieu, on trouvait la traditionnelle forme rectangulaire de la tombe avec une petite croix, mais envahie par les herbes, car Reva ne supportait pas qu'on ne garde pas de la vie dans tout ça. Sinon, sa mère allait finir par mourir pour de bon. À quelques pas, une famille avait apposé une plaque avec une bouteille de vin gravée, légendée d'un « Le vin réjouit le cœur » – pour un Matehau qu'elle ne connaissait pas. Elle trouvait ça très bien. Il fallait célébrer la vie. On ne meurt qu'une fois.

Reva avait marché en récitant tous les prénoms des tombes qui entouraient sa mère pour les mémoriser. Hoauira Jason, Hira, Tuahine, Rehia, Teraituatini... Oh ! Qui étiez-vous, visages enfouis ? Puis elle s'était assise sur la margelle basse de la tombe de sa mère. Elle avait tant de choses à lui raconter, encore... Le Monsieur qui l'avait conduite jusqu'ici était un Popaa. Il avait la peau toute rouge, des cheveux blonds et des mains fines avec une alliance. Reva n'aimait pas les alliances pour homme. Les pauvres ressemblaient à des pigeons bagués. Elle continua. Le Monsieur parlait avec des belles phrases et surtout, il parlait beaucoup. Comme tous les Popaa. Son assurance l'impressionnait. Sauf qu'il se grattait souvent les genoux. Tandis que les essuie-glaces balayaient le pare-brise de son 4 × 4, il sortait des phrases auxquelles il croyait. Ça se voyait. À bien y réfléchir, il parlait beaucoup parce qu'il était gêné. Ça aussi, elle l'avait senti. Quand elle était montée, il l'avait regardée, un peu surpris. Et ce ne fut rien, après qu'elle eut prononcé : « Merci, c'est très gentil sous cette pluie. » C'était chaque fois la même chose. Après, les gens, soit ils ne disaient plus rien jusqu'à ce qu'elle descende de voiture, soit ils n'arrêtaient plus de parler. Durant tout le trajet, elle n'avait cessé de tirer sur sa robe à fines bretelles. Mais ce n'était pas une salopette. Le type avait dû se demander si elle avait envie de pisser. Mais elle ne voulait pas parler de son intimité.

Maintenant, Reva était là, à frissonner, car la feuille d'*ape* qu'elle avait cassée pour se protéger de la pluie ne la couvrait pas en entier. C'était pourtant, par sa taille, une vraie oreille d'éléphant, selon la formule consacrée. Elle conta le tout début de la rencontre avec le Monsieur, non loin du grand *tumu 'uru*, la route qui défilait, les églises qu'elle avait croisées, tout en mangeant des bonbons Vidal qu'elle avait précieusement gardés pour ce moment. C'étaient de longs rubans un peu piquants. À la fraise. Enfin, ils n'avaient sûrement jamais connu un fruit de leur vie. Pas plus qu'un ours sur la banquise. Mais ce monde était artificiel, alors quoi ? Le Monsieur aussi était artificiel. Il disait des phrases automatiques et vides avec plein de généralités. Genre que la Polynésie, c'était un endroit bien, mais qu'au bout de plusieurs années, « on devait avoir fait le tour de la question ». Reva laissa le ruban fondre un peu sur sa langue. La fraise synthétique diffusa ses arômes. C'était crétin, comme formule, « faire le tour de la question », non ? Déjà, la Polynésie n'était pas une question. Et faire le tour de la Polynésie, elle lui souhaitait bon courage. Il pouvait s'y mettre dès maintenant, et à la nage ! Reva rit toute seule. Le ruban avait une délicieuse acidité. Il lui piquait la langue et elle aurait pu manger tout le sachet. Résister. Surtout, résister.

Pour voir sa mère, elle avait verni ses ongles. Ils étaient rouge fraise aussi. Alors, quand elle prenait un bonbon, c'était joli.

Elle parla à Rumahere du bal qui aurait lieu le jour même à Vairao. Un bal avec les miss du district et une levée de fonds, elle n'avait pas saisi exactement pour quelle cause. De toute façon, c'était toujours une bonne cause. Après, ce qu'en faisaient les humains... Il y aurait un orchestre et des valses tahitiennes. Elle se souvenait combien Rumahere aimait danser ! Par-dessus tout le *'ori tahiti* – le *tamure*. Elle ne dansait pas aussi bien, surtout le fox-trot, mais elle se débrouillait. La timidité, sans doute... Le bal débuterait vers midi. Mais il ne se terminerait pas plus tard dans la nuit. Oh non ! À 21 heures, tout serait plié car les gens se plaignaient trop du tapage nocturne. C'était moins drôle, c'était moins gai... Mais elle pourrait étudier les toilettes des autres femmes. S'en inspirer.

Elle demanda à sa mère ce qu'elle en pensait. Elle lui demanda quelle robe elle mettrait, sa poupée. Elle lui dit encore qu'elle rêverait de mettre des collants, comme dans les pays froids, pour qu'on ne voie plus sa cicatrice. La cicatrice de sa jambe qui la défigurait. Elle avait acheté du fond de teint pour la cacher. Alors elle repensa au chirurgien, et se mit à précipiter les mots. Ils tombèrent, plus drus que les gouttes encore, en flots désordonnés. Reva s'excusa. « Oh ! Maman ! Pardonne-moi ! Je parle trop vite car j'ai peur de manquer un détail, je pense trop rapidement, tu sais, tu me connais, je vois toutes les images en même temps, et je parle à si peu de gens, Maman... Surtout en hiver, à si peu de gens. Qu'après, je dis tout en même temps. Oh ! Excuse-moi, Maman ! » Puis elle lui confia qu'elle ne voulait jamais être chauve. Oh non ! Pas ça. S'il te plaît, Maman. Ce serait terrible, d'avoir des coups de soleil sur la tonsure... Quelle horreur. Mais elle avait encore le temps. Et quelle idée ! Elle ne serait jamais chauve. Jamais. Pour le moment, elle avait des cheveux jusqu'au bas des reins. Un vrai tableau de Gauguin. Évidemment, le Métro n'avait pu s'empêcher de parler de Gauguin. À croire que le peintre avait été le seul habitant des Marquises. Heureusement, entre ses cheveux qu'elle laissait filer entre ses doigts, Reva se sentait toujours habillée. Cette idée la rassurait. Avec ses cheveux, elle n'était jamais complètement nue.

Elle confia un secret à sa mère. Jusque-là, elle n'avait pas osé lui en parler. Sa mère avait tellement d'influence sur elle... Tandis que l'eau ruisselait entre les brides de ses tongs, elle lui dit que maintenant, elle pouvait nager dans le lagon. C'était une révolution. Avec un maillot deux-pièces... Qu'elle avait acheté un nouveau frigo, aussi, et réparé toute seule le chauffe-eau. Qu'on lui avait volé la roue de sa brouette, qu'il fallait vraiment être bête. Qu'elle s'en voulait de ne pas s'être occupée mieux d'elle. Qu'elle voyageait depuis le bout de son lit grâce à la télévision – qu'elle était allée jusqu'en Sibérie, oui, chez les Nénètses, là où tout était blanc comme l'écume des vagues, mais attention, en très froid. Que la dernière fois, elle était tombée sur une voiture, que ce n'était pas une voiture, mais un bocal à poissons. Qu'elle aimait bien tout ce qui était électronique. Elle voulait inventer un mixer-plongeur avec batterie incorporée, comme les perceuses. Qu'elle avait préparé de la gelée de raisin rouge pour les crêpes. Mais que sans elle, elle ne faisait plus de crêpes. Qu'elle ne s'inquiète surtout pas, elle profitait de toutes les promotions. Qu'elle avait arrêté la pendule à l'heure de sa mort. Et qu'elle ne l'avait jamais remontée. Sa chambre était intacte, elle pouvait revenir. Rien touché. Rien. Tout était très bien rangé à la maison. Elle pouvait venir vérifier. Qu'elle avait acheté une petite robe décolletée mais qu'on voyait le jour à travers, Maman, on dirait une serpillière. Au salon d'essayage à Papeete, la copine était heureusement bien gentille : voilà pourquoi elle avait quand même rapporté la robe à la maison. Qu'elle allait essayer le vinaigre comme désherbant. Qu'elle lui manquait tous les soirs. Tous les soirs. Tous les soirs. Qu'il fallait bien se laver les mains. Qu'elle en voulait à l'hôpital. Elle ne pardonnerait jamais aux médecins. Qu'elle aurait voulu apprendre la musique – l'harmonica. Qu'un jour, elle ferait du surf. Elle poserait la planche à repasser sur son lit. Comme Hiro. Hiro, son héros. Le seul homme qui l'ait défendue un soir dans la rue. Le seul homme qui se soit révolté. Le seul qui ne la dégoûtait pas.

Il était très beau. Très beau. Maman. Plus que n'importe qui à la télévision.

Il n'avait pas de poils sur le buste. Ni dans le dos.

Mais qu'elle pensait qu'elle aimait mieux gâter une femme qu'un homme.

Et qu'il allait falloir qu'elle rentre, qu'elle avait froid. Elle devait lui pardonner de la laisser sous la pluie, là, avec ses nouveaux amis.

Qu'elle lui manquait tous les soirs. Tous les soirs.

En sortant du cimetière, elle demanda au ciel, à la terre et à la mer pourquoi sa mère était morte.

En rentrant, il faudrait qu'elle écrive dans son carnet que le mal est une question qui ressemble à une bosse sur le front. Elle se cogne tous les soirs contre ce pourquoi et c'est le mur le plus dur qui soit.

Un jour, elle espère qu'elle se cognera si fort, qu'elle en mourra.

Alors, Maman, elle saura.

Pourquoi.

15

Terupe avait déjà essayé d'appeler Hiro trois fois. Mais il ne répondait pas. À coup sûr, il était dans l'océan. Sa mère aurait dû le doter dès la naissance de branchies. Heureusement que les arbres existaient, sinon Hiro ne sortirait jamais de l'eau. Buddha aboya à deux reprises. Son prochain client arrivait. En fait, c'était une cliente, Tehei. Elle venait de Vairao. Terupe déchira du sopalin, en couvrit sa table de travail, sortit une aiguille 5RL sous étui stérile et la posa près d'un spray en inox, d'un tube de vaseline et de son reposoir à embouts percé de six trous. Ces gestes le calmèrent. Joindre Hiro achèverait de le tranquilliser.

Tehei venait pour des frises traditionnelles sur la cuisse – dents de requins, pandanus et vagues. Et lorsqu'elle entra, le vent de la guerre ne la précéda pas.

Un bref instant, Terupe ferma les yeux, et souffla.

Les êtres se suivent et ne se ressemblent pas.

La pluie avait décidé de s'arrêter. Mais là où il allait, Hiro ne serait pas moins mouillé. Sous ses yeux, le lagon profitait de la moindre luminosité. Une éclaircie, et la palette s'enrichissait de l'infini. Le bleu turquoise contrastait avec le sable du rivage. Il aimait ce sable noir qui déroutait les touristes dont le cerveau se nourrissait d'images arrêtées. *Les plages de sable blanc*... La vie n'était pas un dépliant.

Et le blanc n'était pas toujours signe de paradis. Chez les coraux, il l'avait constaté maintes fois, le stress provoquait le blanchissement des colonies. La nature apprenait à tout relativiser.

Près de la Vague, les formes du corail étaient courtes et trapues pour résister à l'assaut des déferlantes, mais le récif restait vivant et il était heureux de croiser du corail-framboise, parmi d'autres formations, tabulaires. Il voyait même du corail cuir. La diversité le rassurait. Sur le récif intérieur, il aurait passé des heures à observer la nébuleuse de chirurgiens-bagnards et mouchetés qui se rassemblaient pour pondre en fin de journée. Le courant sortant de la passe brassait leurs œufs au large et ces petits malins de chirurgiens préféraient la pleine lune pour jouir des grandes marées. Voilà ce qu'il aimait. Cette vie sur l'eau et sous l'eau, en monde inversé.

Il fit quelques pas dans le lagon avant d'enfiler ses palmes. Sans poser le pied. En repoussant progressivement le sable devant lui pour déloger les poissons-pierres. Les Anciens disaient que là où l'*'autera'a*, le badamier, poussait, le poisson-pierre rôdait. Le badamier disparaissait des côtes mais le poisson-pierre demeurait. La zone où Hiro pêchait n'était pas soumise à un *rahui*. L'interdiction débutait plus au sud, à la passe Vaiau. Yaya le doubla et se lança dans son occupation de prédilection : chasser les holothuries. Elle pointa le museau au-dessus d'un concombre de mer, l'élut pour compagnon de jeu, retourna la masse marronnasse avant de l'envoyer valdinguer et de jongler avec elle. Hiro sourit. Entre les holothuries et les raies, elle avait de quoi s'occuper.

Ce moment de la mise à l'eau plaisait particulièrement à Hiro. Il imaginait qu'un joueur de casino devait ressentir le même plaisir. Celui de s'ouvrir au possible. De s'amuser du hasard, et de le provoquer. Depuis tout petit, se glisser dans l'onde avait été son plaisir favori. Et de suivre Peva, son père, à la pêche. C'est lui qui lui avait appris à approcher le poisson, quand le tirer et comment le vider, mais aussi à affronter le large en *poti marara*, un petit bateau, pour pêcher au caillou, une technique ancestrale qu'ils pratiquaient avec des pierres de basalte de la pointe Mahora. À l'époque, ils remontaient les prises à la main, sans bouée sur la ligne pour fatiguer le poisson. Du *ature* pour appât, du fil et un caillou qui plonge profond. C'était *rudimentairement* efficace. Peva fixait l'appât, du chinchard, sur la pierre avec des tours et des tours de nylon, et ils envoyaient le cocon dans les tréfonds. Ensemble, ils avaient rapporté des thons d'anthologie. Hiro n'avait jamais oublié que nourrir la famille restait un devoir sacré. Le devoir sacré. Tant que le lagon offrait du poisson et que la ciguatera n'avait pas tout ravagé, il pouvait s'estimer heureux.

Le corps de Hiro s'enfonça dans l'eau – et ce fut l'image de Taj qui le traversa. Quelque chose le perturbait, une vraie lame de fond. Un lien qu'il n'aurait pas fait et qui aurait tout expliqué. Un lien qui menaçait l'équilibre de sa maison. Hiro en voulut à son esprit de ne pas effectuer les bonnes connexions. Cet homme réveillait en lui des pulsions primaires.

L'instinct de la guerre.

Il se renversa et se mit à flotter.

Se rincer. Comme le ciel. Tout oublier.

Savoir passer des nuages à l'éclaircie, ne pas s'alourdir, ne pas se buter.

Où était Moea ? Il se sentait responsable de sa sœur.

Il s'en voulait de ne pas l'avoir mieux protégée. Pire : il était persuadé que s'il avait refusé toute relation sérieuse avec une femme depuis six ans, c'était par culpabilité. Par pure culpabilité.

Le bonheur partagé, il le refusait.

Il n'avait su protéger celui de sa sœur, il n'avait su empêcher la gangrène du malheur.

Alors il s'était marié aux éléments, à la mer, à la terre et à l'air.

Comme un demi-dieu.

Mais il ne pouvait mener éternellement une vie de demi-dieu.

Putains de pensées, allez vous faire foutre. Laissez-moi plonger.

Le moment où la surface se mêlait aux profondeurs, et où les deux plans se superposaient comme si deux réalités coexistaient, restait son préféré. Il allait échapper au monde du rivage.

Hiro se disposa à disparaître dans le monde d'en dessous. Celui où la progression était fluide, celui où plus rien ne pesait. Celui où la folie de l'homme n'avait pas encore tout colonisé. Celui où Taj disparaîtrait.

Le lagon n'était pas très profond mais Hiro ne ratait pas une occasion de travailler son apnée. Quand il ne pêchait pas, il lui arrivait même de marcher sous l'eau avec de gros cailloux. L'exercice était radical.

Il prit quelques inspirations plus longues, plus apaisées, puis expira lentement par le nez, de façon à chasser le gaz carbonique de ses poumons. Sur le bord, il avait effectué avant quelques assouplissements. Un muscle stressé pompe inutilement de l'oxygène. Le secret n'était pas sorcier : le cœur devait battre lentement et le diaphragme rester souple. Il réfléchit à chaque partie de son corps, et leur ordonna de se détendre.

Ses palmes noires jaillirent quelques secondes de l'onde puis s'enfoncèrent. Elles caressèrent ensuite l'eau comme un paréo qui vole doucement au vent. Immédiatement, le corps de Hiro s'allongea. Même les muscles en bas de son dos, il les sentait se décrisper. Il ne prévoyait pas de taper beaucoup de poissons. Encombrer un congélateur alors qu'il avait un vivier à ses pieds eût été déplacé. Et ce n'était pas l'idée. En vrai homme de la mer, il n'aimait rapporter que ce qu'il mangeait.

Au départ, il croisa une grosse patate de corail. La borne kilométrique – subaquatique. C'était son PK0 sous l'eau. Elle n'avait pas ces formes qui peuvent subjuguer, semblables aux bois de cerf ou à un bouquet de fleurs serrées. Sa couleur était sombre et terne, sans grand intérêt. De rares poissons la fréquentaient. Le lagon était un peu agité. Hiro décida de s'éloigner pour se rapprocher de la barrière récifale et de la passe. Il y aurait plus d'activité. À cette heure-ci, le poisson restait de sortie. À partir de 17 heures, il rentrait dans les trous, et, dès 17 h 30, il fallait laisser la mer aux requins. Les *tapete*, ailerons blancs du récif, tapis à quatre cents mètres de fond, qui remontaient à la première occasion, et surtout les *raira*, les requins gris de récif, de grands chamailleurs.

Les hommes, les requins : chacun son tour. Les paroles de Lascar lui revinrent, tandis qu'il dépassait une patate couverte de bénitiers qui le saluèrent de leurs bouches colorées : « À l'intérieur du lagon, les requins, ce sont des tapettes, à l'extérieur, ce sont de grosses bêtes. » Ce n'était pas faux. Le large, le royaume des *parata*... Il préférait encore les *parata* aux humains tordus. Les squales restaient plus prévisibles. Patrick Rochette, le conteur de Teahupo'o, prétendait qu'il ne fallait jamais oublier que l'homme était un drôle de caméléon – et il avait raison.

Hiro s'approcha des bénitiers et songea à la sauce qu'avait préparée Moea. C'était bon à mourir. Il connaissait des sagouins qui prélevaient ces coquillages sans se soucier qu'ils aient plus de sept ans. Quel carnage ! Il fallait attendre qu'ils se soient déjà reproduits pour assurer le renouvellement. Que l'être humain ait besoin de saccager ces richesses le dépassait. Être prédateur, ce n'avait jamais été sa mentalité. Les bénitiers l'amusaient avec leurs bouches fluo. Du vert, du turquoise, du rose et du bronze. Ces bouches ondulaient comme si on les avait cousues. Pour les déloger, on leur enfonçait un pic en inox en plein milieu, et on branlait. Alors le bénitier se décollait. Le butin de la mer...

Mais il n'était pas là pour les bénitiers. Il plongeait pour rapporter un beau perroquet que Moea préparerait en croûte de sel, comme Janine à Ahe, et pour le geste parfait. Pour communier avec la mer.

À mesure qu'il s'éloignait, les patates de corail s'enrichissaient. Partout où il allait, les récifs l'émerveillaient. Ne disait-on pas qu'ils étaient plus vieux que les dinosaures ? Ils en connaissaient plus sur le monde que n'importe quel sage.

À huit mètres, un perroquet passa. Il allait le transformer en pin's. Hiro le suivit sans brusquerie. L'individu n'était pas très gros. Il se mit à racler le fond pour se nourrir. Il se débarrasserait ensuite du sable par les ouïes. L'ingéniosité de la nature était sans limites. Hiro s'imagina en train de se défaire de ses mauvaises pensées par le nez. Peut-être suffisait-il de se moucher – Taj finirait en morve épaisse dans un mouchoir au fond de la poubelle, et tout serait terminé.

Hiro regagna la surface pour respirer. Lorsqu'il était contrarié, il rêvait qu'en rouvrant simplement les yeux à l'air libre, le monde aurait changé. *C'est à toi de le voir autrement*, s'ordonna-t-il, et il replongea. Le chasseur approchait de la passe de Hava'e et le courant rentrant le repoussait. Un banc de chirurgiens et de carangues se profila. Hiro guettait le gros *ufu* qui se pointerait – ainsi nommait-il le perroquet bleu. Il aperçut un groupe de cinq. L'un était presque blanc, trois autres lavande cerclé de turquoise et le cinquième, le plus gros, franchement bleu. Ils n'avaient pas l'air farouche. Parfois, cette nonchalance le désarmait, alors il épargnait sa cible.

Ils devaient se promener à six mètres de profondeur.

Hiro maintint son apnée et se laissa couler pour rejoindre le fond sans remuer ses palmes. Il avait pris soin de s'éloigner et de se donner l'allure d'un animal inoffensif, le dernier wagon de la chaîne alimentaire, empêtré dans un corps qui savait juste barboter. Il se posta à l'agachon. Le groupe approcha. La curiosité aurait ferré n'importe qui, poisson-perroquet ou jolie pépée. Le spécimen lui tendit son meilleur profil. Quand il avait dix-huit ans, Hiro avait testé la même technique lors d'un bal sur une super fille après qui tout le monde courait. Il s'était tenu à l'écart, désemparé, et il avait attendu.

Et la fille avait fini comme le gros perroquet bleu.

Au bout de la pointe de sa flèche.

Tué net pour le perroquet. Vibrante et haletante pour la fille.

La fille s'appelait Mirna.

Aussi décida-t-il de baptiser sa prise Mirna – et non Taj, fidèle à ses bonnes résolutions de mettre en sourdine ce qui le polluait.

Il remonta à la surface. Les cocotiers remplacèrent les coraux. Quel monde était le meilleur ? Au fond, il n'en savait rien. La mer était son refuge, ce point, il en était certain. Qu'elle soit son refuge signifiait qu'il fuyait. Quoi ? La liste lui parut trop longue pour qu'il continue à penser. En attendant, il avait son perroquet.

Au loin, vers le rivage, il devina Yaya. À cette distance, elle aurait aussi bien pu être une chienne qu'un lama.

Satisfait, Hiro rentra.

Le soleil en profita pour percer.

16

Taj était énervé et quand il n'arrivait pas à ravaler ses nerfs, il devait trouver un bouc émissaire. Se mettre à dos Terupe n'était pas une bonne idée. Il avait dû se retenir de bastonner. On disait que pour que l'être humain se porte bien, il fallait que les choses sortent. Eh bien chez lui, c'étaient les poings qui sortaient en premier. Il n'y pouvait rien. Certains naissent timides, d'autres guerriers. Cette voie lui convenait parfaitement. Aller au paradis ne l'avait jamais intéressé. En enfer, il était sûr de tomber sur des gens intéressants et de bien plus se marrer, quitte à cuire d'un côté.

Une fois dans sa vie, il avait rencontré un type au destin singulier. Vraiment singulier. Mike. Au lieu de le laisser grandir loin du danger, son beau-père l'avait jeté dans une cage avec des chiens dès qu'il eut atteint l'âge de lutter. Pour qu'il apprenne à se battre avec les jambes, les bras, les poings, les dents, les ongles, et tout ce qui dans le corps était armé. Comme un coq de combat. Mike s'en était sorti avec un œil crevé. Mais l'autre, pour le restant de sa vie, lui servait à analyser l'ennemi. Et à déceler ses failles, et à les exploiter. Taj avait beaucoup appris de lui quand il avait décidé, à dix-huit ans, de traverser l'Afrique à moto. Mike et lui s'étaient fatalement rencontrés : la guêpe et le raisin ne peuvent s'ignorer. À l'époque, Taj rêvait de trouver des diamants. Il s'appelait encore Kai Stevenson.

Il venait d'une famille friquée, il était beau à crever et l'avenir lui souriait, mais il aurait massacré ces gens qui décrétaient que lorsqu'on naît avec une cuillère en or dans la bouche, la vie est toute tracée. Ses parents avaient divorcé quand il avait trois ans. Sa mère, Kina, était née à Maui. Elle s'était remariée avec un chanteur de funk rock qui partageait sa vie entre Hawaï et la Californie. Kai avait grandi auprès de sa mère jusqu'à l'âge de onze ans, passant ses étés à L.A. avec son père, John J., artiste excentrique génial à l'extérieur, tyran alcoolique et violent à l'intérieur. Kai avait fugué plusieurs fois. Il avait même essayé de mettre le feu à la villa. Durant son adolescence, Kai avait rêvé de détester ce père qu'il n'arrivait à ranger dans aucune case. Tout eût été plus simple. Mais l'homme était aussi fascinant que haïssable. Il soufflait sans cesse le chaud et le froid, et avec lui, aucune journée n'était prévisible. Fou furieux de l'océan, il avait customisé les planches de surf des plus grands champions. Elles s'étaient vendues aux enchères des millions pour un gala de charité. Il avait même collaboré avec Mike Gantelme, un célèbre tatoueur de Papeete. Les planches étaient superbes, graphiques et sauvages. À la maison, Kai avait vu défiler les plus grands chevaucheurs de vagues. Dans leur regard, il avait trouvé le feu. Une soif d'adrénaline qui les dévorait de l'intérieur. Un pacte diabolique avec l'extrême.

À quatre ans, sur le spot hawaïen de Breakwall, l'un des papes du surf lui avait fourré une planche entre les jambes. Kai avait souffert de la séparation de ses parents. Cette planche fut sa salvation. Depuis, la glisse ne l'avait jamais quitté et il avait presque passé plus de temps dans l'eau que sur terre. Pour lui, l'océan n'offrait jamais de *mauvaises conditions*. Il suffisait de s'adapter. Son corps devait le suivre, partout où il allait.

Son père était ravi qu'il passe son temps à surfer l'été. Il n'avait pas à le gérer. À Rincon, Taj avait appris à se faire une place dans l'eau. À Newport Beach, à embrasser les filles au coucher du soleil en sortant d'une vague. À Huntington Beach, il avait approfondi la connaissance de la vague parfaite et des bikinis. À Malibu, il avait croisé son père dans les cafés, en quête de voitures neuves bien carrossées, et à Blacks Beach, près de San Diego, il s'était frotté à des vagues surpuissantes. À Hawaï, il avait poli sa façon de *rider* et acquis un moral d'acier. Jusqu'à affronter Pipeline. Bouffer dans les grosses vagues ne l'effrayait pas. Cette roulette russe était sa propre loi. Chaque fois qu'il jouait avec la furie de l'océan, il entrait en contact avec l'ordre qui régit le monde. Il voyait précisément les portes de la mort, proches. Elles s'ouvraient à lui. Il n'avait qu'à cesser de pomper s'il voulait passer de l'autre côté. Sa volonté traçait sa ligne – jusqu'à la mort.

La mort, elle lui parlait depuis longtemps. À douze ans, Kai avait découvert la marijuana, à quinze, il testait la cocaïne. C'est son propre père qui l'avait initié à la drogue. Les moments de défonce étaient les seuls instants de partage avec John J. Sinon, il disparaissait avec des femmes et des hommes auxquels Kai n'avait jamais le temps de s'habituer. Son père disait que c'était comme pour les bagnoles : il fallait en changer tous les ans avant d'avoir des problèmes. Le plus souvent, il les ramenait à la maison et le salon était le lupanar le plus recherché de L.A. Il possédait une baraque encore plus dingue que celle, pourtant déjà futuriste, du très énigmatique James F. Goldstein à Century Park East, sur les hauteurs de Beverly Hills. Une merveille d'où l'on voyait Monica Bay. Ce milliardaire collectionnait autant les mannequins que les vestes en cuir et les chapeaux, et c'était la seule maison qui eût impressionné Kai.

À seize ans, Kai aurait pu écrire une encyclopédie du sexe. Il en avait gardé l'habitude de beaucoup se masturber. Et de rechercher les sensations les plus exacerbées.

Quant à la beauté, c'était une prison.

L'argent en était une deuxième.

De ces exemples, Kai avait gardé le goût de l'extravagance et de l'excès. Un côté éternellement insatisfait, aussi. Il avait besoin que les choses bougent et qu'elles lui répondent. La drogue nourrissait ce besoin de puissance et congédiait les angoisses, tout en les entretenant. Un cercle vicieux dont il n'avait pas su sortir. En même temps, la drogue le reliait à son père. C'était leur pont. Le seul lieu où ils se soient vraiment croisés dans leur vie. Un pont de brume, un pont mirage.

Un non-lieu.

Sans ce lien, Kai aurait sombré dans l'abandon.

La seule chose qui le terrorisait, au fond.

S'inscrire dans l'histoire du surf était un biais comme un autre pour gagner le respect et marquer les mémoires.

Et puis, il n'y avait que dans l'eau qu'il retrouvait une forme de défi et de liberté. Que dans l'eau qu'il se sentait exister. L'aventure en Afrique avait duré, elle, quatre ans. C'est l'appel des vagues qui l'avait détourné de la recherche des pierres précieuses. Le scintillement, il l'aimait au creux des tubes. Passionnément. Il était revenu aux États-Unis, avait passé trois ans en Californie, pensé et respiré surf, n'avait cessé de voyager, pour tout plaquer à cause d'une femme et fuir à Hawaï à la suite d'un pari qu'il avait fait, bourré. Sa vie, il l'avait de toute façon toujours décidée sur un coup de tête.

Et cette femme, c'était Moea.

La plupart des grands surfeurs ont deux voies : la maîtrise totale de leur corps, jusqu'à l'obsession – ou la consumation. Kai faisait partie de la seconde catégorie. Au fond, ces deux extrêmes se rejoignaient. C'était Kelly Slater versus Andy Irons, ou Niki Lauda versus James Hunt. Kai affrontait des vagues titanesques parce qu'il devait canaliser une rage bien plus folle en lui. Certains se matraquent aux hypnotiques, d'autres à l'adrénaline. Un deal que chacun conclut avec sa part maudite.

Alors la dose, il en redemandait.

17

À l'approche du *fare*, Yaya ne l'avait pas devancé comme d'habitude. Normalement, elle faisait la course avec Hiro – et c'était presque toujours elle qui gagnait. Peut-être qu'elle boudait.

Hiro s'était occupé du perroquet. Il avait hâte de montrer sa prise à Moea. Sur la plage, il l'avait vidé. Son perroquet était tellement vieux qu'il avait découvert des algues qui poussaient sur son bec. Ce détail l'avait touché et glisser le couteau dans l'isthme de chair entre la tête et l'abdomen n'avait plus été aussi aisé. Il s'était excusé.

— Pardonne-moi, Mirna.

Le geste, il l'avait pourtant répété des centaines et des centaines de fois. Après avoir retiré sans entrain branchies et viscères, il avait tout rincé à l'eau de mer. Un baptême inversé.

Celui qui célèbre la mort.

Arrivé dans la cuisine, il se frotta les mains au savon. Il

jeta un œil à son portable et vit que Terupe avait essayé de l'appeler trois fois sans laisser de message. Ce ne devait pas être trop urgent. Il décida de prendre sa douche avant de le rappeler.

Dehors, le soleil avait remporté la bataille contre les nuages.

La chaleur sur son corps lui fit du bien. Il s'essuya avec une serviette puis massa longuement l'épaule qui le lançait avec de l'huile de *tamanu* qui traînait. Il saisit un autre flacon, du monoï Tahiti dans lequel il avait plongé un cent-pieds femelle vivant, pour soigner un début d'otite. Il en mit une goutte dans une cuillère et la chauffa avant de se l'instiller. Dans dix minutes : terminé. La douleur se serait évaporée. Du radical qui battait n'importe quelle pharmacie. La douche le recentra sur sa journée et il se demanda si Moea avait réussi à rencontrer les propriétaires de Vanira Lodge.

Par réflexe, son regard se perdit en face, par-delà la haie, sur la route. L'heure du déjeuner approchait. Il aurait pu le deviner au nombre de voitures qui passaient. Pas d'embouteillages comme à Papeete, on en était loin, mais les habitués défilaient, un à un. Parmi eux, il remarqua le Land Rover Defender bleu et blanc de la police municipale de Taiarapu ouest qui passait.

Le soleil les faisait sortir, eux aussi.

C'était pourtant trop tôt pour l'heure des bagarres. Les hommes allaient recevoir leur paye et, le soir même, les billets se métamorphoseraient en bouteilles d'alcool. Les vieux connaissaient le truc : ils allaient à l'unique magasin de victuailles de Teahupo'o pour acheter la première piquette venue, puis ils se faisaient inviter. Ils apportaient leur bouteille infecte et s'empressaient de boire celle des autres. Des années d'expérience pour arriver à ce scénario rodé.

Puis il y aurait la traditionnelle rixe du bout de la route en soirée.

Du pur match de boxe improvisé sur le ring du goudron, avec *Le Furoncle* pour arbitre – ils appelaient ainsi la sculpture du bout de la route.

Il repartit vers la terrasse pour le plaisir de flâner. Dans le manguier, les oiseaux entamaient une grande discussion. Ça bruissait et voletait de partout et les branches devaient connaître tous les ragots du quartier.

Yaya arriva vers Hiro sans japper. Elle se secoua pour se sécher.

— T'es plus discrète que le parfum de l'ylang-ylang, toi..., dit-il en lui tapotant le museau.

Mais quelque chose clochait. Elle restait plantée là sur ses quatre pattes. Et tenir la pose sans bouger, ce n'était pas Yaya.

Il lui saisit la gueule et l'embrassa.

— Je sais que tu vis plein d'aventures, Yaya, mais dis-moi ce qui ne va pas.

La chienne leva vers lui ses grands yeux jaunes.

— Tu veux me faire pleurer, c'est ça ? T'as pas eu ta dose d'holothuries, Yaya ?

Il l'attira à lui, plein de sollicitude :

— Oh ! Viens là... Un gros chagrin, comme tous les humains ?

Sa main passa sur ses flancs et la caressa. Quand ses doigts sentirent un drôle de truc qui pointait.

— T'es vraiment Indiana Jones, Yaya, qu'est-ce que t'as encore fait ?

Il la palpa puis s'accroupit près d'elle. Une grosse épine saillait.

Autour, les arbres épineux ne manquaient pas. Yaya n'avait que l'embarras du choix.

Il s'appliqua à la retirer mais la grosse épine ne venait pas. Alors il se pencha plus vers la blessure et l'examina.

— T'es un miracle de rester si placide, toi. Allez, montre-moi, dalaï-lama.

Son visage quitta sa gaieté. Hiro tâta doucement et se mit à douter.

Ce n'était pas une épine, c'était un dard de raie.

— Yaya, t'as perdu, cette fois ! Tu cherches plus la bagarre, là ?! dit-il pour dédramatiser. Mais comment tu t'es arrangée sur ce coup-là ?

Il se leva pour récupérer son téléphone dans la cuisine et appeler Ari, un ami vétérinaire. Huit sonneries, et il décrocha. Le copain était bloqué au plateau de Taravao auprès d'une vache. Zut. Impossible de se déplacer. Ari lui conseilla d'appliquer des cataplasmes d'eau de javel diluée dans de l'eau chaude.

Yaya avait quinze centimètres dans le poitrail et elle aurait dû couiner un peu, mais non, elle continuait à le regarder de ses grands yeux.

S'il réfléchissait, Hiro avait tout eu : un chien, Tic, qui appuyait sur les poissons-globes pour les faire gonfler, son jeu préféré, il aboyait alors comme un fou ; un autre qui ramassait des crabes, un autre qui dégotait on ne sait où une sorte de rascasse, mais Yaya était la seule qui pêchât les raies. Après le combat, elle laissait ses trophées sur le rivage.

Sauf cette fois.

Comme il gardait son téléphone entre les mains, Terupe lui revint en mémoire, et il le rappela.

— *'Ia ora na*, Terupe.

Au bout de son portable, Terupe marqua un silence.

— *'Ia ora na*. Dis-moi, tu connais bien un... Taj, toi ?

Cette fois-ci, ce fut Hiro qui resta sans voix.

— *Bien*, non.

— Ah, voilà.

Hiro reçut comme une décharge électrique.

— Pourquoi ?

— Non, non, rien...

— Sûrement pas rien, dis-moi.

Il avait cherché à mettre toute sa persuasion dans sa voix.

— Tu l'as croisé ? reprit-il.

— Non, non, il est venu...

— ... au shop ?

— Au shop, voilà.

— Pour se faire tatouer.

— Voilà.

— Terupe, dis-moi ce qui s'est passé, t'es tout bizarre, là.

— Il...

— Je t'écoute.

— Il m'a demandé un truc pas courant...

— De lui tatouer un moustique, cet excité ?

— Arrête, pas ça... Je sais pas comment te dire... Voilà : il voulait le même tatouage que toi.

Cette fois-ci, le silence fut encore plus long du côté de Hiro.

— Il est taré, ce mec-là !

— Je... Fallait que tu saches. Tu comprends, c'est space, des trucs comme ça. J'aime pas trop, moi.

— Et… tu as accepté ?

— De lui faire son *tattoo* ?

— Alors… ?

— Jamais de la vie.

— Alors tout va bien, Terupe.

À son tour, Terupe hésita.

— O.K., dit-il d'une voix traînante.

Un temps, et Hiro reprit d'une voix qu'il essaya de tempérer :

— Il était désagréable ?

Terupe hésita.

— Écoute, Hiro… Ce mec n'est pas clair, pour moi… Je me suis juste dit… que des mauvaises herbes comme ça… j'en voulais pas chez moi.

PENSÉE SUR LE MAL N° 7

Ah ! là ! là ! Comment allait-elle faire pour passer le restant de la journée ? Dans une maison, on trouve toujours des milliers de choses à régler, alors pourquoi aucune ne lui parlait ?

Elle n'allait pas traîner comme ça jusqu'au bal à compter les fleurs de tiaré. Elle devait se bouger.

En plus, le soleil tapait désormais. Et sans prévenir. Dire qu'elle avait affronté des trombes de pluie. Et le cimetière sous la pluie, c'est deux fois plus gris. Qu'est-ce qu'elle disait : deux fois ? Ça ne se mesurait pas.

Reva s'étira. Oh ! là ! là ! là ! là !

Bien sûr, elle pourrait y aller plus tôt, pour déjeuner. Mais rien à faire. Elle préférait attendre que le jour décline pour apparaître. Sa timidité était l'amie de l'ombre.

Elle quitta le salon où elle avait déposé son petit sac. Malgré ses précautions, il était mouillé. Son ventre gargouilla. De s'être rendue à Tautira, elle avait un peu faim.

Mais elle ne voulait pas céder à l'appel de l'estomac. Pas

après avoir rendu visite à Maman. Ou juste un petit bout de pain. Un petit bout de pain, ce serait très bien.

Quelques pas vers la cuisine, et elle fouilla dans un tiroir pour en sortir un long couteau.

La lame brilla.

C'était étrange, l'acier, c'était froid.

Elle passa la tranche de la lame sur sa peau, là, et là. Le soleil jouait avec la lame. Il était long, ce couteau. La lame la caressa. Jamais elle n'avait fait ça. Oui, c'était froid. Agréable, aussi, mais froid.

À quelques kilomètres de la sienne, non loin de la passe Teavamotu, il y avait une maison avec autant d'enfants qu'une portée de chiots. Ils avaient grandi en se débrouillant, sans jamais vraiment avoir de vie d'enfant. L'un d'eux, Teina, était allé vivre plus loin. Les gens disaient que *dans sa tête, il n'était pas tout seul*. L'expression l'avait marquée. Il devait être vraiment très, très seul pour avoir mis quelqu'un dans sa tête. Il ne sortait pas souvent de chez lui. Elle l'avait croisé une fois. Il comptait les pierres à la pointe Fare Mahora. Il avait dit que quand il arriverait à un million, il s'arrêterait. Qu'il serait alors millionnaire. Elle s'en souvenait comme si c'était hier. Et de son regard… De son regard qui n'était déjà plus là. Une semaine après, les pompiers l'avaient trouvé avec un couteau enfoncé dans le front. Un grand couteau pareil à celui qui la caressait. Enfoncé, pile au milieu du front. Là où c'est très dur. Les pompiers avaient dit que c'était impossible de se planter tout seul un couteau à cet endroit-là. Qu'on l'avait tué, un truc comme ça. Les gendarmes avaient pris le temps pour réfléchir. Ils avaient conclu que, contre toute apparence, Teina s'était fait ça tout seul, comme un grand. C'est vrai qu'il fallait être grand pour se suicider, c'était une sacrée responsabilité.

Comme vivre avec quelqu'un n'est pas facile, il avait tué cet autre qu'il avait accueilli en lui. Cet autre qui l'envahissait et qui prenait le pouvoir, sans doute.

Reva préférait encore vivre toute seule, vraiment.

Et elle n'était pas toute seule, puisqu'il y avait sa Maman.

Oh ! là ! là ! Comment allait-elle occuper sa journée ?

Parfois c'est long, le temps, ça n'avance pas. Elle rêvait de saisir les aiguilles de sa montre et de les faire tourner avec ses doigts.

Elle s'approcha des vitres et regarda dehors. Elle avait trouvé ! Elle allait prendre un bain de soleil en bikini, elle adorait.

Derrière la maison, personne ne la voyait. C'était son petit luxe à elle. S'offrir, presque nue, au soleil.

Reva se précipita dans sa chambre, et se déshabilla. Elle enfila un bikini qu'elle gardait rien que pour elle. Hop, la petite robe à bretelles, dégagée ! Dans la glace, elle vit ces courbes qui la rassuraient. Elle avait pris un peu de hanches. Ses seins étaient beaux, tellement galbés. La vahiné de Gauguin, la vraie ! Et les longs, longs cheveux qu'il fallait entretenir et huiler. Pire qu'une voiture. Être femme, c'est un métier.

Ce bikini était son préféré. Il était bleu, mais un camaïeu de bleus, et turquoise, avec de minuscules écailles métallisées. Dans ce maillot, elle était la petite sirène. Elle se plaisait.

Vite au soleil, allongée ! Elle adorait bronzer.

L'ombre du *kahāia* la caressait.

Elle fut tentée de regarder une vidéo sur son téléphone, mais elle s'y refusa.

Ce ne devait pas être bien, de voir ces filles entre elles qui se trémoussaient. Elles aussi avaient de jolis bikinis qu'elles s'enlevaient.

Sans ces filles, Reva était toute seule. Comme Teina.

Elle s'étendit sur sa chaise longue, et respira.

Son petit carnet était posé sur une cagette, à ses côtés.

Dedans, elle écrirait :

« On dit que le monde est connu et cartographié. Que partout il y a des satellites, des photos pour tout référencer. Mais la frontière entre le bien et le mal, personne ne sait la tracer. Et ces deux terres, personne ne peut les situer. Il faudrait trouver un géographe pour ça. Un géographe spécialiste de la frontière du bien et du mal. »

Reva releva son buste et défit le haut de son bikini. Le *kahāia* la voyait désormais presque comme on l'avait créée.

Elle reprit le cours de ses pensées.

Après tout, ce géographe, c'était peut-être Père Christophe.

Elle l'adorait. Jamais il n'avait reculé devant la souffrance ni devant la pauvreté. Il s'occupait des pauvres, il s'occupait des drogués, il s'occupait des prostituées. Et son truck de la Miséricorde sillonnait Papeete. Qu'est-ce qu'il aurait pensé de ses vidéos ? Reva rougit. Il faudrait le lui demander.

Père Christophe ressemblait à Jésus avec sa longue chevelure bouclée qui lui encadrait le visage, et sa chemise bleu ciel toute simple, où pendait un crucifix en bois.

Mais pas qu'à Jésus, Reva...

Elle se creusa la tête. À qui le Sauveur lui faisait-il penser ?

Oh ! Elle y était ! À un mousquetaire.

C'était Jésus... croisé avec un mousquetaire.

Pas surprenant que le résultat soit efficace.

Reva se tourna sur le ventre. Elle allait avoir plein de petits dessins géométriques tatoués sur la peau. Ce ne serait pas très beau.

Mais la laideur n'a pas d'importance quand elle n'a pas de témoin.

Rassurée, elle ne se rendit même pas compte qu'elle s'endormait.

Dans son esprit, les dernières images furent le bal qui approchait.

Le bal... qui... approchait...

Approchait.

18

Quand Lascar débarqua, Hiro mangeait un reste de perroquet qu'il n'avait pas assaisonné avec du lait de coco. La sauce reposait juste sur le mariage léger d'huile d'olive et de sauce soja. Avec ail, carottes râpées et dés de tomate, concombre en plus. Une boulette de riz, et son repas était avancé. Le secret était de noyer le perroquet dans du jus de citron au départ, mais jamais plus de trente secondes. Sinon, la chair tirait la gueule et se raidissait.

Personne n'aime séjourner dans des bains d'acidité.

Pourtant, ce sort, il l'aurait bien réservé à Taj. Quel esprit tordu pour vouloir lui piquer ses tatouages… Qu'est-ce qui lui prenait ? D'abord la vague, ensuite son image… Hiro aurait aimé être comme ces personnes qui savent lire dans les pensées.

— Et, Yaya, tu ne m'accueilles pas ? lança Lascar. Le comité d'accueil baisse vraiment dans cette maison !

Yaya était roulée en boule sur la terrasse aux pieds de

Lascar. Elle n'avait pas même aboyé. Plus loin, Kali et Kaya, à la persévérance du museau, rongeaient une noix de coco, en tenant fermement la demi-coque entre les pattes. Des acharnées.

— Lascar ! Tu as mangé ?

— Non, mais Océane m'attend avec les gosses à la maison.

— Un petit SMS, peut-être…, risqua Hiro qui avait besoin de parler.

Lascar n'était pas son plus proche ami pour rien. Il le sentit. Les yeux dorés s'arrêtèrent sur Hiro en le scrutant :

— O.K.

Et il tapa quelques mots.

— Je dirais que tu as à peu près la même gueule que Yaya. En pire. Vous vous êtes concertés, ou quoi ?

Il disparut à l'intérieur pour se chercher une bière.

Hiro entendit un cri qui venait de la cuisine.

— Waouh ! Des Corona ! C'est festival de Rio, chez toi ! Alors, tu me racontes ce qui ne va pas ?

La voix se rapprocha.

Lascar s'affala dans une chaise longue en bois, bière à la main, visiblement ravi de sa trouvaille dans le réfrigérateur.

Avant de parler, Hiro le considéra. Son ami portait une chemise hawaïenne blanc et bleu et des lunettes avec une monture en bois.

— T'es super élégant, aujourd'hui !

— Et voilà, il se fout de moi ! Depuis que j'ai changé de bateau, il faut que j'assure le standing, qu'est-ce que tu crois ? Maintenant, c'est cocktail à bord dans des verres à pied !

— Qu'est-ce que tu leur sers dans tes verres, de la bière ? l'interrompit Hiro.

— Mais pas du tout, Monsieur ! Du punch maison au jus d'ananas et au gingembre ramassé par mes petites mains – parce que les femmes, ce détail, elles aiment bien ! Tu sais quoi ? Ce matin, il y a deux nénettes qui m'ont demandé si elles pouvaient bronzer sur mon pont !

— Quel renard, ce Lascar...

Et il prit quelques fourchetées de son perroquet tandis que Lascar s'enfilait sa Corona.

— T'es sûr que tu veux rien manger ?

— Non, non, t'inquiète, je vais gober des samosas du Chinois à la maison. Avec une bonne sauce pimentée ! Que demande le peuple, après ?

Sur la route, la police municipale repassa, en sens inverse cette fois.

— T'as des gardes du corps, maintenant ? demanda Hiro en suivant des yeux le Defender.

— Qu'est-ce que tu veux, plaisanta Lascar, trop de femmes qui me courent après ! Il fallait y mettre de l'ordre...

Lascar posa sa bière par terre, à l'ombre, et claqua des mains sur ses cuisses.

— Bon, un, je veux savoir ce qui te tracasse parce que t'as la tronche d'un fusillé, et deux, si tu déteins sur Yaya ou quoi.

À son tour, Hiro posa son assiette par terre.

— Yaya a perdu contre une raie.

Lascar fit signe qu'il ne comprenait pas.

— Elle s'est chopé un dard dans le poitrail.

— Non ! T'es sûr ?

— Comme je te vois.

— Merde, alors ! Et le véto est passé ?

— Il préfère les vaches dans les prés.

— Et qu'est-ce que tu vas faire ?

— Il m'a dit comment la désinfecter car le problème est que, d'après lui, ça nécrose vite, ce genre de plaie.

— Le dard, tu l'as retiré ?

Lascar en oubliait sa bière. C'était une sacrée preuve d'amour pour Yaya.

— Impossible ! Ce truc a été conçu pour rester là où il est.

— Si tu veux, je vais m'en occuper.

Hiro eut l'air perplexe.

— Tu veux me tuer ma chienne ?

— Non, non, balaya Lascar d'un revers de main. Je sais me débrouiller. Tu sais, quand tu as été marin, tu as intérêt à tout savoir faire, de la bouffe à la guerre.

À son air, il était clair que Hiro hésitait.

— T'es vraiment certain que tu ne vas pas achever Yaya ?

Lascar se releva et écarta les bras.

— Est-ce que j'ai l'air d'un boucher ?

— Non, dit Hiro du tac au tac, mais t'as quand même l'air allumé.

Son ami était déjà parti et il criait sans se retourner.

— Je suis là dans dix minutes ! Le temps d'apporter le matériel !

— ... Et un samosa !

— Et un samosa.

— *Yes, man !* Un samosa !

19

— Quand est-ce qu'on arrive ?

Taj venait de poser à Timeo et Tini la question que posent tous les enfants.

Depuis presque une heure, il l'avait vérifié à la montre en or à son poignet que son sponsor lui avait refilée, ils crapahutaient dans la brousse du Fenua Aihere. Taj avait demandé de l'action, il en avait. De quoi il se plaignait ? Timeo et Tini se moquaient de lui car c'était sans conteste sa peau que les moustiques préféraient. Le concours, il l'avait gagné.

— Tu vois, lui glissa Tini en se retournant vers lui, je préfère encore être une sale carne.

Il avait croisé les bras et il se marrait.

— Les moustiques, reprit-il, c'est Uncle Ben's : ils ne se trompent jamais. Ces salopiauds foncent toujours sur les étrangers.

Taj eut envie de lui dire que chez lui, les moustiques étaient aussi très bien représentés mais il ferma sa gueule.

Juste parce qu'il avait envie d'une bière. Et que ces connards devaient avoir sur eux des coupe-coupe mais rien de frais à s'envoyer.

Ils étaient pires que les bêtes, ils ne buvaient jamais. Enfin, si, il leur fallait un snack pour y penser.

En tête marchait le troisième couteau suisse de Fauvero.

Ue.

On ne pouvait pas rater Ue.

Simplement parce que Ue avait le corps entièrement tatoué d'un côté. Un côté pile, un côté face. Le yin et le yang sur pied. Quand il venait exiger l'addition pour le compte de Fauvero, et que le débiteur résistait, il pivotait et exhibait sa face cachée : « Copain, tu veux vraiment que je te montre mon mauvais côté ? »

Alors, tout se réglait. Pourboire compris.

Du sang japonais coulait dans les veines d'Ue. Il ressemblait à un samouraï, en gardant des traits polynésiens.

Avec un temps de retard, c'est lui qui répondit au questionnement de Taj :

— On est arrivés.

Il venait de stopper et savourait son petit effet de surprise. Il regardait Taj et souriait. Sa main droite lissa sa courte crête en arrière. C'était visiblement son tic, une façon de se donner de faux airs calmes, pensa Taj.

Il lui manquait une incisive. À son cou, il portait un collier. Une dent de requin, montée sur un lacet de cuir. En partant de la propriété de Fauvero, il avait blagué là-dessus en la montrant : « C'est la dent qui me manque devant. »

Taj regarda autour de lui puis s'arrêta sur Ue. Il avait vraiment l'air d'un gros dur avec son débardeur noir hérissé de lettres gothiques.

Et il se moquait de lui, Taj ne voyait rien.

Rien qui ne ressemble à un océan de *paka*.

Il avait levé sans cesse les pieds dans une forêt de *mape* pour éviter les racines, traversé des rivières, sué sur le sentier qui bordait le lagon, englué ses tongs dans la boue, zigzagué dans des vergers, failli finir plusieurs fois sous les crocs des meutes de chiens errants, manqué cruellement de bière depuis une heure – tout ce bordel pour aboutir dans un no man's land envahi de verdure ?

Ue élargit son sourire. Son côté bifide en fit le sourire le plus flippant de la création. Taj eut l'impression d'être tombé dans un cauchemar dont il ne savait pas comment se dépêtrer. Et dire qu'il aurait dû surfer...

Le mutant ouvrit la bouche :

— Sur la presqu'île, toujours se méfier des jolis petits coins de verdure. Allez, la Star, ramène-toi.

Et il s'enfonça dans la nature. Mais cette fois-ci, perpendiculairement au rivage.

Tini et Timeo fermèrent la marche funèbre.

Taj détestait les sentir dans son dos. Un instinct animal.

Et si ces tarés se prenaient d'envie de le détailler au coupe-coupe, juste pour le bonheur de revendre une montre en or ?

Avec eux, rien n'était assuré.

Et avec Ue, tout était une danse au bord d'un ravin, sur un fil – et sur un pied.

Sa seule garantie était Fauvero.

Mais comment s'en remettre à un type qui se faisait des millions en envoyant à la morgue ou à l'asile la jeunesse dorée ?

Ce cynisme, Taj le connaissait de trop près.

L'appétit de puissance. L'appétit de destruction. L'envers et l'endroit d'une même réalité – comme le visage d'Ue.

Ils prirent une tangente et progressèrent en remontant une rivière qui descendait des montagnes. L'eau était fraîche, Taj s'y serait bien trempé tout entier. Il y plongea son tee-shirt et l'enroula autour de sa tête.

Ue s'arrêta et lui désigna une forme dans l'eau.

— Dangereux ? s'enquit Taj qui n'avait rien vu.

Les trois hommes furent hilares. Ue prit la parole :

— Oui, très.

Et Tini eut plaisir à préciser :

— Une anguille. C'est sacré.

Taj ne rit pas autant qu'eux. S'ils ne lui débusquaient pas une Hinano en pleine brousse d'ici cinq minutes, c'est lui qui allait tous les buter.

— Je croyais qu'on était arrivés, maugréa Taj qui avait glissé sur une pierre de la rivière.

— T'es pas bien, avec nous ? plaisanta Timeo.

— On est pourtant aux petits oignons avec toi, enchaîna Tini.

— On t'emmène en belle randonnée dans la forêt, et t'auras même pas 8 000 CPF à débourser.

— C'est de l'amour du prochain, dit Timeo.

— Notre côté adventiste du septième jour, ricana Tini.

Ue s'était tu.

Il fit le chien à l'arrêt et sembla flairer l'air. Mais qu'est-ce que ce croque-mort foutait ?

Il montra à Taj son bon côté.

— Tu crois aux *Tupapa'u* ?

Taj avait entendu le mot mais n'était plus sûr de ce qu'il signifiait. Peut-être des fantômes.

— Je crois en ce que je vois, dit sobrement Taj.

— Mais voir l'invisible..., dit Ue, c'est une autre façon de voir.

Merde, il se mettait à philosopher. Le taré avait un cerveau, il était encore plus dangereux que ce que Taj avait pensé. Les tarés avec des cerveaux, ça donnait les dictateurs.

Trois gros chiens noirs surgirent en aboyant. Des bestiasses. Taj fit un pas en arrière. Il voulut ramasser un galet mais Ue l'en dissuada : *jamais de pierre*. Le tatoué continua à avancer en parlant fermement aux chiens.

Ils parcoururent une quinzaine de mètres pour sortir de la rivière, puis passèrent des haies touffues coupe-vent, mixées avec des arbres à large frondaison.

Et soudain, Taj vit.

Une cahute que rien ne permettait de déceler. Un champ énorme de *paka*, en lignes rangées. Et deux hommes surgis de nulle part comme les mauvais esprits de la forêt.

— *Voir l'invisible*, répéta Taj.

Maintenant, il comprenait.

— Les repères sont les bambous, là, précisa Ue.

Taj fut bien content de les trouver et il s'y appuya.

— Saloperie ! hurla-t-il.

Il avait posé la main sur le tronc noir d'un bambou et sa main était couverte de mille aiguilles, presque invisibles aussi. La même sensation qu'avec ces belles vacheries de cactus.

— Eh oui ! dit Ue d'un air faussement ennuyé. On ne les voit pas... Ce n'est que sur les troncs noir-gris des bambous, ce petit cadeau de la nature...

Il me teste, songea Taj. Il me teste.

Cet Ue vient d'un milieu plus dur qu'un rocher. Il veut

me montrer de quel bois il est fait. Et que je ne suis qu'un gosse de riche débarqué pour lui piquer ses jouets.

Mais je suis plus dur que ce que tu crois, Ue.

O.K., ces aiguilles de nain m'ont fait crier mais dans mon cœur, je t'assure, tu peux y aller à l'aiguille à tricoter, Ue, tu ne m'arracheras pas un regret.

Le souvenir d'un poète flotta en lui.

Celui qui inventera un appareil
à mesurer l'amour
verra que bien peu d'hommes
ont un cœur.

— Tu vois ce petit mec qui n'a l'air de rien ? questionna Ue en lui montrant l'un des deux hommes, le plus fluet.

Il portait un débardeur bleu, déchiré.

— Lui, il est capable de produire de l'*ice* artisanal, ici, en Polynésie, avec trois fois rien. On le surnomme l'Abominable Homme des neiges.

Le clin d'œil à l'*ice* et à ses flocons qui lui valait aussi son surnom de *Flakes*.

Ue bomba le torse et continua :

— L'avenir, Taj, c'est lui.

L'avenir de la Polynésie. Le missionné de la mort.

Taj admira le squelette génial qui pouvait lui rapporter, à lui et Fauvero, beaucoup, beaucoup d'argent. Il suffisait d'être malin, et pas trop gourmand.

Les histoires de drogues se terminent toujours mal parce que l'un des associés est trop gourmand.

Mais Fauvero avait besoin de Taj, et Taj le savait. Il avait besoin de ses fournisseurs, il avait besoin de son réseau, il avait besoin de Los Angeles, il avait besoin d'un mec qu'on laisse voyager sans broncher et qui diffuse l'*ice* dans le milieu du surf et de la jeunesse dorée. Fauvero ignorait que Taj avait un ami dont le job était de surveiller ce qui passait aux rayons X à l'aéroport. Il lui avait confié, moyennant un tapis de billets, comment transporter l'*ice* – dans des boîtiers évidés de disques durs. Un autre type avait planqué de l'*ice* dans des combinaisons d'apiculteur.

Fauvero était, lui, l'homme invisible. L'homme qui avait réussi, reclus dans sa retraite verte. L'exemple de la réussite polynésienne.

L'intouchable.

Comme tous les parvenus, il tenait à son aura.

Il voulait l'or dans la poche – et rayonner.

Argent, pouvoir, fierté.

Avec pour faille, la vanité.

Tous ces mecs ne se feraient jamais choper ni descendre, s'il n'y avait la vanité.

Taj avança sa main vers l'homme fluet. Son débardeur bâillait sous ses aisselles, comme s'il portait des cerceaux autour des épaules.

— Taj.

— Toa. *'Ia ora na.*

Lui, c'était une bonne partie des dents qui lui manquaient. Celles qui restaient hésitaient entre le jaune et le noir. Ue s'approcha de l'oreille de Taj, et dit en aparté :

— *Toa*, ça veut dire guerrier. Faut pas aller le gratter...

Puis, il se tourna vers les montagnes.

— Tu vois, sur la presqu'île, t'as la forêt, le jardin propret, et derrière, des champs de *paka* comme s'il en pleuvait.

— Verdoyant, admit Taj.

— Soixante millions de CFP de bénéf par an. Avec l'un des plus forts taux de THC, ce qui en fait un produit apprécié… On est bien au-delà des 20 %.

— Et que du naturel, sourit Taj.

— Les fleurs sont bien sûr plus chargées que les feuilles. Toa fabrique aussi de la résine de cannabis *made in Fenua*.

— C'est vrai ?

— Oui, un mec des Raromatai le lui a appris. Avec lui, plus besoin de la faire venir de métropole. Corrompre les douanes, ça coûte un paquet.

— Ça doit être sacrément rentable…

— Cinq fois plus que l'herbe.

Taj fit un rapide calcul dans sa tête. Le profit était exponentiel.

— Pas mal…

— Livré dans des boîtes d'allumettes Le Griffon, ça a de la gueule, rit Ue.

Les deux se détendaient.

— L'autre homme, c'est Vaimana. Le colosse, Fauvero l'a doté de pistolets-mitrailleurs.

Au pays du coupe-coupe, ça aussi, c'était une nouveauté. Le signe que le marché s'intensifiait.

Vaimana fut fier de montrer sa bête de feu.

Son visage était criblé. Sans doute d'anciennes traces d'acné. Ses bras, monstrueux, s'alliaient à la puissance des troncs alentour.

L'homme de main tapota son PM :

— Plus dangereux que le cent-pieds, hein ?!

Taj acquiesça d'un hochement de tête.

— Un Skorpion VZ61, dit Vaimana avec fierté.

Comme Taj ne réagissait pas, il compléta :

— Du compact. Ça se porte même en holster si Monsieur a besoin de faire un tour en ville.

Il parlait de Faa'a, le quartier de Tahiti où tout se décidait.

— Et toi ? dit Taj à l'adresse du tatoué.

Ue eut un sourire vicieux.

— Moi, j'aime les histoires qui durent ! J'ai un micro Uzi, pour rester dans le discret. Je l'astique tous les soirs, à cause de l'humidité.

— Une vraie petite femme de ménage, le charria Vaimana. Perso, je lui fais rien à mon Skorpion, et il répond toujours à Tonton...

— Mon Uzi a baroudé dans pas mal de pays..., dit Ue, qui ignora Vaimana et voulut en imposer. Il est passé par les mains de Bob Denard aux Comores... Le mercenaire.

Là, Taj voyait. Grâce à l'Afrique. Bob Denard était le spécialiste du coup d'État. L'homme qui avait été à deux doigts d'assassiner Mendès France...

— C'est de la généalogie, ça, dit Taj, sincèrement impressionné. S'il a vu le Nigeria et l'Angola, ton Uzi peut voir n'importe quoi.

— N'empêche, le mec, il avait des *tarihua*. Au Congo belge, il a été le premier à faire défiler ensemble ses officiers – noirs et blancs.

— Respect, dit Vaimana.

Ue servit son éternel sourire, et brandit l'arme du sac insignifiant qu'il portait à la main. Tellement insignifiant que Taj ne l'avait pas remarqué. Il était vraiment avec une bande de tarés.

Mais l'histoire de l'*ice* l'intéressait. Si c'était vrai, les débouchés étaient énormes. Mais Fauvero aurait alors un temps d'avance sur lui.

— Et l'*ice* ?

— On n'a pas encore le produit parfait, admit Ue en lui tendant son profil vierge, mais on va y arriver. C'est juste une question de temps...

— Tout est une question de temps, dit Taj en scrutant le ciel.

Le soleil se perdait dans un entrelacs vert. C'était luxuriant – et étouffant. Comme si la nature, pour se venger, attendait juste de vous manger en tendant des mains de tous les côtés.

Le silence se fit et Taj prit conscience du bruit de la rivière.

Par association d'idées, il tapa dans le dos d'Ue et dit :

— Eh, l'ami ! Parmi toutes ces richesses, me dis pas que t'aurais pas une petite Hinano cachée là... Des fois que, une sainte apparition de derrière les fougères...

Ue sourit. C'était une habitude chez lui.

— De la Hinano, non, mais du *komo*, oui. D'ananas et de barbadine. Fermenté dans des dames-jeannes. Tu vas comprendre ce que veut dire « alcool fort », ici.

Taj lui demanda quelques sticks de *paka*, aussi.

La sobriété ne faisait de toute façon pas partie de son programme.

20

Question promesse, on pouvait faire confiance à Lascar. Il était déjà là.

Hiro avait fini son perroquet et mangé deux goyaves. Il restait sans nouvelles de Moea mais il n'allait pas non plus la harceler. Il fallait la laisser vivre, respecter sa liberté.

Pourtant, l'expression « Rien de nouveau sous le soleil » ne lui plaisait qu'à moitié.

Lascar avait débarqué avec l'un de ses trois gamins, Keanu.

Il avait jeté une grande trousse étanche sur la table de bois de la terrasse, et il préparait une pipette.

Hiro n'eut pas l'air rassuré.

— Lascar, dis-moi ce que c'est que ce truc-là !

— T'inquiète ! C'est pour la calmer.

— C'est pas du *hotu*, au moins ?

Le *hotu* servait auparavant à endormir les poissons pour les pêcher sans effort.

— T'es fou ou quoi ? C'est juste pour qu'elle voie des étoiles en pleine journée au lieu de souffrir comme une bête !

La voix de Keanu s'éleva :

— Mais c'est une bête !

— Raison de plus, dit Lascar qui enchaînait les gestes autour de Yaya.

Yaya baissait la tête. Si elle avait pu se cacher dans un trou de souris, elle l'aurait fait. Mais son gabarit n'avait pas été prévu pour ça. Les odeurs ne lui plaisaient pas. À Kali et Kaya non plus : ils s'étaient barrés hors de portée.

— Hiro, tiens-la-moi.

— Moi aussi, je peux le faire !

— Keanu, crie pas ! Recule-toi. Tu me fais de l'ombre.

— T'inquiète, Keanu, dit Hiro, les fils finissent toujours par faire de l'ombre à leur père. Tu auras ta revanche, crois-moi !

— Traître, répliqua Lascar qui se concentra sur sa tâche. Opération commando ! Yaya : ouverture de gueule. Voilà, comme ça. Brave chienne.

Il jeta un regard à son portable sur la table.

— Dans deux minutes, c'est dodo.

— Mais c'est quoi, ton truc ? s'empressa de dire Hiro. Tu vas me la tuer, oui !

— T'inquiète, j'ai dit. Sinon, toi aussi, je t'en mets dans ton curcuma.

— T'es sûr de ce que tu fais ?

— Toujours.

Hiro se releva et tourna sur lui-même.

— *Damned !* J'y crois pas ! Mieux choisir ses copains ! Faut dire que mi-gabonais, mi-finlandais, c'est trop rare pour qu'on connaisse le résultat.

Lascar se redressa et bomba le torse.

— Le résultat, c'est moi.

— N'importe quoi, lâcha Keanu.

Lascar foudroya Hiro des yeux pour que, cette fois-ci, il n'abonde pas dans le sens de Keanu. Ses origines, c'était irréfutable, point.

Sur le plancher de la terrasse, Yaya s'était affalée. Elle avait les pattes molles comme du chiffon.

— Eh bien voilà ! s'écria Lascar. Yaya s'est pris un uppercut chimique.

Lascar balança un biberon entre les mains de Hiro et lui ordonna :

— Tu fais couler le désinfectant tout droit...

— T'as rien trouvé d'autre qu'un biberon pour ça ? demanda Keanu en s'appuyant sur son dos.

— Keanu ! M'appuie pas dessus comme ça ! Espèce de dégénéré de ta race ! Non mais franchement, explique-moi, Hiro, comment ils faisaient avant quand ils en avaient quinze ?!

Il incisa largement autour du dard, inséra des pinces et observa.

— La chair a commencé à nécroser. Mais pas trop.

Il s'appliqua et retira un long cône pointu.

— Voilà le sapin de Noël ! T'as vu ça, les micro-ardillons du dard, un vrai truc de malade !

— Oui, admit Hiro, à chaque contraction musculaire, ça s'enfonçait.

— Et là, tu pouvais dire adieu à le retirer les doigts dans le nez, ce système naturel hyper bien pensé... C'est de l'anti-retour complet !

Hiro souffla. Un problème en moins.

Lascar fit trois points de suture.

— Fini. Tu auras juste à lui trouver des antibiotiques à ta chiffe molle.

Il prit à part son fils.

— Va jouer avec Kali et Kaya, Keanu.

Quand il se fut éloigné, il se tourna vers Hiro et planta ses yeux dans les siens.

— Et maintenant, à nous deux. Qu'est-ce que je peux faire pour toi après Yaya ?

PENSÉE SUR LE MAL N° 8

Sur le lit, Reva avait étalé cinq robes. Elle les aimait toutes autant. Pour des raisons différentes, pourtant. La blanche à frous-frous dénudait les épaules et alors, les seins ressortaient. La tubulaire fuchsia donnait un côté grande dame et Rumahere aurait apprécié. Elle qui voulait tellement qu'elle soit en toute situation *comme elle le voulait, mais élégante* ! La dorée faisait trop fêtes. Ce n'était pas Noël, c'était un bal. Un bal, Reva. Elle la rangea tout de suite pour ne pas s'encombrer l'esprit. Faire le vide ! Rumahere répétait souvent ça. Que dans la vie, on n'avait que deux bras. Alors qu'il ne fallait pas jouer les Shiva.

Cette expression lui était venue après avoir vu un film de Bollywood à l'hôpital.

Quand Reva lui avait offert un lecteur DVD qui l'avait ruinée – pour les rares fois où elle n'était pas là. Que Rumahere puisse s'ennuyer la terrorisait.

Reva ne voulait pas jouer les Shiva. Elle ne voulait pas jouer du tout, d'ailleurs. Elle était trop sérieuse. En tout, trop sérieuse.

C'était un drame, ça. Il faudrait apprendre à mettre de la légèreté dans tout ça.

Un tremblement de terre au Japon, et elle se sentait concernée. Qu'elle voie des petits sous les décombres, elle était prête à pleurer. Ce n'était pas possible d'être comme ça ! On ne pouvait porter tous les malheurs de l'humanité. Voilà ce que Rumahere disait aussi. Sa mère était une grande sage. On aurait dû la sanctifier.

Aller voir la petite Vierge de plâtre dans sa robe toute bleu et blanc, vite, lui demander de prendre soin de Maman.

Reva courut devant l'autel, et pria.

Seins nus, vêtue seulement du bas de son bikini où les boucles de lycra nouées sur ses hanches la rapprochaient du paquet cadeau.

Son profil se refléta dans le miroir. Elle avait une taille fine et c'était vrai qu'elle avait pris des hanches.

En paix avec sa conscience, elle revint à ses robes. Verdict? Quatre restaient en compétition. Elle n'avait pas enfilé la rose bonbon. Et hop ! dans la rose bonbon. Bref coup d'œil au miroir. C'était vraiment pas mal. Vraiment pas mal du tout. Très près du corps et fendue sur les côtés. Cette robe dessinait ses longues jambes. Elle décida de ne pas essayer la jaune. Le soir, ce serait déplacé. Elle n'allait pas mettre du soleil dans la soirée...

De toute façon, ce soir, elle se punirait.

Sa jolie robe serait le piège d'un homme.

Et le sien.

Elle se forcerait à avoir un corps pour mieux le nier.

Elle laisserait la bête la prendre dans ses bras.

Elle laisserait l'assaillant déverser sur elle sa haine crémeuse et collante.

Elle ne résisterait pas.

Elle laisserait souiller son corps car celui de sa mère, elle n'avait su l'arracher à la poussière.

Reva cacha sa quasi-nudité sous ses cheveux.

Elle enfila sa robe, ouvrit une boîte, en sortit ses boucles d'oreilles en or et, une à une, comme si elle devenait autre, une fois, deux fois, elle les accrocha sans se quitter du regard dans le miroir.

Dans une trousse, elle attrapa son rouge à lèvres.

Face à elle, Reva renaissait.

L'autre.

Elle, vraiment.

Elle, au fond.

Elle, en surface.

Reva passa du fond de teint sur sa cicatrice puis huila légèrement ses cheveux.

Le toucher du monoï la consola. Elle l'avait réchauffé dans ses mains avant de l'appliquer.

Elle saisit une brosse et, lentement, se coiffa.

Regarde, Reva, regarde-toi. En face.

Toi. Moi.

Eux, qu'est-ce qu'ils voient ?

Sur ses paupières, elle posa un fard léger. Puis sur les cils, du mascara.

« Pour avoir les yeux qui en disent long, Maman. » Maintenant, elle souriait au miroir.

Entre ses mains, l'éclair liquide d'une bouteille de parfum.

Et ce geste qui l'apaisait : vaporiser.

Magique, cette eau transparente, riche d'un monde qu'on ne voyait pas.

Celui de la féminité.

Partout autour d'elle, cette féminité flottait.

Royale, inspirée.

Reva avait tellement besoin de douceur…

Elle inspira. Longuement. Lentement.

La métamorphose en soi.

Elle sourit au miroir.

Elle se sourit.

Prête. Elle était prête.

Oui, mais il restait cinq heures au moins avant que la nuit n'approche.

Dans son carnet, elle glissa :

« Je suis une éternelle maison en construction. Rien n'est fini chez moi. Je veux bien être moi-même si on me montre la voie. Partout, je vois des gens qui se cherchent. Alors pourquoi ne comprennent-ils pas que je n'aie jamais su dire "Moi" ? Moi n'existe pas. Je n'existe pas. Ou alors, juste parfois. Comme lorsque j'allume la lumière en pleine nuit. J'entrevois alors des pans de moi. Mais ce puzzle ne tiendra jamais debout.

Jamais je ne serai assez unie.

Ils jugent ma solitude mais ils ne cessent de divorcer.

Quand je me quitte, je ne brise que moi.

Est-ce être du côté sombre que d'être opaque en soi ?

Qu'ils m'ignorent, s'ils ne me comprennent pas.

Maman, tu me comprenais, toi.

Et tu ne me jugeais pas. »

Ses larmes auraient coulé, si elle n'avait pas mis du mascara.

21

La première chose qu'ils virent, ce fut le bandage.

Hiro s'était relevé d'un bond quand il avait entendu la voiture de Birdy se garer. Lascar était naturellement parti aider Birdy à déplier son fauteuil et, sans surprise, Birdy avait refusé. Il détestait avoir besoin d'aide.

Moea était descendue de la voiture.

Elle portait une jolie robe en jean souple, plutôt ajustée et décolletée. Et des sandales dorées à talons compensés, avec des rubans colorés.

L'image aurait été superbe, si elle n'avait pas eu ce bandage à la main gauche qui remontait jusqu'au milieu de l'avant-bras.

Immédiatement, cette image rappela de très mauvais souvenirs à Hiro et, par réflexe, il se raidit.

Il la questionna du regard, n'osant recourir aux mots.

— T'inquiète pas, dit-elle en avançant vers lui, entourée de Kaya et de Kali qui bondissaient. Kali ! Pousse-toi !

Comment voulait-elle qu'il ne s'inquiète pas ? Elle disparaissait, elle ne lui donnait pas de nouvelles, et elle revenait avec une main bandée.

Hiro secoua la tête de droite à gauche.

Il fit mille efforts pour ne pas s'énerver.

Comment ne pas laisser le passé prendre le dessus ? Le repousser. Lui dire de se barrer, comme il l'avait longtemps fait.

C'est Birdy qui prit la parole. Il avait le don pour détendre l'atmosphère. À la vue de son fauteuil, la gravité se relativisait.

— Moea a été mordue par une murène.

— Putain ! pesta Hiro en se prenant la tête entre les mains.

Sur la pelouse, il pivota quatre fois sur lui-même, comme une toupie.

— C'est la journée, dit Lascar avec fatalité.

— Pourquoi ? l'interrogea Birdy. Il y a eu un autre accident ?

Hiro et Lascar dirent d'une même voix :

— Yaya…

— Une murène ?

Birdy cherchait déjà Yaya du regard mais il n'y avait que Kali et Kaya qui continuaient leur ballet sous le manguier.

Hiro se tourna vers Lascar et lui signifia qu'il lui offrait la primeur du récit.

— Yaya a fait dans l'exotique : un dard de raie. Mais c'est bon, tout est enlevé.

— Vous avez vu le véto ? demanda Moea en se dirigeant vers une chaise longue de la terrasse.

Lascar s'apprêtait à répondre quand Hiro le coupa :

— Moea, elle t'a arraché un bout de doigt ?

Elle fit non de la tête.

— Je l'ai soignée, dit Birdy. Moea a vu que tu étais parti chasser, et elle m'a appelée.

Les morsures de murène pouvaient être les pires de la création. Chaque fois qu'il plongeait dans un trou, Hiro vérifiait leur présence ou non. Le monstre avait deux paires de mâchoires. Le double effet *kiss cool*... Quand l'une d'elles agrippait, elle ne relâchait pas. Et ses dents se recourbaient vers l'intérieur. Une merveille mécanique, une horreur pour le plongeur.

— Pendant que je chassais ?! C'était où ?

— Au départ de la plage. La patate que tu appelles des fois PK0... risqua Moea qui craignait la réponse de Hiro.

— Au PK0 !!! Mais tu devais être à Vanira !

— Le rendez-vous a été repoussé à midi...

— Moea, ça me rend dingue, des histoires comme ça !

Il se laissa tomber sur l'un des deux bancs de la table. En même temps, il n'allait pas la surveiller à longueur de journée pour qu'aucun brin d'herbe ne vienne l'effleurer... Se raisonner. Accepter. Et pourtant non, il la dégommerait.

— Rien que d'imaginer sa sale gueule sur toi... Alors que je venais de passer par là... Mais je vais en faire des tronçons, de ta murène ! Et d'abord, qu'est-ce que tu foutais dans l'eau ?

La question parut surprendre Moea.

— Mais... Hiro... j'avais chaud. Je voulais me rafraîchir.

— Tu aurais pu...

Il n'acheva pas sa phrase, conscient qu'elle n'avait pas de sens. Refaire les histoires à l'envers ne change pas la fin.

— Hiro, calme-toi, tout va presque bien, maintenant.

Elle connaissait son frère, elle savait qu'il ne se calmerait pas.

— Elle aurait pu repartir avec mon doigt parce qu'elle

était vraiment grosse, mais c'était une morsure d'intimidation, plus que de défense... J'ai eu de la chance.

— Les grosses, tu sais, elles peuvent t'arracher la main, dit Lascar. Si je flèche une murène, je peux t'assurer que je lui laisse le fusil et que je me barre. C'est Jurassic Park, les murènes... Je suis sûr qu'elles ont à peine évolué depuis la préhistoire !

Moea rit – contrairement à Hiro.

— Vous avez désinfecté ? dit-il. Avec de la bétadine, hein ? C'est bourré de bactéries, les dents de murène.

— Une vraie saloperie, insista Lascar. Même les poubelles, elles sont plus propres !

— Tout a été fait, dit Birdy avec un sourire.

— Et pour Yaya ?

Moea la cherchait des yeux. Mais elle dormait à l'intérieur.

— *Tout a été fait*, reprit Hiro en exagérant le sourire de Birdy.

Pour détendre l'atmosphère, Moea brandit le sac qu'elle avait rapporté.

— Pour rattraper la journée, avec Birdy, on s'est dit qu'on ferait bien un pique-nique dans la vallée !

— Avant que le soleil ne se couche..., ajouta Birdy avec un clin d'œil.

Hiro tomba des nues. Il se contenta de dire :

— J'ai ton perroquet...

— Tu en as trouvé un beau ?

— Un superbe... Un ancêtre tellement il est vieux. Ça m'a arraché un pincement en le nettoyant...

— Je vais le préparer en croûte de sel.

— Tu me l'as déjà dit. C'est pour ça que je t'en ai pris un gros.

Moea ignora la remarque et se tourna vers Birdy.

— Birdy, tu as déjà goûté ?

— En croûte de sel, non...

— Tu verras, ça concentre tous les arômes.

— Et la murène en croûte de sel, quelqu'un a déjà goûté ? Le nec plus ultra, il paraît !

Moea lui fit les gros yeux.

— Lascar...

— Hé les deux ! dit Birdy, avec Moea, on a pris des gâteaux chez Couleur Cacao, et des fromages chez Juliette.

— Juliette ?

— Juliette Lamy, la fromagère de Taravao.

— La Japonaise ?

— Oui... En fait, elle est à moitié japonaise, corrigea Birdy. On a pris du pain aussi, à Afaahiti.

— Attends, me dis pas que le premier réflexe de Moea est de flâner plutôt que de s'occuper de sa santé, Birdy ?

Hiro se releva pour aller chercher à boire. Avec cette histoire de murène, tout le monde crevait de soif. Il préférait ne pas en entendre davantage pour le moment. Ce type de raisonnement le dépassait. Yaya, Moea, cette journée commençait à vraiment clocher.

En vérité, tout clochait depuis que Taj avait débarqué.

La voix de Birdy arriva jusqu'à lui, tandis qu'il prenait un plateau, des verres, trois bières et du jus de fruits.

— On se disait qu'on pourrait tous monter à la cascade Tupe pour pique-niquer.

— C'est le soleil qui nous a donné l'idée, dit Moea, pas moi, Hiro, je te jure !

Elle s'était relevée pour aider son frère.

— Le jus de fruits, c'est pour qui ? demanda-t-elle.

— Pour toi, précisa Hiro.
— Et si je veux une bière ?
Il posa le plateau sur la table de la terrasse.
— Eh bien, je prendrai un jus de fruits.
Moea échangea un regard avec Birdy et tous les deux rirent de bon cœur.
Hiro les observa plus attentivement. Quelque chose avait changé. Il l'aurait parié.
Sa sœur avait l'air de zapper complètement l'épisode de la murène, et Birdy l'air du mec qui ferait tout pour le lui faire oublier.
Et comment avait-elle pu enfiler cette robe et ces sandales au lieu de foncer se faire soigner ? Ça aussi, il aurait bien voulu qu'on le lui explique.
Un instant, il douta de l'histoire. Du bandage, de la morsure...
Comme si elle avait tout inventé pour ne pas se rendre au rendez-vous.
Mais pourquoi Birdy jouerait le complice ?
À nouveau, il les regarda.
Comment savoir ? Il eut presque honte de ses pensées.
— Hiro, pour le pique-nique, il faudrait trouver une solution (elle fut soudain gênée)... pour aider Birdy à... monter en haut de la vallée... Et lui permettre de traverser la rivière...
Hiro réfléchit. Elle n'avait pas dit « monter Birdy », elle avait dit « aider ». Il devait penser à une solution qui ne soit pas blessante.
Avec le fauteuil et la terre encore boueuse, pas simple.
Lascar bondit sur ses pieds :
— J'ai trouvé ! Mais il faut que je repasse par la maison.

Birdy fut touché. Il eut un sourire tout ensoleillé.

— On ne peut pas trop traîner, dit Moea, soudain attentive à la lumière qui ne tarderait pas à décliner.

— Euh... tu me donnes dix minutes ? Dix minutes, et je suis là. Dépaaaaaart !

Et il fonça vers sa voiture.

— Sacré Lascar, dit Moea.

Tout allait trop vite pour Hiro. Depuis que Moea était revenue, il devait jongler avec trop de responsabilités. Il n'était même plus sûr de savoir comment faire du bien à ceux qu'il aimait sans trop les protéger.

— Où est Tuhiti ?

La voix de Moea le ramena à la réalité présente.

Il pivota vers la route et désigna le lointain, vers la gauche. La vague tonnait.

— Il est allé surfer...

En se retournant vers Birdy et Moea, il ne put s'empêcher d'ajouter :

— Enfin, si ce qu'il dit est vrai.

22

— *Manuia* ! À ta santé, Taj !

Fauvero leva son verre de ti-punch et Taj put lire 15 h 15. Impossible de louper sa montre, elle en jetait de partout. Ce type avait toujours eu mauvais goût pour les bijoux. Le genre d'homme qui se demande bien plus si sa montre a l'air chère qu'élégante, et qu'on trouve aujourd'hui de la brousse à Monaco.

De toute façon, Taj s'en foutait. Il devait sûrement avoir aussi son mauvais goût à lui et préférait que son associé ait meilleur goût pour les alcools. Et là, Fauvero ne le décevait pas.

Le boss de la brousse avait préparé le ti-punch en personne, devant lui.

Il était allé chercher sur une desserte du sirop de gingembre artisanal, deux citrons verts, puis avait versé dans son verre la dernière goutte d'une bouteille de rhum Trois

Rivières. Taj paria sur une courte durée de vie des flacons dans cette maison.

— *Manuia*, Fauvero !

Mais il ne regardait plus ni bouteille ni verre, et encore moins Fauvero. Il avait les yeux absorbés par le joli tableau posé sous son nez. Une blonde qui comptait autant de rondeurs qu'une corbeille de fruits.

En hommage à son corps sculptural, elle ne portait que le strict minimum : un bikini noir en tricot ajouré, où la peau dansait. Un mini-paréo était noué à la taille, mais la fille faisait plus dans le filet de pêche que la cotonnade. Toi, tu convertirais n'importe quel rat de bureau en pêcheur accro, se dit Taj.

Elle était assise sur l'accoudoir du grand fauteuil en bois où se tenait Fauvero. Elle cambrait légèrement le dos. Lui gardait son rôle habituel, entre homme d'affaires et fausse décontraction. Sous le sourire, Taj savait lire le goût de l'argent et du sang.

Taj jeta encore un œil à la fille. Fauvero venait de lui poser une main sur la cuisse. Elle avait à peine la vingtaine. Comment avait-il dit qu'elle s'appelait ? Charlene ? Il eut soudain envie de la retourner et de lui fourrer ses mains partout. Il lui fallait un cul, et vite. Du liquide et du solide... Son sexe gonfla mais il le raisonna en se répétant qu'il n'était pas fan des blondes ; plus exactement : plus fan. Il avait eu sa période où ces filles qui attrapent la lumière le mettaient hors d'haleine. Oh oui ! il s'était démené sur elles, comme un acharné, à profondes butées. Mais en Californie et en Floride, il avait trop croisé de signalétique outrancière – gros seins, grosses lèvres, gros cul, blondeur incendiaire – pour ne pas préférer aujourd'hui plus de discrétion. Comme pour les montres.

Au fond de lui-même, il savait ce qu'il désirait. Et cette terre polynésienne le portait.

Visiblement, il intriguait également la fille. Elle avait profité d'un instant où Fauvero ne la surveillait pas du coin de l'œil pour le fixer et lui offrir son sourire collagène. Taj se demanda combien Fauvero la payait pour accepter de s'alanguir contre sa moustache et sa bedaine avec ce même sourire.

En tout, il aimait connaître le prix.

Le prix des gens. Souvent bien plus bas qu'il ne se l'imaginait.

Fauvero n'avait pas commencé la conversation que Taj avait bu son verre à moitié. Déjà que la drogue et le *komo* de la forêt tapaient... Le ti-punch était bien meilleur, sans comparaison.

Le maître des lieux se pencha vers lui.

— Ue m'a dit que tu avais rencontré Toa aujourd'hui ?

Les oiseaux répondirent avant Taj. Au Fenua Aihere, la nature parlait décidément la première. Non loin, Taj entendit les vagues qui déferlaient. Il avait repéré une nouvelle passe, presque en face, et il aurait parié qu'elle était un spot secret.

Machinalement, Taj finit son verre de ti-punch puis il dit :

— Un homme prometteur...

Fauvero l'interrompit du plat de la main et fit les yeux doux à Charlene.

— Ma chérie, tu veux pas aller me chercher mes lunettes près du jacuzzi ? Si tu ne les trouves pas, demande à Lia.

— Près du jacuzzi, *choro* ? (C'était son joli mot pour dire chéri.)

Elle semblait étonnée. Et elle avait raison. Fauvero avait juste trouvé un prétexte pour l'éloigner.

— T'es un amour, mon ange, oui.

Taj fut soulagé de voir disparaître la blonde à démarche chaloupée. Les femmes étaient vraiment douées pour mettre le cerveau d'un homme K.O. Qu'on n'aille pas lui parler de sexe faible... Maintenant, il allait enfin pouvoir se concentrer.

Taj reprit :

— Multifonctions, ce Toa...

L'expression fit rire Fauvero de satisfaction. Sa moustache frémissait au-dessus de ses lèvres.

— L'avenir de la Polynésie, ce garçon...

Taj acquiesça.

— Oui, c'est exactement ce qu'Ue a dit.

— Et en ayant fait l'école du goudron.

Taj sourit.

L'école du goudron... Il pensa à Mike et à l'Afrique. Cette école forgeait un mental d'acier quand elle ne détruisait pas la personne en entier.

Fauvero se cala au fond de son fauteuil.

— Toa a commencé par les engrais... et a fini par la chimie. Un petit génie.

— Ue disait...

— Oui, l'interrompit Fauvero qui lut dans ses pensées. C'est vrai. Il nous manque un composant pour avoir l'*ice* parfait.

Il balaya ce détail comme un fétu de paille et continua en reprenant son verre :

— Mais on y travaille.

— C'est une question de temps...

— Voilà ! Exact ! *Une question de temps.*

L'énorme chien noir qu'il avait vu la veille déboula dans l'arène et se frotta contre les jambes de Fauvero.

— Tu vois, Taj, avoua Fauvero en flattant les flancs de la bête, j'ai confiance en ce machin plus qu'en n'importe quel homme sur terre.

Taj encaissa la remarque. Elle ne l'excluait pas. Intérieurement, il sourit : ce Fauvero avait raison. Contre toute morale, trahir faisait partie de ses plaisirs préférés. L'affirmation de sa liberté, et le besoin de jouer.

Le surfeur essaya d'attirer l'attention du chien. Mais peine perdue, il ne quittait pas les jambes de Fauvero. Pourtant, lui, il ne le payait pas.

— Comment s'appelle-t-il, déjà ?

— Qui ? Le chien ?

— Oui, le monstre, confirma Taj.

Connaître le nom d'un chien et se laisser flairer s'avérait vital en Polynésie.

Fauvero eut un petit rire de gorge.

— Ti' aporo !

— Ti' aporo, répéta Taj. Et ça veut dire ?

Le buste de Fauvero s'inclina vers lui, et son visage fut comme possédé.

— À ton avis ?

Taj chercha dans sa tête une réponse qu'il savait à côté de la plaque.

— La-nuit-sans-étoiles ou La-mâchoire-de-charbon ?

— Très drôle, ricana Fauvero qui appréciait le côté décalé de Taj.

Puis il se figea.

— Le diable.

— Le diable ?

Taj eut l'air surpris.

— Tu penses que tu le croiserais au paradis ?

— Je pense, Fauvero, que je n'aimerais le croiser qu'ici…

Un temps de silence, et il ajouta :

— Dans la maison du diable.

Et ils se topèrent dans les mains en s'esclaffant.

— En fait, Ti'aporo est le pire des diables, précisa Fauvero. Le plus vicieux… Il t'observe, debout dans un coin, pendant que c'est toi qui te crois malin.

Il remarqua alors le verre vide de Taj et lui demanda :

— Un autre… ?

— Avec moi, la question ne se pose pas.

Le maître des lieux se releva et le rituel du ti-punch recommença.

— Glaçons ?

— Allez ! pour changer !

Taj sonda du regard la maison. Sur la terrasse, l'air était bon. Les fleurs balançaient tout le parfum qu'elles pouvaient comme menacées de crever.

— Tu l'as envoyée se faire dévorer par tes molosses, Charlene ?

— T'inquiète, dit Fauvero en tapotant la poche de son pantalon blanc. Les lunettes, elles sont là-dedans… Viens là… Plus près.

Bien sûr, il aurait dû s'en douter.

Il comprit que la conversation passait aux choses sérieuses. Fauvero était connu pour être un cerveau. Il savait réfléchir, il savait parler. Comme tous les boss qui se faisaient respecter sur les sept continents – Zelandia excepté pour cause de terres immergées.

Taj savait qu'il devait l'écouter.

Alors il l'écouta.

23

Lascar avait sauté dans sa caisse à savon. Elle était tellement petite qu'elle ressemblait à un jouet. Elle cahotait sur la route et à chaque virage, comme il la bourrait de mille objets, on attendait le moment où l'anti-bolide bleu allait chavirer. Le contraste était saisissant entre ce baroudeur de la mer qui avait du Viking dans le sang et sa voiture de gosse. Elle faisait de lui un personnage de BD.

Pour tout avouer, Lascar s'en foutait complètement. Et puis, il avait la chance de vivre au-delà du jugement. Son seul luxe était d'avoir une pléiade de lunettes de soleil, parce qu'il les perdait. Clairement, il n'avait pas tout quitté pour aller crâner au bout du monde avec un 4×4 Porsche Cayenne. Ce qu'il demandait à une voiture était de rouler. Point barre. Tous ces mecs qui s'indignaient que des Polynésiens perdus sur un îlot de corail, un *motu*, puissent toucher un jour une tortue alors qu'eux-mêmes prenaient des avions, faisaient des pyramides avec les déchets et paradaient avec de grosses cylindrées, ça le débectait. Leur conscience, ils la gagnaient en balançant des stylos aux enfants pauvres quand ils voyageaient. Ou des paquets de chips. Et après, ils moralisaient ?

Lascar ouvrit grand sa vitre avant et posa un coude sur l'encadrement pour profiter de l'air. Le soleil se la jouait hot. Heureusement, un peu de vent soufflait. Il faisait danser les cocotiers qui se doraient les nervures.

Une bouffée vanillée envahit la voiture. À Tahiti, pas besoin d'accrocher ces saloperies chimiques en plastique qui ressemblaient à des pendentifs de mendiant. Il suffisait d'ouvrir la vitre.

Par bonheur, son pot de yaourt jouissait de l'essentiel : un lecteur MP3. Bientôt, les notes psycho-déjantées de The Prodigy emplirent l'habitacle – *Out of space*. Lascar fredonna et sa tête battit la mesure. Il adorait cette chanson, elle donnait l'impression qu'on était des Martiens égarés face à des souris sur ressorts qui couinaient, mais que tout allait bien.

Il ne fallut que quelques minutes depuis chez Hiro pour qu'il arrive au bout de la route. La vague bétonnée était déjà en vue. Elle prenait le soleil. Lascar freina. Il lui arrivait encore de se demander ce qu'il en pensait.

Cette vague, à l'origine, avait soulevé un tollé. Déjà, parce qu'elle avait coûté un paquet. Vingt-cinq millions de francs Pacifique. Ensuite, parce qu'elle était verte. La vague de Teahupo'o ! Verte. Lascar repensa à ce délire. Le mec, il avait fumé ! Les montagnes étaient vertes. Les plantes étaient vertes. Les Martiens étaient verts. Mais pas la vague ! La vague, elle était bleue. Y avait rien à discuter. Le bleu le plus dément de la planète, riche de mille nuances. Où on aurait trouvé un peu de vert, certes, il l'admettait. Mais elle n'était pas verte. Les habitants de Teahupo'o l'avaient vite débaptisée, cette sculpture. *La Vague mythique de*

Teahupo'o, intronisée en grande pompe en 2015 pour la Billabong Pro, était devenue Le Furoncle. Quand les locaux ne disaient pas La Crotte du bout de la route.

Bref, l'artiste comme les hommes politiques avaient cédé.

Et maintenant, la vague était bleue.

Bleue comme la plus belle vague du monde.

I'll take your brain to another dimension
I'm gonna send him to outer space, find another race.[1]

Il n'y avait pas à dire, cette chanson le mettait d'humeur très gaie. Sans cesser de fredonner, Lascar s'apprêta à tourner à gauche, côté montagne, pour rejoindre son *fare*, un bric-à-brac qui aurait fait hurler un architecte mais qui résumait la conception que Lascar se faisait du monde. Un lieu où pour t'en sortir, il fallait savoir tout utiliser, tout combiner.

Coup d'œil à son rétroviseur et clignotant – il n'avait pas envie de perdre son temps avec la maréchaussée – quand il aperçut du coin de l'œil, de l'autre côté, Tuhiti et un jeune qui accouraient, planches sous le bras.

Celui qu'il ne connaissait pas avait l'air... Il réfléchit. Brésilien. Oui, il aurait parié brésilien. Tuhiti s'entendait vraiment avec tout le monde. Le nouveau venu était plus âgé que Tuhiti.

— Lascar ! cria Tuhiti en agitant les mains.

Son prénom, il l'avait lu sur les lèvres du fils de Moea. À regret, il coupa le sifflet aux musiciens.

— Désolé, Prodigy, mais un gamin sur le bord de la route, tu ne peux pas l'ignorer.

1. Je vais emmener ton esprit dans une autre dimension / Je vais l'envoyer dans l'espace, pour trouver une autre espèce.

— Tuhiti ! Hello ! Comment ça va ? Tu reviens du surf, fripouille ?

Tuhiti opina. Il avait les cheveux encore mouillés. Fièrement, il rejeta sa mèche trempée en arrière. Il était à l'âge où Lascar avait l'impression qu'il grandissait tous les jours.

— Mon copain, Raoni, il voudrait te poser une question.

Lascar se rangea mieux sur le côté.

— Blattes palmées, vous êtes sans pitié, il faut bien que vous me fassiez stopper pile en face des chiottes.

— T'as qu'à avancer, dit Tuhiti avec bon sens.

Le Viking leur fit signe qu'il se garait sur le parking. Toujours la même histoire. Il suffisait d'être pressé pour que des gosses foutent en l'air vos prévisions.

— Les kids, je vous préviens, j'ai quatre minutes top chrono. Je suis pas saint François, moi !

Il leur parlait depuis la vitre ouverte, n'ayant pas pris le temps de descendre.

— C'est qui, François ? demanda Raoni.

Tuhiti lui fit signe de laisser tomber et l'encouragea à poser sa question.

Comme il n'osait pas et que Lascar s'impatientait, Tuhiti prit la parole.

— Raoni, il veut savoir… Vas-y, Raoni, n'aie pas peur ! C'est un gentil, Lascar…

— Qu'est-ce que tu veux savoir, petite gueule ? Tu sais, je suis pas un demi-dieu, je suis qu'un être humain, tu peux me parler sans passer par des autels et des prières…

Le Brésilien partit d'un grand rire. Il dépassait Tuhiti d'une tête. Il avait des cheveux noirs tout bouclés et des yeux très vifs. Et une planche qui avait déjà morflé. Respect.

— Ben voilà, il m'a dit que la vague, tu la connaissais par cœur.

— C'est vrai qu'on a passé des heures ensemble..., dit Lascar comme s'il parlait de sa première relation sérieuse.

Il avait exagéré un air rêveur qui fit à nouveau rire les deux garçons.

— C'est comment, le fond ?

— Ha ! Ha !

Lascar commençait à cuire dans sa voiture sans le vent de la conduite pour brasser l'air.

— T'inquiète, garçon, le fond, tu vas avoir tout le temps de le découvrir ! Par gros temps, chaque patate, tu vas la bouffer. Le fond, sans rire, tu vas pouvoir le cartographier !

— Waouh..., dit le Brésilien, impressionné.

— Faut avoir les couilles bien accrochées. Vous avez surfé où ? Là, devant ?

Et il montra la plage où Salsa se prélassait. Elle repéra son geste et aboya.

— Ouais, Salsa, je suis pas là pour toi !

Mais la chienne se mit péniblement sur ses pattes et arriva.

Il fut obligé de lui frotter le museau en se trémoussant par la vitre. Si après les gosses, les chiens s'y mettaient, il n'était pas rentré.

— Oh ! T'as pas l'air fine aujourd'hui, toi ! T'as une bonne tête de gagnante...

Tuhiti parla pour les deux.

— Oui, on a essayé de rentrer des figures.

— C'est bien... c'est bien... Raoni, les plus grands ont commencé là. Tiens : un des jeunes, Matehau Tetopata, l'un des plus gros chargeurs maintenant... En fait, tout commence là.

Raoni se mit de profil vers la passe Hava'e.

— La vague, c'est elle ?

— Carrément ! C'est la petite boule affreuse que tu vois là-bas.

— Et tu pars d'où, toi ? demanda Raoni.

— J'ai un bateau mais j'aime bien y aller à la rame, je pars de la plage, cash.

Le Brésilien s'adressa à Tuhiti :

— C'est ce que tu me disais...

— Ben oui, y a pas de raison que je te raconte des conneries.

Raoni revint à Lascar :

— Elle est super belle, non ?

— Belle ? C'est la plus belle vague du monde, c'est officiel, elle a été déclarée !

— Tu m'emmèneras ?

— Si c'est pour que je te prenne en photo pour les réseaux sociaux, ne compte pas sur moi ! Va déjà surfer une vague géante, ensuite on verra.

— Et tu me conseilles quoi, comme *board* ?

— Triton, y a pas de mauvaise planche, y a que des mauvais surfeurs. Pour aller là-bas, je te recommande juste de savoir dans quelle catégorie tu joues. *Risk and Reward !* N'oublie jamais ça !

Raoni médita la réponse et se demanda ce que voulait dire *triton*.

— Et j'ai besoin de quoi ?

— De quoi ?... Euh... D'une bible, non ? Bon, les gosses, faut que je file.

Il redémarra, passa le bras dehors pour les saluer, fit une marche arrière pour repartir en trombe, et admira la demi-boucle parfaite qu'il venait d'exécuter autour du Furoncle. Quand il évita le but qui lui arrivait sur le pare-brise, en direct des jeunes qui jouaient là au foot de rue, il se crut sur un circuit de kart.

On faisait beaucoup de bruit avec les tracas de la vie mais au final, c'était une fête foraine.

Il monta le son de The Prodigy, sautilla à nouveau comme un gamin sur son siège, et fila droit jusqu'à sa maison.

Elle était située à deux minutes du bout de la route, dans l'une des perpendiculaires qui partaient du rivage. Face à lui, les montagnes se dressèrent. Vertes, elles. Enfin.

Et sa maison, avec sa charpente en arbre de fer, juste coiffée de bardeaux, qui respirait à la moindre rafale de vent. Dans la cour, le joyeux foutoir de son garage créait une entente cordiale entre bétonnière, *longboards*, vélos et skates.

Après les ballons de foot, il dut éviter les chiots pour se garer sur la pelouse pelée.

Son voisin regarda qui arrivait entre deux lames de store. Ce n'était pas possible, il devait tenir un carnet.

— Salut, l'arche de Noé, dit Lascar à tous les animaux qui se prélassaient dans son jardin.

Il prit une longue inspiration en imaginant les nombreux périls qui l'attendaient sous son toit. Le parcours du combattant des jouets abandonnés, des vêtements qui traînaient et des chiens et chats affalés, écrasés par la chaleur, allait commencer.

À peine passé la barrière de bambous vernis qui ouvrait sur la terrasse, il faillit buter contre la tête blonde de sa fille qui courait vers lui en trimbalant un chiot sous le coude. Enfin, tenait : étranglait.

— La bonté innée des enfants ! Tu vois pas que tu le martyrises, Naia ? Tu finiras jamais vétérinaire, toi !

Sa fille lâcha d'un coup le chiot.

Lascar se crispa en entendant le bruit sourd sur le carrelage.

— *¡Madre de Dios!* Et dire que c'est ma descendance !

Naia se rua dans ses jambes et chercha à les entourer de ses bras.

— Papa, imite-moi le cri de la carangue blessée !

Cette imitation, liée à des coups de trim du moteur de son bateau, lui servait à appeler les dauphins.

— Pas maintenant, Naia. Quand tu veux, mais pas maintenant.

Elle reprit le chiot sous le coude et partit sur la terrasse, vexée.

Lascar embrassa sa femme au passage. Elle picorait une salade dans une boîte en plastique sur le plan-bar de pierre qu'il avait construit, avant de retourner travailler. Il chopa une compote de *nono* en tube au passage, salua tout le monde, bêtes comprises, et courut vers le garage pour trouver un matelas de chaise longue.

Sans réfléchir, il le fourra dans sa voiture miniature jusqu'à ce qu'il tienne, s'assit et régla le rétroviseur pour apercevoir un bout de ciel au-dessus du matelas.

Alors il démarra pour retourner chez Hiro.

Ou plutôt, décolla, car The Prodigy le propulsa immédiatement dans la quatrième dimension.

I'm gonna send him to outer space, find another race.[1]

1. *Je vais l'envoyer dans l'espace, pour trouver une autre espèce.*

24

Taj se roula une cigarette. Fauvero ne fumait pas mais il lui tendit immédiatement un briquet en argent.

— Mon ami, lui dit Fauvero, la demande ne cesse d'augmenter.

— Je sais, en convint Taj qui observa, satisfait, la salvation rougeoyer entre ses doigts.

— Ces îles sont plus faites pour les champs de *paka* que pour élever des gratte-ciel, alors je ne vais pas donner dans l'immobilier.

— Certes.

— S'adapter a toujours été la clef du succès.

— Celle de la survie, aussi.

— Oui.

— La *Tahitian life* appelle la drogue.

Taj le laissa développer. Ce point l'intéressait.

— Les jeunes, ici, rêvent d'une vie sans chichis… Un petit

job, surfer, boire une bière au bord de l'eau, tu sais, c'est tout ce qu'il leur faut.

L'Hawaïen hocha la tête. Bien sûr, il comprenait. Tout le contraire de son enfance avec son père cinglé où rien n'était trop beau pour flamber.

Ti'aporo s'étala aux pieds de son maître.

— Le Tahitien se lève, il regarde la mer, il se demande s'il peut aller surfer. C'est la nature qui décide pour lui.

Ce point, Taj le partageait. La mer était sa maîtresse.

— Le souci du lendemain, les projets, tous ces trucs capitalistes, il en a rien à branler. Son rêve, c'est un lopin de terre pour jardiner, une ligne pour aller pêcher. La renommée, le feu des projecteurs, il faut que tu piges que c'est pas ça qui le fera triper.

— Le monde change vite, Fauvero. Regarde le nombre de jeunes avec des GoPro sur leurs planches... Les mêmes qui se feraient tuer dans la vague juste pour Instagram... Ou un sponsor. L'époque veut des gladiateurs.

Fauvero fit la moue.

— Ce n'est pas la majorité.

— Dans notre monde, la minorité se change vite en majorité si elle l'a décidé...

— Possible, dit prudemment Fauvero.

— Certain, rectifia Taj.

— En tout cas, notre jeune veut la vie cool. Le *paka* l'aide à tout dédramatiser.

— Et à entretenir son rapport au temps, si particulier. Ici, sans rire, les minutes ralentissent...

— Oui, on n'est pas pressés. On a le sens des priorités.

Ti'aporo releva la tête et dressa une oreille. Fauvero eut un regard circulaire mais seul régnait le fracas des vagues.

— Dis donc, elle est zélée, ta Charlene !

— C'est la plus importante des qualités, non ?... Écouter, obéir, s'appliquer. Le reste...

En son for intérieur, Taj réfléchit et décréta qu'il ne disposait d'aucune des trois.

— Notre jeune aime la *cool life*, continua Fauvero, mais aujourd'hui, il est tiraillé entre plein de mentalités.

— Sûr.

— Il a grandi avec le modèle de l'*'aito*, du guerrier. Il est passé du combat au surf...

— Une forme pacifiée de lutte, ajouta Taj qui connaissait de près le sujet.

— Oui, et de bravoure. Les courses de *va'a* participent de cet esprit-là. Les tatouages aussi.

Le soleil caressa les jambes de Fauvero et Ti'aporo parut un peu moins noire.

— La force physique est notre gloire. Mais elle ne suffit plus pour gagner la plus belle femme du village. Aujourd'hui, ce n'est pas en grimpant vite au cocotier que tu vas l'épater. C'est avec ton 4×4, ta grande baraque, ton métier et ta puissance de tout acheter.

Taj remua les glaçons dans son verre avec les doigts. Il le trouva non pas cynique mais objectif. Il encouragea Fauvero à poursuivre pour découvrir où il voulait en venir.

— Aujourd'hui, c'est le *popa'a* qui reste le mieux payé. Il ramasse l'argent, il achète nos terres, et il pique nos femmes. Tu crois peut-être que je caricature. Mais réfléchis. Les femmes et les terres ont toujours provoqué la guerre.

— L'humanité reste fidèle.

— Et je vais te dire, Taj, quand j'avais vingt ans de moins et que je travaillais comme employé, un jour, j'ai osé demander une augmentation car j'avais fait gagner beaucoup d'argent à la société. Le patron *popa'a*, tu devineras jamais ce qu'il m'a balancé.

— Vas-y !

— Il m'a dit ça, je te le promets, texto : « Les Tahitiens n'ont pas besoin d'augmentation de salaire. Ils n'ont pas besoin d'être mieux payés parce qu'ils mangent des bananes au bord de la route. Un cochon pareil, ça ne mérite même pas de respirer. »

— Bah, il était peut-être bourré.

Taj se rappela les conneries qu'il avait sorties à Terupe.

— Un vrai homme doit rester maître de lui. Même bourré. Sinon, c'est qu'un cochon d'esclave.

Sur ce terrain, Taj ne se sentit pas à l'aise. Il n'était pas comme Fauvero, il consommait. Et les phrases qu'il lâchait, il ne les aurait pas toutes signées.

Fauvero s'approcha encore et, à ses yeux, il vit que plus rien en lui ne plaisantait.

— Écoute-moi bien : le Polynésien, aujourd'hui, ne sait plus vraiment où il en est. Il fait le salut hawaïen, porte des tee-shirts américains, rêve de bouffer du poulet et boit du Coca. Bien sûr, j'exagère, mais ses racines, je peux te jurer qu'il ne sait plus quoi en faire. Le *popa'a* ne lui fera jamais la nique sur une pirogue, c'est certain. Mais le guerrier qui sommeille au fond du Polynésien, tu vois, a l'impression que pour rester un *'aito*, il ne lui reste plus qu'à frapper haut et fort pour sauver honneur et fierté.

— Les Polynésiens sont de sacrés bagarreurs, c'est vrai.

— Mais les femmes ont le modèle occidental sous le nez. Elles tripent plus sur la reconnaissance sociale et sur la paix du foyer que sur se faire tabasser.

— On ne peut pas le leur reprocher, dit Taj en soufflant fort la fumée. Et donc ?

— J'en viens à mon idée. Plus que jamais, notre *'aito* est déboussolé. Sa virilité prend des coups de tous les côtés. Sa confiance en lui est en chute libre. L'*ice* lui procure la sensation d'exister, d'être fort, de maîtriser.

Taj s'agita dans son fauteuil.

— L'alcool n'a pas attendu l'*ice* pour le consoler.

— Je t'arrête, Taj. Considère le cas du Japon, hein ? La consommation d'amphét y a explosé après-guerre. Abandon des traditions séculaires... Poids du modèle américain qui les tenait par les burnes... Les amphét étaient alors en vente libre. La crise d'identité que le Polynésien connaît aujourd'hui, elle est puissance mille par rapport à tout ce que notre culture a traversé. Et moi je dis : il lui faut un remède puissance mille. L'alcool le grise, l'*ice* le galvanise. Le mec, avec l'*ice*, c'est Dieu.

Fauvero parlait exactement comme si Taj ne se droguait pas.

— Dieu, pensa tout haut Taj.

Ti'aporo se mit sur ses quatre pattes et vint le renifler. Taj hésita à tendre une main pour la caresser.

— Et le cannabis ? ajouta Taj.

Fauvero rit. Un rire discret – mais un rire de supériorité.

— Tu as déjà réfléchi à l'impact de parler de *drogues dures* ?

— Non, admit Taj.

— La drogue est une culture subversive. Un jeu avec les images. Comme le rock. Le cannabis fait hippie ou rasta. Les drogues dures, tout de suite, ça fait sérieux.

— Je vois.

— Réfléchis : le contraire de dures, c'est quoi ?

— Euh… molles ?

Le visage de Fauvero rayonna.

— Tout juste !

— Et quand on dit « les gros durs », le contraire, ce serait quoi ?

Taj se prit au jeu.

— Des lavettes… des mauviettes…

— Conclusion : il faut des couilles pour prendre des drogues dures… Comme il faut des couilles pour charger des grosses vagues. (Il lui lança un clin d'œil.) C'est con à dire mais prendre des drogues dures, ça fait de toi un cas. Tu fais partie d'une caste inversée.

— Une forme d'élection négative, dit Taj en hochant plusieurs fois la tête.

Il comprenait plus que bien.

— Si je te raconte tout ça, c'est pour que tu saisisses. Les gens ici sont mûrs pour cette élection. Avant, l'*ice* était réservée à la jeunesse dorée, pas aux petits *tetuanui*. Ce privilège a beaucoup joué en notre faveur. L'époque veut de l'égalité. Piquer les jouets des riches, quoi de mieux, hein ? Surtout que la bringue, ici, c'est sacro-saint.

Taj étendit les jambes par-dessus le museau de Ti'aporo. Surtout, qu'il ne lui prenne pas l'idée de la piétiner. Il s'attarda sur Fauvero. Le boss n'avait pas besoin de cannabis pour rester zen. Il se demanda ce qui pouvait le sortir de sa zone de sécurité. Il ne l'avait jamais vu péter les plombs.

— Tu sais, si je te parle franco, c'est que tu es comme un fils pour moi.

La remarque, Taj l'encaissa. Ne pas montrer l'angoisse qu'elle faisait monter. Ne rien trahir. Ne pas ciller.

— Très touché.

Il avait adopté le ton le plus neutre qu'il ait pioché dans le grand jeu de l'hypocrisie.

Fauvero tira son fauteuil et s'approcha encore plus près. Maintenant, il avait posé sa main sur son épaule gauche. Taj sentait sa chaleur. Il aurait voulu lui demander de la retirer.

— Voilà, Taj, on a amélioré le process du *paka*. En ville, on fait croire à des pénuries pour diminuer d'une phalange la taille des sticks. Hors du Fenua Aihere, on détourne l'électricité pour les plantations *indoor*. Ici, on a multiplié les petites parcelles pour contourner les dénonciations et pour que tout reste discret. On privilégie les plants qui restent en pot pour les déménager en cas d'alerte. Avec les haies, doublées d'arbres d'ombrage, on a tout camouflé. Sans déconner, tu te croirais dans des jardins de poupées !

— J'ai vu… Impressionnant.

— Mais pour l'*ice*, il faut avancer. Et là, mon allié, c'est toi. Je veux que Toa se perfectionne encore et fabrique l'*ice* pour moi. C'est que du synthétique entre l'éphédrine, l'ammoniaque, l'acide chlorhydrique, le lithium de batterie, l'iode et les solvants. L'éphédrine et le lithium nous donnent du fil à retordre. Ce n'est pas l'Asie, ici, on est loin de rivaliser avec leur éden des précurseurs chimiques. La Chine produit beaucoup. Le Nigeria, le Cameroun et l'Iran aussi. Mais on manque de connexions pour partager les compétences… Tu te doutes bien que personne ne veut rien lâcher.

— J'ai pas mal été aux Pays-Bas, dit Taj. Ils fabriquent beaucoup, là-bas. En Belgique aussi. J'ai appris qu'ils s'appuyaient désormais sur la Pologne pour se fournir en précurseurs.

— On n'aura jamais la puissance d'une mafia, reconnut Fauvero, même si les types se la jouent avec des surnoms de *Parrain*, de *Vahine* et de *Tane connection*. Tu parles... Les liens essentiels avec l'industrie pharmaceutique et du parfum, faut pas se leurrer, on ne les aura pas. On est trop loin du volcan, si tu vois ce que je veux dire. Sans oublier la mission nationale de contrôle des précurseurs, toujours prête à frapper, Taj. Pire qu'un cent-pieds.

— Illégalité et clandestinité ne sont pas des travaux de tout repos...

— Tu l'as dit... Toa travaille sur des pré-précurseurs pour niquer le régime de contrainte des agréments et déclarations. Il bosse sur la chloroéphédrine. (Il marqua une pause.) S'il se goure dans les mélanges, tout peut lui péter à la gueule. Et s'il dose trop en principes actifs... au bout de la chaîne, le client peut clamser. Je t'avoue qu'on manque de données pour savoir comment le produit est toléré... Y a que le lactose pour le couper qui ne doit pas envoyer au cimetière... Un autre problème c'est les déchets... Tu les donnes pas à bouffer aux bénitiers... Mais on doit monter en puissance, Taj. Et innover.

— Je comprends.

— On ne pourra jamais compter sur des sociétés-écrans mais on a les perliculteurs dans la poche. Ils nous refilent des dollars US contre des francs Pacifique. La manne.

— Ouais, les fameux sacs Carrefour à 30 millions de billets...

— Ça redore le plastique, hein ? Et Kikilove est tombé. Et avec lui vingt-quatre personnes. Il bouffait des parts du marché. Maintenant, on est en quasi-monopole. Les autres bricolent. Ce n'est pas un steward par-ci par-là, un huissier, un douanier ou un médecin qui va venir nous gratter du terrain comme dans les affaires passées. Ils n'ont pas les nerfs pour ça. Truand, ça ne s'improvise pas. C'est un métier.

Il baissa encore la voix.

— J'ai fait un sacré pari : j'ai commencé à baisser les prix.

— Baisser les prix ? s'inquiéta Taj qui sortit de sa narcose.

— Je t'explique.

Et Taj perçut encore plus la pression de sa main sur son épaule. Ce salaud ne la retirait pas. Tu n'es pas mon père, Fauvero, surtout pas. Mais il se mura dans l'impassibilité. Putain, Taj, ne rien montrer ! Contrôle. Tu sais dompter une vague, tu ne vas pas laisser des putains d'émotions prendre la main sur toi...

— Ils sont tous tellement paumés, comme je te l'ai dit, qu'ils sont des fruits prêts à être récoltés. Y a plus qu'à ramasser. Les filles répètent aux autres filles que le *sana*, l'*ice*, est la solution miracle pour maigrir. Compte l'impact sur une population à 70 % d'obésité... Je baisse les prix, j'offre les premières doses, et je touche cette masse de petits stupeux dont je t'ai parlé. Nos fameux *tetuani*. M. et Mme Tout-le-monde. Plus uniquement la jet-set du Pic Rouge et compagnie. J'augmente leur dépendance.

— ... Et ils achètent de plus en plus.

— C'est ça, Taj... c'est ça... Et ils diffusent en dealant pour se payer leur dose. Sur dix sachets revendus, ils en grattent deux pour eux. Mon meilleur revendeur en vend quatre-vingt grammes par jour. On a dégagé 600 millions en six mois.

Il se recula dans son fauteuil, satisfait.

— Et tu as vu, on investit. Les pistolets-mitrailleurs. Mais aussi des gros scooters, des TMax, pour les lieutenants. On a aussi des jet-boats et des jet-skis pour éviter de croiser la vermine à écusson et débarquer en zones protégées. Si tu arrives à Arue, tu as moins de chances de te faire choper que sur l'Aremiti...

— Et si tu produis ici...

— Alors on se fait une marge de malade.

Taj écrasa sa cigarette sous son pied et renversa la tête en arrière. Il s'extasia. Il aimait tellement l'argent que souvent, la nuit, il rêvait qu'il comptait des billets. Deux cent vingt grammes achetés aux États-Unis valaient le prix d'un gramme ici. Mille quatre cents dollars d'investissement rapportaient à la revente 30 millions de francs Pacifique en Polynésie. La marge était colossale. De quoi faire péter les plombs à n'importe quelle société moribonde qui cherche la solution miracle et à n'importe quel paumé qui ne joint plus les deux bouts. Ces sociétés n'avaient pas les réseaux de distribution. Les dirigeants n'étaient pas des consommateurs, seulement des loups aux abois qui auraient fait n'importe quoi. Et qui reniflaient le fric comme le morpion la chatte. Ils avaient besoin de s'adosser à des têtes de réseau, les petits caïds locaux – les lieutenants de Fauvero. À l'âge de vingt ans, Taj s'était juré, lui, de gagner bien plus que son père et Goldstein réunis. D'où l'Afrique. D'où les diamants. D'où le trafic d'*ice* maintenant. Il regarda Fauvero, et sentit qu'il n'était pas loin d'y arriver.

— Tu colles des labos sur des *motus*..., poursuivit Fauvero, et je peux t'assurer que personne ne vient vérifier.

On a fait un test à Huahine. Quant aux empêcheurs... les lagons ont beaucoup à raconter. C'est le bout du monde, ici ! La chance est qu'au fond, personne n'en a rien à foutre de ce qui se passe au bout du monde. Nos politiques en ont *lagoné*, des chieurs...

— C'est pas faux, dit Taj, mi-enthousiaste, mi-effrayé.

La loi valait pour tout le monde. Immédiatement, la tête d'Ue vint le visiter.

— Et moi ?

La question lui avait échappé.

— Toi ?

Taj attendit la réponse en se maîtrisant pour ne pas taper du pied.

— Toi... On n'en est pas encore là.

Il savait très bien que Taj détenait les connexions à Hawaï et à Los Angeles. Quatre-vingts pour cent de l'importation provenait de L.A. mais le marché bougeait. Avec l'ouverture des nouvelles lignes aériennes de French Bee, il aurait besoin de contacts à San Francisco. Et de types qui parlent parfaitement anglais. Taj avait même jeté des lignes au Mexique, à Tijuana, le berceau des labos. Il pouvait en rapporter les détails qui leur manquaient.

Fauvero se contenta de dire :

— Pour le moment, on doit tout explorer. Je te le dis en secret, on travaille sur le datura et un champignon dément, *la clochette*. Et question fournisseurs, il faut diversifier. L'autonomie est loin d'être gagnée. *L'indépendance aussi.*

— O.K.

Il attendait la suite.

— Et... rien ne vaut ton aura auprès des jeunes surfeurs. Pense aux rock stars ou aux footballeurs. Les gens ont besoin de s'identifier. Ils ont besoin d'un initiateur, ils ont besoin d'un modèle.

Taj éclata de rire.

— Un modèle... !

— À cet âge, ils suivent le diable plus que le bon Dieu, tu le sais bien.

— Ô combien !

Son regard fixait le plancher.

— Et après, l'*ice* que tu trimbales incognito depuis L.A., tu pourras utiliser ton savoir pour arroser Hawaï...

Un silence, puis il ajouta :

— On commencera par Hawaï.

— Tu comptes finir centenaire ? ironisa Taj.

— Non, non... Ce métier ne va pas avec la longévité.

— Tu crois ?

— Disons... qu'on a plus de données sur les... probabilités.

Taj médita cette pensée. Les règlements de comptes entre voisins étaient moins fréquents qu'entre voyous, c'est vrai.

Des pas résonnèrent au fond de la pièce principale. Charlene revenait.

Fauvero posa un doigt sur ses lèvres en signe de secret.

— Les femmes sont le contraire des *mutoi farani*... Le contraire des gendarmes, précisa-t-il.

— Qu'est-ce que tu racontes là ?

— ... Elles ont toujours un temps d'avance sur nous.

Taj éclata de rire.

25

Lascar se permit le luxe d'un petit dérapage en tournant chez Hiro. Juste pour le fun – il n'avait pas été trop long.

Il sortit de sa voiture, extirpa le précieux chargement et courut vers Birdy, Moea et Hiro.

— Et voilà !

Il brandit son trophée.

— Mais… Lascar, on n'a pas besoin d'un coussin de jardin…, dit Moea, dépitée.

Lascar essuya la sueur de son front d'un revers de main.

— Bon Dieu, j'ai pris un coup de chaud ! Quand est-ce qu'elle arrive ici, la banquise ?

Moea attendait une autre réponse. Il se posta face à elle.

Yaya venait de se réveiller et s'approcha pour lécher la main de son sauveur.

— Moea, regarde-moi : tu crois en l'intelligence humaine ? Tu te souviens que dans le cerveau de l'homme, il y a de quoi inventer des mirages et des fusées ? Alors, fais-moi confiance...

— Lascar...

D'un geste, il la fit taire et exigea l'attention de tout le monde.

— Démonstration ! Un : matelas ! Deux : porteurs !

Il venait de se désigner avec Hiro.

— Trois : Birdy.

Moea haussa les épaules.

Il poursuivit sans se démonter :

— On monte tous en pick-up jusqu'à ton nouveau *fare*, Moea. On embarque aussi le matelas souple.

Tous les yeux étaient posés sur lui, même ceux de Yaya.

— Non, Yaya, toi, tu restes là, précisa-t-il.

Yaya jappa.

— C'est comme ça. Ensuite, Hiro et moi, on installe Birdy sur le matelas. Ce sera nickel confort. Et on lui fait traverser la rivière. Indiana Jones, c'est rien pour Birdy, après toutes les bouffes qu'il s'est prises dans la vague, n'est-ce pas, Birdy ?

— Moi, ça me va, dit-il avec enthousiasme.

— Tu vois, Moea ?

— Ensuite, Birdy continue le chemin jusqu'à la cascade dans sa nouvelle chaise à porteurs... La traction humaine, y a que ça de vrai.

Hiro avait écouté avec attention. Il réfléchissait en même temps que Lascar parlait.

— Si Birdy est d'accord, moi je suis d'accord.

L'effort n'avait jamais été un problème pour lui.

— Yooooo Yoo Yoo Yahooooooooo, Birdy ! c'est parti !

D'abord dubitative, Moea se laissa gagner par l'entrain général.

Ils résolurent de ne prendre que le strict minimum pour se concentrer sur la sécurité de Birdy. Moea transporterait les victuailles.

Pour traverser la rivière, aucun gué. Ce point seul inquiétait Hiro.

Le pick-up cahota sur le chemin caillouteux qui montait au *fare* de Moea. Les arbres filtraient le jour qui se matérialisait en faisceaux poudrés. Sur les pentes, des fougères *anuhe* moutonnaient. Leur vert semblait avoir piégé la lumière. Il irradiait. Hiro, Lascar et Moea déchargèrent le tout et positionnèrent Birdy. Ils saluèrent les banians dont les racines aériennes relient ciel et terre, et gagnèrent la rivière Uri Bene. Elle tirait son nom de « la couleur de la pieuvre ». À cause de la teinte boueuse qu'elle prenait quand elle était en crue.

Près de l'eau, l'air était tout de suite plus frais.

— Waouh ! s'exclama Birdy. Tellement longtemps que je n'étais pas venu là ! C'est grandiose, Hiro !

— N'est-ce pas, dit-il.

— Et attends, intervint Lascar, ce ne sont que les préliminaires !

Depuis son trône improvisé, Birdy s'inclina vers Moea.

— Moea, je ne te remercierai jamais assez de cette idée.

— Comme dit Lascar, tu me remercieras après !

Autour d'eux, la nature prenait entièrement possession du paysage. Des faisans et des lapins couraient en liberté. Des poules aussi, et d'autres gallinacés. Autrefois, Hiro avait eu deux truies et un verrat. Au bout de deux ans, une centaine de cochons se promenaient dans sa vallée. Des chiens étaient montés en meute. Ils avaient tout dévoré et laissé un carnage derrière eux.

Les arbres croulaient sous les fruits et attiraient ces satanés *bulbuls* à ventre rouge qui dévoraient tout ce qu'ils trouvaient. Des pillards qui, à leur passage, sifflèrent comme des voleurs. Dans les bananiers, des *tangara* leur répondirent. Les *vinis*, eux, se désespéraient parce qu'ils n'avaient plus de mangues à becqueter.

— C'est souvent dur de croire au paradis, dit Birdy, mais pas ici.

— Attends l'enfer du passage de la rivière, rétorqua Lascar.

La rivière rappelait un autre enfer à Hiro. Un souvenir cuisant. Quand il avait couru à l'eau après s'être fait circoncire. Il revoyait encore le morceau de bambou inséré sous la peau tendue ; le tesson de bouteille qui fendait son intimité, et la sève de jeune tronc de bananier qui arrêtait plus ou moins l'hémorragie. Il avait mâché des bourgeons de feuille de goyavier, ravalé sa douleur et sauté dans la rivière pour calmer le feu du sang. Contre les peines d'amour, il n'existait pas de jus pour cicatriser, pas d'eau pour oublier. Juste la vague à retrouver pour lui donner son corps à englober. Mais la vague de Teahupo'o était comme les femmes : elle était là quand elle le voulait. Et quand elle restait plate comme une raie des jours entiers, il avait l'impression qu'elle boudait.

Hiro scruta le ciel d'un œil inquiet. S'il venait à pleuvoir à leur retour, la rivière se gonflerait d'un coup en cauchemar. Dans les montagnes qui les surplombaient, une vague dévalait à la vitesse d'un train, nommée *vaita are*. Elle pouvait atteindre deux mètres sans prévenir et tout emporter sur son passage. Elle l'avait déjà fait. Alors, le courant cisaillait les jambes et fouillait sous les pieds en creusant follement.

Ceux qui avaient été déstabilisés n'avaient jamais pu se relever. Dans la vallée de la Papenoo, un jeune fleuriste nantais en voyage de noces avait péri sous les flots enragés. Il n'osa même pas imaginer la scène avec Birdy dans les bras. Mais le pire n'était pas toujours là.

Le bleu du ciel autorisait l'optimisme.

— Birdy, tu croyais avoir tout vu avec la vague de Tchopo, eh bien maintenant, tu peux faire un signe de croix. On y va.

— Pas de problème, je me suis toujours offert au destin, sourit Birdy.

Sans qu'ils se concertent, Hiro passa en premier. Ils s'avancèrent légèrement de biais pour qu'il teste les pierres branlantes et repère les soudaines trouées. Dès qu'ils mirent un pied à l'eau, ils virent partir en flèche des truites sauvages.

À chaque pas, c'était quitte ou double. Si l'un des deux se trompait sur ses appuis, Birdy courait le risque de tomber à l'eau sans pouvoir se stabiliser. Le courant était fort, mieux valait ne pas savoir ce que l'accident provoquerait.

Lascar ne disait plus rien, signe qu'il se concentrait.

Seul Birdy parla :

— Le chant de la rivière... Plus doux que le tonnerre de la vague... Une caresse, à côté. Et pourtant...

— Qu'est-ce qu'on entend ? demanda Moea qui se focalisa sur un tout autre bruit.

Elle tenait haut le panier de victuailles pour qu'il ne prenne pas l'eau.

— C'est le bal de Vairao, je pense, dit Lascar. Pas sûr à 100 % avec la distance.

— Il y a un bal, aujourd'hui ? s'étonna-t-elle.

— On sera mieux là où on va, je crois, dit Hiro en guettant le moindre faux pas. On continue ?

Pile au moment où Lascar glissa sur une pierre.

Les deux porteurs furent déséquilibrés et Birdy faillit chavirer.

La force de Hiro rattrapa le tout mais ils comprirent l'avertissement et restèrent muets jusqu'à la fin de la traversée.

— Le plus dur est fait, dit Hiro en soufflant.

Il était rassuré.

Chacun prit le temps de considérer la beauté qui les environnait. Autour d'eux, les troncs fuselés des *mara* escaladaient les falaises. Plus bas, des *pūrau* semaient des taches jaunes dans le vert.

— Tu sais quoi, Hiro, ta vallée, c'est Dieu qui a posé sa main sur la terre, dit Birdy. Il a signé son œuvre ici.

Il lui répondit en riant :

— Malheureusement, ce n'est pas sa main qui débroussaille.

— Attends, il a déjà fait beaucoup : il a écarté ses doigts et pressé, et les montagnes sont nées.

— C'est vrai que c'est vertigineux de beauté, s'extasia Moea qui retrouvait de la force dans le *mana* puissant de leurs terres.

Ils passèrent à côté d'un ylang-ylang. Son parfum les enivra et Moea détacha une fleur au délicat jaune-vert pour la caler derrière son oreille.

Birdy la regarda faire, un sourire aux lèvres. Elle était vraiment belle. Il se mordit les lèvres pour ne pas lui dire que c'était elle, le paradis de cette vallée.

Les chevaux de Hiro, des arabes croisés néozélandais, foulèrent l'herbe fluorescente des pâturages et vinrent jusqu'à eux. Il en possédait dix-sept et tous portaient des noms dédiés aux vallons et montagnes qui les entouraient. Certains avaient les jambes élancées et grisées, à l'image des troncs des *mara*. Ils semblèrent surpris que les hommes fussent harnachés. Et encore plus que leur maître ne leur flatte pas les naseaux ; surtout Ronui, la jument préférée de Hiro.

Soudain, Hiro leva la tête au ciel, tandis que les trois autres gardaient les yeux fixés sur les chevaux qui avançaient. Leur queue fouettait fièrement le vent.

Lascar se rendit compte que Hiro ne regardait plus devant.

— La classe ! Waouh waouh waouh ! Un *petea* ! Un paille-en-queue !

Les regards se perdirent dans les nuages.

— C'est lui qu'on devrait appeler l'oiseau de paradis ! s'exclama Moea.

— On dirait juste le plus beau des cerfs-volants ! dit Lascar.

— Et tout blanc, ajouta Moea, songeuse.

— Eh ! N'en profitez pas pour me faire tomber, avertit Birdy, tandis qu'ils continuaient de porter.

— Tu crois que c'est signe de quoi ? questionna Moea.

Tous croyaient aux signes.

— C'est signe d'une chance qu'il faut saisir au vol, dit doucement Birdy.

— Au vol, à terre... La chance, il faut savoir la cueillir partout, dit Lascar.

— Ça va, mon cul n'est pas trop lourd ? s'inquiéta Birdy.

— Ton âme est légère, ça compense, décréta Lascar.

— Mais quel poète, ce Lascar !

— Non, c'est vrai que ton âme est légère, dit Moea.

Hiro regarda sa sœur du coin de l'œil. Elle avait prononcé cette phrase avec une inflexion particulière. Il y avait du moelleux dans sa voix.

— Oh ! matez le paille-en-queue, s'écria Birdy, en fait, ils sont deux !

— Ils sont toujours deux, affirma Hiro.

Les pailles-en-queue allaient et venaient en hauteur, comme attachés à la vallée.

Ils continuèrent à progresser et passèrent un verger de citronniers et d'orangers. Les chevaux les suivirent en lente procession.

— Attention aux abeilles, recommanda Hiro.

— Attention aux abeilles, attention aux abeilles..., dit Lascar. Je me vois bien lâcher une main pour chasser une abeille, moi.

Il commençait à faiblir sous le poids de Birdy. Hiro, lui, restait imperturbable. Il dut sentir la fatigue de Lascar puisqu'il l'encouragea.

— On n'est plus très loin...

— Alors là, cette phrase, elle ne me rassure pas du tout ! C'est généralement quand t'es prêt à crever de soif ou à clamser qu'on te sort que tu es bientôt arrivé !

— Non, Lascar, rappelle-toi... Et si tu écoutes bien, tu sauras que la cascade n'est pas loin.

Ils tendirent l'oreille et Lascar acquiesça.

— O.K., un point pour toi.

— Je ne peux même pas dire « Si vous en avez marre, lâchez-moi »... Désolé, s'excusa Birdy.

— T'excuse pas, protesta Hiro. C'est nous qui faisons une belle promenade grâce à toi.

Lascar se mit à siffloter.

— Tant qu'on sifflote, dit Hiro, c'est qu'on a encore du souffle pour soi.

— Tu parles, dit Lascar, en vrai, ce salopard est moins lourd qu'une vache mais plus pesant qu'une chienne !

Birdy lâcha sa prise sur l'épaule de Lascar et le pinça.

— Et en plus, il mord, ce con !

Maintenant, la cascade Tupe était là.

— Waaaaouh ! dit Birdy.

Et tous s'extasièrent.

Ils le déposèrent juste en face de la chevelure blanche comme neige et calèrent le matelas derrière lui pour plus de confort.

— Bienvenue au Palace Tupe, Birdy ! lança Lascar.

— Sacré cinq étoiles, murmura Birdy.

— Tu sais, à ce stade, les étoiles, on ne les compte pas.

Birdy ne savait même plus où donner de la tête pour regarder. Le cadre était féerique. La cascade dévalait la pente à pic en deux temps, comme si la roche grise avait formé un trône royal à l'assise majestueuse. Un océan de fougères l'encadrait. Des buveuses d'eau aux corolles roses couraient dans la verdure.

— Tu as vu les lianes de jade ?

Hiro s'était rapproché de Moea. Il lui désigna un point au niveau du palier rocheux de la cascade.

— Non, je ne vois rien…

— C'est quoi, les lianes de jade ? Le jeu préféré de Tarzan en Chine ?

— Singe à lunettes, railla Hiro à Lascar, c'est la plus belle plante de la vallée.

À nouveau, Birdy se retint de dire à Moea la phrase qui lui brûlait les lèvres.

Lascar releva ses lunettes sur son front et scruta chaque parcelle de vert.

— On ne doit pas avoir les mêmes yeux.

Le doigt de Hiro pointa à nouveau une zone où tous les regards se concentrèrent.

— Ça y est, je la vois ! s'écria Moea en battant des mains. Sa chevelure, noire, ondoya dans son dos, parfait répondant à celle, blanche, de la cascade.

Le yin et le yang, songea Birdy.

Lascar finit par se vexer, tandis que Birdy prenait autant de plaisir à chercher qu'à se nourrir de la joie de Moea.

Enfin, Lascar repéra les longues grappes fleuries qui dégringolaient le long de la cascade.

— Ah oui ! O.K. ! Mais turquoise sur vert, c'est vraiment pervers !

— Beau, hein ? En plus, les fleurs recourbées font des becs de perroquet...

— T'as la vue d'un super-héros, toi !

Moea déplia un paréo de Huahine et des thons peints aux couleurs bleutées ondoyèrent au-dessus de la prairie. Elle le positionna pour jouir au mieux du site, et commença à sortir le pique-nique du panier, sans utiliser sa main blessée.

— Alors, on a un fromage à la truffe...

— À la truffe ! s'écria Lascar. Quand je te disais que c'était plus que du cinq étoiles, Birdy !

— Je continue : un fromage frais à l'ananas séché, citron vert et basilic, un saint-tahitien, une tomme du Vent au poivre de papaye...

— C'est dingue ce qu'elle vend, cette fille, s'étonna Hiro.

— Elle a fait un stage en Auvergne, pour le saint-nectaire.

— En Auvergne ? dit Lascar. C'est horrible... j'arrive même plus à voir la carte de France...

— Tu n'y es pas retourné depuis longtemps ? demanda Moea.

Il compta.

— Attends... Dément ! J'y suis retourné que deux fois en seize ans !

En l'écoutant, Moea sortit encore le pain, de la Corona, des Hinano ambrées et deux boîtes à gâteaux de Couleur Cacao.

Lascar déboutonna sa chemise, étendit ses jambes et s'appuya sur ses coudes. Il avait de jolis poils dorés sur le ventre. Un peu de rouquinerie s'en mêlait aussi.

— Hey, on t'a déjà dit que t'étais beau ! le taquina Moea en lui donnant une tape amicale sur son ventre bronzé.

— Une fois, une fois... Oui... Quand j'étais vraiment petit !... Ma mère, à la naissance.

Et il fit sa gueule de chien abandonné qu'on avait immédiatement envie d'adopter.

Birdy sourit en fixant la prairie.

La cascade continuait de dévaler comme si rien ne pouvait l'arrêter.

Lascar l'observa s'écouler inlassablement.

— C'est quand même motivé, l'eau... Ah ! Moi, ce que j'aime, c'est ne rien faire !

Et il s'allongea, yeux perdus dans le ciel, à mordiller une herbe.

— Il faut avoir la chance d'être occupé pour sortir une phrase comme celle-là, dit Birdy en traçant des cercles dans l'herbe avec un doigt.

Lascar se redressa et l'interrogea du regard.

— Quand j'étais à l'hôpital, rivé aux draps comme un putain de crucifix sur le mur, je rêvais à chaque seconde de la vague… Je la sentais en moi. J'entendais sa respiration dans le tube. Sur les lèvres, je pouvais goûter à sa joie salée. Si on m'avait mis sur une planche, tout de suite, j'y serais retourné. Chaque jour, je me disais que je remarcherais… Après l'accident, on m'a posé quatre vis et une plaque. L'une des vis était trop longue, elle menaçait de percer l'aorte et je suis repassé sur le billard. J'ai fait une infection après l'opération… En un mois, j'ai perdu quinze kilos, j'ai chopé des escarres aux pieds. Puis une pancréatite. Je vous assure que du lit, j'en ai bouffé. Mon dos était un bloc de ciment… Alors bouger, je vous jure que c'est ce qui peut arriver de mieux à l'humain…

La lumière commença à décliner et à poudrer d'or le paysage.

Moea distribua les boissons et donna de main en main fromage et pain. Sans un mot. Tous écoutaient religieusement Birdy qui avait besoin de se livrer.

Il avala sa salive et poursuivit :

— Quand plus un de mes doigts de pied ne répondait, je me suis promis que tout aurait du sens dans ma vie. Voilà, c'est tout ce que je voulais vous dire. Et ne pas en avoir peur.

— Que vient faire la peur dans tout ça ? dit Hiro qui faisait tourner la bouteille de Hinano entre ses mains.

Birdy eut un sourire d'évidence.

— Les gens ont peur de donner du sens à leur vie…

Un silence, et il précisa :

— Après, ils y tiennent plus que tout… à leur vie.

PENSÉE SUR LE MAL N° 9

Reva s'apprêtait à partir. Elle glissa ses doigts entre deux lames de store et épia ce qui se tramait dehors. Ses cils ripolinés de noir battirent nerveusement. Il était 17 h 30 et le ciel aussi s'était paré. Il rougeoyait et rosissait comme une jeune fille sous ses premiers baisers. Les nuages s'étiraient en serpents pourprés.

Dans les arbres, l'heure des oiseaux sonnait. Miroir inversé de l'aube. Ils jetaient des cris par milliers comme si c'étaient les derniers. Comme si la nuit allait les dévorer. Elle réajusta sa tenue et se contempla une dernière fois dans la glace. Était-ce trop court ? Qu'allait-on penser d'elle ? Et pourquoi toujours penser à-ceux-qui-pensaient ? Pourquoi ne pas les laisser dans leur coin, et refermer le tiroir ? À double tour, les rumeurs. À double tour, les quolibets. Piaillez comme les oiseaux. Ça n'a jamais empêché la nuit de tomber.

La nuit, quand la bête ne venait pas, Reva revivait.

Seule sous le soleil, et perdue dans la nuit. Elle la

ressentait comme un manteau dans lequel elle se glisserait – et disparaîtrait.

La nuit, tous les chats sont gris.

La nuit, les âmes perdues sont vêtues. D'une carapace noire, impossible à pénétrer.

Oh ! comme elle aimait la nuit ! Oh ! comme elle aimait l'oubli !

Elle ressemblait à une adolescente qui se parlait et s'inventait plein d'histoires pour le futur. Qui lançait des paris pour se motiver.

Son regard erra dans la chambre et se posa sur la Vierge.

Reva se posta devant elle et lui demanda :

— Et toi, si tu avais imaginé que tu finirais en statue, comment te serais-tu habillée ?

Cette Vierge était vêtue, elle, pour l'éternité.

Si Reva avait fini en statue, pas sûr qu'elle eût choisi cette longue robe bleu et blanc parsemée d'étoiles dorées.

Elle avait de la chance de ne pas finir en statue. Et de pouvoir élire sa tenue.

D'un pas presque assuré, elle se dirigea vers la porte, l'ouvrit en essayant de ne pas trembler, et la referma en s'efforçant de sourire.

À double tour aussi, sa journée.

Elle avait écrit dans son carnet :

« Aujourd'hui, désolée, le mal est en congé. »

CRÉ*P*USCULE

26

Taj et Fauvero n'avaient pas vu le jour tomber.

L'Hawaïen était repassé par sa chambre pour se changer et enfiler un jean où des fougères créaient des motifs camouflage – son préféré, un Dries Van Noten qu'il avait acheté aux Pays-Bas, dans une ville où il était allé, même si pas une vague ne s'y surfait. Ce qui était rare chez lui. Il appelait ces lieux des villes mortes et généralement, il ne voulait même pas en entendre parler. Effort notable, il avait revêtu une chemise blanche impeccablement repassée, dont il avait relevé les manches. Aux pieds, des tongs uniquement faites de minuscules perles mates noires et blanches, à motifs de lézard. Cool classe à mort.

Aux coins de la terrasse, Lia, la femme à tout faire que Taj suspectait vraiment de *tout faire*, avait allumé des tortillons contre les moustiques. Elle le guettait du coin de l'œil, amusée, et Taj avait fait semblant de ne rien remarquer. Elle devait le trouver séduisant et élégant.

Accoudé à la balustrade à l'aplomb du rivage, il fumait un stick 1 000.

Soudain, il sentit une présence dans son dos, crut que c'était Lia qui tentait sa chance et se retourna.

Mais ce fut Fauvero qui cueillit son regard et s'étonna de son air grivois.

— Ne me dis pas que je t'ai fait peur !

— Peur..., répéta Taj en caressant le stick entre ses doigts. Quel drôle de mot...

— Dis-moi, tant qu'on en parle, une question que je me suis toujours posée : la vague te fait peur, parfois ?

— La Vague ?

Taj sourit. Un fantôme passa.

— Elle me fait parfois peur avant, jamais pendant, et souvent peur après.

Fauvero se pinça les lèvres et hocha la tête en signe d'assentiment, étonné de la sincérité de Taj.

Le surfeur fit à nouveau face au soleil que la mer avalait.

Dans quelques minutes, elle le goberait tout entier. Il n'osa pas avouer à Fauvero qu'en revanche, ce moment l'avait toujours angoissé.

La disparition du soleil. Cet instant de bascule où rien ne jurait qu'on le verrait se relever. Après tout, rien ne le promettait. Il n'avait pas signé d'engagement.

Un oiseau battit frénétiquement des ailes et frôla Taj en passant.

La peur... Elle était son démon intérieur. Jamais il n'avait pu faire la paix avec lui-même. Le spectre, hideux, de l'éternelle insatisfaction. Toute action était une fuite en avant pour ne pas rester trop longtemps face à ses doutes et ses angoisses. Quand on n'a pas confiance en soi, on est obligé d'être le meilleur. Dès que les médias l'encensaient, d'accord, il s'apaisait. Mais c'était comme la drogue. De courte durée. Il fallait sans cesse recommencer. Se prouver à soi-même qu'on vaut plus que ce qu'on pense, se dépasser pour moins se mépriser, s'exposer pour braver la peur de son propre jugement et laisser les autres décider de qui l'on est. Surfer les plus grosses vagues et se rebaptiser Taj pour mettre du mythe dans son château de sable... Il ne savait plus quel écrivain avait dit « Notre besoin de consolation est impossible à rassasier », mais c'était exactement ça... Impossible à rassasier... D'ailleurs, dans son souvenir, le type s'était suicidé. Taj rêvait d'une fonction RESET chez l'être humain. Pour avoir la chance de renaître et de prendre le bon chemin. Mais le Créateur avait bugué... Il eut envie d'en parler avec Fauvero, or la confidence n'avait jamais été son fort.

Et il fit comme toujours : il garda l'essentiel pour lui.

Taj se concentra sur le stick. Il lui soutira la paix promise – qui envahit ses poumons et partit en fumée.

Puis sa tête bascula vers Fauvero qui lissait sa moustache.

— Et toi ? Qu'est-ce qui te fait peur ?

Juste retour, pensa Fauvero. Il tâcha de lui servir la même sincérité.

— Que ma famille soit dans le besoin.

Taj fit la moue, tandis que Ti'aporo se glissait entre eux. Elle, il savait qu'elle arrivait. Il avait entendu ses griffes tapoter les lattes de la terrasse.

— Tu as combien de gosses ?

— Deux... Enfin, déclarés. Dans les îles, il y en a peut-être des flopées qui grandissent sans rien me demander.

Ils rirent tous deux. Oui, qui savait ? Les hommes semaient sans toujours récolter.

— Et… tes gosses, tu ne crois pas qu'ils seraient mieux armés s'ils savaient se débrouiller tout seuls ?

Fauvero hocha rapidement plusieurs fois la tête, comme s'il avait déjà beaucoup réfléchi à la question.

— Tu vois, la vie est étrange. Mes deux fils ne sont pas des durs. Oh ! non… L'aîné est en dépression. L'autre n'est bon qu'en ukulélé. Mon ex-femme ne sait, elle, que dépenser… Et me critiquer. Moi, gagner de l'argent, c'est mon métier. Alors quoi ? Autant leur en faire profiter. Tant mieux pour eux, si je leur épargne de trimer.

Il baissa la voix et reprit :

— J'ai trop trimé pour leur souhaiter la même chose.

À son tour, Taj hocha la tête.

— Je repensais à un truc.

— Dis-moi, fiston.

Taj ne put s'empêcher de tiquer.

— Le labo de Toa… il est sur la presqu'île ?

Fauvero eut l'air sincèrement surpris.

— Garçon, ça, c'est le genre de réponse que je ne donnerais même pas à mes fils.

Taj eut un sourire triste. Il était déçu, sans pourtant avoir rien attendu.

Le maître des lieux sentit sa déception.

— Mais pour te répondre tout de même, et rien que pour toi… il est sur la plus belle île de Polynésie.

Il lui tourna le dos et partit s'allonger un peu plus loin, dans un hamac. Le balancement agissait sur lui comme un calmant.

Sa voix parvint à Taj.

— À toi qui es très intelligent de deviner laquelle.

Merde, des îles, ça en faisait un paquet. Cent dix-huit,

si sa mémoire était bonne. Salaud de patriarche. Des idées s'agitèrent dans son cerveau et Taj se demanda si le *paka* ne le rendait pas de plus en plus parano.

Fauvero appela Lia.

— Lia ! Lia ! Bordel, où cette fille est-elle encore passée ?

La silhouette élancée de Lia se profila depuis le fond de la pièce de vie. Elle s'approcha et Taj put admirer ses yeux en amande. Ils étaient très noirs et, imperceptiblement, ils l'avaient regardé. Il leur plaisait. Il s'imagina déshabiller Lia dans un coin et la prendre, comme ça, de dos, sans un mot. Non, il ne la déshabillerait pas. Il écarterait juste un pan de son paréo et se glisserait en elle, aussi furtif qu'un voleur.

— Oui, patron ?

— Est-ce que tu as donné sa papaye à Ti'aporo ?

La fille secoua la tête.

— Donne sa papaye à la chienne. Tu sais qu'elle attend ça.

Taj s'adressa à Fauvero :

— Elle t'a déjà mordu ?

— Qui ? Ti'aporo ?... Tu plaisantes ? Le chien qui mord, ici, il finit au bout de la corde.

Au loin, le son d'un bateau se rapprocha.

Quelque chose d'infiniment doux vint se frotter à Taj qui sursauta.

Il baissa les yeux et vit un magnifique chat blanc effleurer ses mollets.

— T'es beau, toi. Tu t'appelles comment ?

La réponse vint du hamac.

— Princesse. *Elle*, corrigea Fauvero.

Le long panache touffu tel celui d'un écureuil disparut dans la nuit bruissante.

Par association d'idées, Taj se souvint d'un détail qu'il voulait signaler à Fauvero.

Il lâcha la balustrade et se retourna en direction du maître des lieux.

— Rien de capital, mais tout à l'heure, il y avait un rat qui menait sa vie dans mon bungalow.

Fauvero se leva d'un bond.

— Un rat ? Sur la terrasse ou dans ta chambre ?

— Les deux. Je bouffe pas mal d'amandes... Peut-être qu'ils sont fans aussi.

— Un rat ! répéta Fauvero.

Le mot sonnait comme une déclaration de guerre.

— Et tu n'as pas peur des rats ?

— Des rats, non.

Le bateau avait accosté au ponton et Taj entendit les voix de Tini et de Timeo. Surtout celle de Timeo. Sur ces îles, le moindre bruit résonnait. La nuit tombait aussi à vitesse grand V en Polynésie. Comme s'il fallait vite en finir, se dit Taj alors que les hommes montaient l'escalier.

Il découvrit qu'ils étaient trois. Ue les suivait. Il n'aurait su expliquer pourquoi mais, depuis le début, la présence d'Ue ne le rassurait pas.

Taj eut à peine le temps de leur dire hello que Fauvero les appelait.

— Hé ! Les hommes ! Taj a un rat dans sa chambre.

— C'est bien le seul rat du Fenua Aihere, ricana Timeo.

Il avait l'air sacrément aviné.

— Timeo, je ne te demande pas ton avis, je te demande de l'éliminer.

Timeo regarda Fauvero en se demandant s'il plaisantait. Ici, chaque cocotier était cerclé de métal pour empêcher les rats de grimper. Le « *no rat's land* » d'ici, né du cerveau génial de Bernard Moitessier, le navigateur qui bagua à Ahe les cocotiers avec des feuilles de zinc qui servaient à imprimer *La Dépêche de Tahiti*. Ils auraient bien eu besoin de Moitessier. Éliminer le rat de Taj revenait à chasser les moustiques de l'île de Marlon Brando. Une belle idée, impossible à réaliser, qui marchait juste le temps de se palucher.

Fauvero comprit qu'il ne tirerait rien de cette grosse masse de Timeo et fit signe à Ue de s'approcher.

Il baissa la voix et lui confia à l'oreille :

— La méthode de mon père, O.K. ?

La face non tatouée d'Ue ne laissa rien transparaître de sa surprise.

— D'accord, patron.

Ue disparut dans la nuit. Deux noirceurs se fondaient.

Fauvero perdit immédiatement sa nervosité et revint s'installer dans son hamac. Timeo et Tini se jetèrent dans des fauteuils tressés couverts de coussins étoilés en patchwork. Celui de Timeo était particulièrement écrasé.

— Des nouvelles ? questionna Fauvero.

Timeo avança son buste en avant et joua avec ses poings.

— Il y a un bal à Vairao. Pas mal de gens de sortie. Des miss pour la façade. Et des filles à remplir les mains comme il faut. Et les deux, putain !

— Belles ? l'interrogea Taj.

Le colosse éclata de rire :

— Mais on a les plus belles filles du monde !

— Avec McDo et ce putain de Coca, corrigea Fauvero, y en a beaucoup qui rentrent plus dans une Twingo mais celles qui restent, misère ! Tu vendrais pour elles père et mère...

— Aaaah...

Taj médita la réponse.

— Tu veux y aller ? demanda Fauvero.

Un silence, et Taj faillit dire non. Mais il se ravisa.

— ... Et pourquoi pas ?

— D'accord. On verra dans dix minutes si ton oui est bien un oui. Les gars, d'autres news ?

— Ah oui !... Tepano s'est fait ratisser sa plantation de *paka*. Il tire une gueule de dix pieds.

— De dix pieds, tu rigoles ? l'interrompit Tini. Sa mâchoire baise la terre, oui !

Les deux s'allumèrent presque en même temps une cigarette. La flamme du briquet de Tini roussit un instant le menton mal rasé de Timeo.

Fauvero réfléchit. Il plissa les yeux et dit sans s'émouvoir :

— Hum... On est quel jour, aujourd'hui ?

— Euh... Samedi 9 juin, patron.

Tini tira sur sa cigarette.

Le boss eut un éclair de génie. En toute énigme, seule la solution l'intéressait.

— *Hey eure !* C'est l'anniversaire de son frère, demain, Ropati.

Timeo comme Tini ne bronchèrent pas. Ils enregistrèrent l'information.

Ce fut Taj qui réalisa qu'il manquait l'explication.

— Et donc ? dit-il en entrant dans leur conversation.

— C'est clair comme l'eau du lagon, Taj. Ici, ça veut dire que c'est son frère qui l'a volé.

— Son frère ? Ropati ? s'étonna Timeo.

— Timeo, Ropati va avoir quarante ans demain. Il va faire une grosse teuf à Moorea et inviter la moitié du district. Il a besoin de munitions pour la bringue, tu piges ?

Quand tu veux une Hinano, tu vas au magasin d'à côté. Eh bien, Ropati, quand il veut beaucoup de *paka*, il va piocher au plus près. Pas besoin des gendarmes pour démêler le filet. Quand Ropati sera maître du monde, son père, sa mère, son frère, il les euthanasiera tous sans broncher.

— Waouh, dit Taj, sincèrement épaté. Waouh...

Effet du *paka*, il n'arrêtait pas de répéter *waouh*.

— J'adore ce genre d'histoire, continua-t-il. Ça me fait marrer.

— Moi, je serais Tepano, enchaîna Fauvero en agitant une main en l'air, je choperais son chien le plus cher et je le rôtirais en brochette devant lui pour le bouffer.

— Je le connais, son chien, il est jaune en plus, le clébard !

— Très bien, le coupa Fauvero. Et je le débarrasserais d'une main.

— Le chien ? douta Timeo.

— Abruti ! Cerveau de gecko ! Pas le chien, l'humain ! Enfin, la bête qui se permet d'être un traître.

Il avait quitté son hamac pour une histoire de rat et de *paka*, et maintenant, il rugissait.

Taj l'observait. La traîtrise. Voilà ce qui mettait Fauvero hors de lui.

— Bon, où est ce taré d'Ue ?

Fauvero marcha jusqu'à la balustrade et sonda la nuit. Seules les feuilles bougeaient.

Il invita Taj à venir près de lui.

— Et maintenant, *le spectacle va commencer*...

L'Hawaïen ne comprit pas du tout ce qu'il disait. Mais plus rien n'était grave. Il planait. La fumée se mariait à la nuit et il avait l'impression que c'était tout son esprit qui se diluait pour napper la propriété d'un brouillard épais.

Ce brouillard se faufilait partout. Jusque dans la plus profonde des vallées. D'abord dans la gorge, puis dans le grand canyon, enfin dans l'étroit goulet. Il ferma les yeux et soupira tellement c'était bon, oh ! si bon, d'imaginer ça... Il ne tiendrait plus longtemps à ce régime-là...

D'un coup, une ombre s'agita sur la plage et un feu embrasa la nuit. Les arbres cachaient presque entièrement la maison et les bungalows depuis le rivage, mais la terrasse préservait ingénieusement des points de vue.

Taj crut à une hallucination. L'alcool et la drogue se frayaient dans son esprit et le colonisaient.

— On y est, dit Fauvero.

Taj s'en foutait. Fauvero avait encore dû organiser un feu d'artifice pour l'épater. Voir flamber des lumières sur le tapis noir de la nuit ne l'avait jamais épaté. Les étoiles filantes n'avaient pas attendu les Chinois pour se donner en spectacle. Et que du naturel. Un peu le même débat qu'entre les filles siliconées et celles que la nature a bien dotées.

Sur la terrasse, Fauvero s'impatientait et frappait du pied.

Le bruit parvenait au cerveau de Taj, étouffé.

Mais pas celui qui suivit.

Un cri horrible perça la nuit.

Un cri comme jamais Taj n'en avait entendu de sa vie.

Ses deux mains agrippèrent la barrière et ses yeux passèrent en mode projecteurs.

— Sainte mère de Dieu, eut-il du mal à articuler.

Sa colonne s'était hérissée de milliers de pics de glace.

Dans le feu, une masse sombre se démenait.

Le cri cessa pour repartir de plus belle. Encore plus paniqué, encore plus désespéré.

Affreusement clair.

Universel.

Le cri de l'agonie.

L'odeur seule donnait envie de gerber.

Arraché violemment au cocon molletonné de la drogue qui émoussait la réalité, Taj se prit en pleine tête l'image d'un ascenseur dans lequel il était monté – et qui dégringolait.

Il eut du mal à se tourner vers Fauvero. Chaque geste lui coûtait.

L'homme, d'un calme inquiétant, savourait simplement l'instant.

Comme Taj n'osait plus bouger, il dit, sans lâcher le feu des yeux :

— On a autour des boîtes qui prennent les rats vivants. Conçues brillamment par Toa... Quand un rat tombe dedans, c'est simple, il ne peut plus remonter. Mais je préfère les méthodes radicales. Les méthodes des Anciens du Fenua Aihere. Tu chopes un rat et tu le brûles vivant. Il crie tellement qu'après, tous les autres se barrent en courant.

Il crut bon d'ajouter, sûr de son effet :

— Ton rat, ou son petit frère, il est en train de servir d'exemple... Et les bons exemples font les bonnes leçons.

27

— Tu vois, dit Lascar en avalant une bouchée bien trop grosse pour lui, le vrai régime *healthy*, c'est pain, fromage, bière et gâteau. Refile le tuyau à *Surf Session*, y a pas mieux pour charger du gros.

— On comprend pourquoi tu ne te feras jamais sponsoriser…

Lascar fixa Hiro. Derrière lui, les chevaux broutaient paisiblement, à quelques mètres seulement.

— Sponsoriser ? Tu parles, ici, les jeunes se font piquer leurs gros *barrels* par les Américanos parce que la Polynésie, c'est une trop petite communauté. Deux cent quatre-vingt mille personnes et des brouettes, ça pèse quoi ? Un sponsor, question marketing, calcule la quantité de linge qu'il va pouvoir refourguer. Trois cent trente millions de têtes dans la balance d'en face, à moins d'être une super-star, le petit Tahitien peut aller se rhabiller et recoller sa *board* avant de toucher des billets pour sa gueule sur des publicités… (Un temps.) Et tu sais quoi ? Ils me font chier aussi avec leur santé. Sans rire, aujourd'hui, c'est une dictature, la santé. Tu dois faire ci... tu dois faire ça... Et tu ne dois surtout pas faire ci et encore moins faire ça... Sans déc', j'ai pas atteint la majorité pour que mon cerveau soit sous tutelle des préjugés... Tu sais ce que je vais faire ?

— Vas-y...

— Je rêve de me prendre sous l'eau en photo. En petit short moulant à fleurs, en mode *vegan* yoga avec mon skate, en tenant d'un bras un surf et en me fourrant de la salade dans la bouche.

— Rien que ça ? ironisa Hiro.

— Les réseaux sociaux adoreraient. Ce serait tendance *healthy* à mort !

Le soleil jeta une ultime lumière dorée sur Lascar et éclaira son visage. Moea remarqua qu'il avait deux rides profondes sur le front, parfaitement perpendiculaires aux sourcils. Le grand déconneur cachait un anxieux.

— On commence à parler des selfies comme addiction, dit-elle, une tartelette au chocolat où brillaient de jolies perles nacrées entre les doigts.

— Il faut reconnaître que c'est *strange* de coller sa tronche sur toutes les photos au lieu de mater le paysage.

— T'as bien raison, Birdy. Quand tu vois ce qui nous entoure...

Le soleil était en train de se coucher. Le ciel était très dégagé, les nappes nuageuses comprimées à l'horizon comme si l'astre avait tout rangé avant de s'éclipser.

— Grâce à ce soir, on sait ce que boit Dieu avant d'aller se pieuter..., dit Lascar. Ça me rappelle un cocktail que j'ai bu dernièrement, avec jus d'ananas, whisky et cognac, et un trait de liqueur de fraise. *Sunset !*

— C'est beau à mourir, murmura Moea.

Ils communièrent dans le silence. Ce fut Lascar qui le brisa :

— *Beau à mourir*... Vous ne trouvez pas que c'est bizarre, comme expression ?

Birdy éclata de rire. Du Lascar tout craché de ne rien prendre pour argent comptant.

— Et qu'est-ce que tu crois que ça veut dire ? demanda-t-il. Que c'est tellement beau qu'on peut dire adieu à ce monde ?

— Oui, s'enthousiasma Moea, du genre : *Voir Venise et mourir*...

— Exact ! lança Lascar en engloutissant la moitié d'une tarte au citron.

— Attendez, peut-être aussi que c'est d'une beauté qui dépasse tout ce qu'on peut concevoir...

— Pas mal, Birdy, admit Lascar.

— Ou... que c'est tellement beau qu'on ne le mérite pas, glissa Hiro.

Il n'avait pas encore touché à sa tarte aux framboises débordante de crème, posée sur une feuille de *nono*. En fait, il préférait les noisettes de Cayenne qu'il avait emportées dans ses poches. Il était en train de les débarrasser de leur peau pour dégager le fruit. Il en avalait des quantités.

— En tout cas, on peut dire ce qu'on veut mais heureusement que toutes les phrases ne se réalisent pas...

— T'imagines, Birdy, s'il suffisait que tu prononces la phrase *Voir Tupe et mourir* pour que tu t'écroules sur place ? Une phrase, et *bam* ! Raide mort...

Subitement, un fracas terrible retentit dans la vallée.

Les chevaux hennirent et tous partirent au triple galop en bondissant.

— C'est quoi, ce bordel de tonnerre de Dieu ?

Lascar s'était retourné l'autre moitié de la tarte au citron sur son short de bain et il tentait de récolter la crème avec un doigt.

— Une roche qui dégringole dans la rivière à cause des pluies d'hier, dit Hiro. Parfois, tu en as de la grosseur d'une table. Si tu vas te baigner, tu finis en pancakes... Il serait peut-être plus prudent de rentrer maintenant.

— Pourquoi, Hiro ? le supplia Moea. Il ne pleut même pas ! Et il fait si doux sur les hauteurs, ce soir...

Hiro l'observa. Elle avait réagi immédiatement. Trop rapidement. Elle devait avoir un projet secret en tête. Il ne voulait pas la contrarier.

— O.K., je reviens, alors. Je prends Lascar avec moi.

— Et pourquoi moi ? Je n'ai rien demandé ! J'ai un éboulis de gâteau à lécher sur mon short, ça ne se fait pas comme ça, vous rigolez ?...

— On t'offrira le dernier, t'inquiète pas, le rassura Moea. Il en reste un au chocolat.

— Dans ces conditions...

— Si Tuhiti était avec nous, dit-elle, il l'aurait déjà mangé... Au fait, personne ne sait où il est ?

— Ah si ! Je l'ai vu !

— Où ça, Lascar ?

— Tout à l'heure, avant de vous rejoindre pour monter. Il était au bout de la route.

— Avec qui ?

— Un surfeur brésilien, Raoni.

— Et il n'a pas voulu venir ?

Lascar posa une main sur sa bouche.
— Euh... je t'avoue que je ne lui ai pas proposé. À son âge, il préfère mener sa vie...
— Dommage..., dit Moea avec regret.
— Allez, Lascar, on y va.
Hiro se levait déjà et Lascar bondit sur ses pieds.
— Ça va, je ne suis pas encore rouillé. Au spot, les jeunes devront encore compter sur ma Malibu et moi.
Hiro sourit. Ils prirent le chemin du retour, en direction du verger. Les chevaux étaient encore plus loin, la chute du rocher les avait éloignés.
Lascar se retourna vers la cascade.
— Qu'est-ce qu'ils fabriquent, les deux ?
Il parlait de Birdy et de Moea.
— Ils fabriquent bien ce qu'ils veulent, dit Hiro, et il avança.
Moea avait cueilli une buveuse d'eau et avait piqué la fleur rose dans ses cheveux.
La nuit progressait dans la vallée, sûre d'elle. Autour d'eux, les pics en dentelle de crêtes piégeaient l'ultime lumière. La cascade bruissait et les oiseaux sifflaient.
— Tu as froid ? questionna Birdy.
— Un peu, dit Moea.
Puis, après une pause :
— Je crois surtout que je suis impressionnée de revenir dans la vallée... Ce lieu me manquait.
Birdy hésita, puis se lança :
— Moea, je voudrais te poser une question...
Elle se prépara au pire.
— Je t'écoute..., dit-elle en retirant une brindille de son corsage.

— La question est sans doute indiscrète…

En elle, une crispation. Elle avait visé juste. La suite, elle la connaissait : *Ne te sens pas obligée de répondre.*

— … tu n'es pas forcée de répondre, tu sais.

Voilà. Elle baissa les yeux puis les posa sur lui. Allons-y.

— Pourquoi étais-tu partie ?

Il était allongé, visage tendu vers le ciel. Elle ne pouvait pas croiser son regard. Ses jolies boucles brunes encadraient son visage et lui donnaient un air sage. Elle eut envie de l'entourer de ses mains, d'apaiser en lui toutes les tempêtes qu'il avait connues tant il lui inspirait de la douceur.

Quant à sa question, il lui sembla impossible de lui livrer la vraie raison. C'eût été jeter trop de noir dans le ciel, cracher de l'encre de seiche sur une toile fragile…

Malgré elle, elle s'absorba dans ses pensées et Birdy n'aperçut plus qu'une main qui caressait mécaniquement l'herbe.

Moea revit clairement Mano.

Ce superbe salaud. Mano Le Grand.

Le père de son enfant.

Ils s'étaient connus à l'âge où tout s'ouvre grand. Un âge pareil à une fleur d'hibiscus née pour se gorger de soleil.

Elle avait alors seize ans, lui dix-neuf, et l'impression que le monde obéissait à sa volonté. Qu'il suffisait de vouloir, qu'il suffisait d'espérer. À cette époque, ce monde ressemblait au poteau planté par Hiro en bordure de la propriété, où les villes du monde figuraient. Un rêve d'enfant. Un rêve avec l'espace, un rêve avec le temps… Elle fantasmait sur Tokyo… Et sur Los Angeles.

Los Angeles… De l'autre côté de l'océan… Et pourtant si différente. Elle imaginait qu'un avion déposerait un jour un riche Américain. Qu'il tomberait fou amoureux d'elle parce que, aux États-Unis, les filles n'ont pas les cheveux jusqu'aux reins. Elle voulait voyager, nager partout et comprendre pourquoi les étrangers disaient en débarquant – et aussi en partant – que la Polynésie était le paradis sur terre.

Et Mano était arrivé. Il s'était glissé dans sa vie comme un brigand. Il avait les cheveux d'un noir si brillant et les traits très fins, asiatisants. Un dimanche matin, alors qu'elle pêchait à la rivière des chevrettes avec son paréo, il lui avait pris les mains. Pour ne plus les lâcher et l'embrasser. C'était si fougueux, si désespéré comme baiser, qu'elle avait senti un abîme se creuser. Presque trois mois après, cet abîme était si profond, il forait tellement en elle qu'elle avait laissé Mano le combler. Dans la forêt, il l'avait pénétrée violemment. Si fort qu'elle n'avait su le repousser. Ce fut si rapide qu'elle ne put croire qu'un enfant puisse naître d'un tel instant. Ce n'était pas possible, elle n'avait presque rien fait, pris aucun plaisir et saigné… saigné abondamment. Mais son amour n'aurait pu décevoir Mano. Cet amour n'aurait pu dire non. Et il parlait avant elle. Elle ne regrettait rien. Ce ne fut que le jour de la naissance de Tuhiti, un 10 décembre, qu'elle dut réaliser. Elle avait un bébé.

Un bébé de Mano.

Mano, lui, n'avait jamais vraiment reconnu les faits. Il disait juste que c'était la nature qui avait décidé. Sans jamais vraiment réaliser que c'était lui qui avait forcé les cuisses de Moea, plus que le vent, pour finir au-dessus d'elle, pantelant.

Ils habitèrent ensemble un an après la naissance de l'enfant, dans un *fare* au bout d'un chemin de terre isolé qui appartenait à la famille de Mano, entre Teahupo'o et

Vairao. Là où ils avaient enfoui le placenta de Tuhiti, au pied d'un arbre à pain. Quand il ne pêchait pas, Mano surfait et passait son temps à fumer et à boire avec ses amis. Le *paka* passait désormais plus entre ses doigts que Moea. Sauf pour la frapper.

Au début, quand Tuhiti était jeune, un peu. Puis, beaucoup. Enfin, presque tous les jours. Pour tout et rien, pour des détails qui donnaient à l'absurde un pouvoir effrayant. Mais elle n'arrivait pas à se défaire de son emprise. Mano avait la beauté pour lui et les autres le respectaient pour sa force. Son propre père l'avait beaucoup battu aussi. Des coups à la baguette en bois d'hibiscus, à la souplesse redoutable, Mano en avait reçu. Mais le supplice extrême, celui qui arrachait la peau, le reliait ironiquement à la mer qu'il aimait tant. À l'entrée de leur maison, un fouet en queue de raie était suspendu. L'*aero fai*. Sous chaque claquement cinglant, il avait dû s'endurcir, pour devenir plus dur que le bois de *mara* qui donnait la quille des pirogues. Le moins qu'on puisse dire est qu'il avait réussi.

Moea pensait qu'elle n'était pas si malheureuse : Mano adorait son fils. Elle en oubliait qu'elle existait aussi. Et pas que pour recevoir des coups. La généalogie de la souffrance n'a aucun sens. Quand il dessaoulait, il la suppliait de comprendre. Comprendre quoi ? Et encore, il aurait pu dire pardonner. Mais non… Comprendre. Toujours ce mot qui la déprimait. Autant dire accepter. De fermer les yeux – oui, de refuser de voir la réalité en face. Parce qu'elle fait mal comme un fer à repasser allumé. Avec tous les bouquets qu'il lui rapportait quand il avait exagéré, elle aurait pu faire fleuriste.

À Hiro, elle mentait. Elle lui disait qu'elle avait une

maladie qui laissait des bleus au moindre choc. Elle arriva à avoir honte d'elle-même, à se sentir digne d'être maltraitée *par le destin*. Pas par Mano. En soi, chacun porte une part persuadée de recevoir le châtiment qu'elle mérite. Chez Moea, cette part grandissait. Jusqu'à ne laisser à ses rêves qu'un mince faisceau de lumière tremblant.

Elle se persuada que tout finirait par changer. Que ce n'était qu'une question de temps. Elle ne savait pas encore que tout empire. Que la salvation intéresse peu de gens. Et surtout, qu'on ne peut les sauver malgré eux.

Un homme était arrivé. Un homme qui venait de loin. Elle l'avait croisé à la pointe Fare Mahora, un soir qu'elle fuyait l'enfer à la maison. Il était blond comme le sable de Maui. Ils s'assirent près du chemin qui borde le rivage, près d'un mur de burgaus. Un feu venait d'être éteint et l'odeur du bois calciné se mêlait aux embruns. Face au lagon qui lançait des reflets argentés sous la lune, il lui parla du monde en écoutant le chant des vagues qu'il aimait. Il lui parla encore des milk-shakes à la vanille, si denses que l'on peut y planter une paille, des hamburgers si grands qu'aucune bouche normale ne pouvait les engloutir. Il la fit parler d'elle aussi, et par miracle, elle se permit de rêver. Ce soir-là, ils avaient fait l'amour si fort qu'elle avait découvert le plaisir dans son corps. Un courant, plus fougueux que la course vers la mer de la rivière Fauoro. Un interdit irrésistible, bravé par mille baisers. Durant quinze jours, ils s'étaient vus. À la sauvette, comme des bêtes traquées. Elle s'en était mordu les lèvres pour résister au mot qui la brûlait. Ce mot qu'on dit parfois, mais qu'on ne pense qu'une fois dans sa vie, du plus profond de soi.

Je t'aime.

La veille du départ de l'homme blond, Mano était rentré à la maison. Moea s'était retournée cent fois dans le lit avant de trouver le sommeil, terrorisée par l'aube qui la séparerait de l'étreinte sacrée. La nuit n'était pas sombre comme les fruits mûrs du *miro*, le bois de rose. La lune était pleine et ronde, prête à accoucher du jour qui viendrait. Elle jouait sur le corps nu de Moea qui dormait. À l'heure où plus un oiseau ne crie, le moteur du pick-up de Mano avait rugi. Il l'avait réveillée au cœur de la nuit. Son haleine noyée d'alcool s'était penchée sur elle et, en tâchant de garder son calme, il lui avait demandé *si elle avait passé une bonne journée*. Les voix tempêtaient en lui. Les voix de la rumeur, les mots du bout de la route. Comme elle faisait semblant de dormir, il avait arraché le drap qui la couvrait. Dans ses bras, il avait agrippé ce corps encore couvert des baisers de l'autre, de cette fièvre qui ne cesserait jamais de la caresser. D'une main, il avait saisi violemment sa nuque et l'avait forcée à l'embrasser. Il avait fourré sa langue dans sa bouche comme le pieu acéré entre les lèvres des bénitiers. Le contraste avait été si rude que, malgré elle, elle l'avait repoussé. Très peu. Mais juste assez. Juste assez pour qu'il ne doute plus. Pour que la rage envahisse chaque cellule de son corps et lui dicte la destruction.

La destruction de celle qu'il croyait posséder.

Il s'était levé d'un coup et avait allumé la lumière. Comme une torche de guerre.

Dans ses yeux, elle avait lu qu'elle allait mourir. La haine le défigurait.

Il lui hurla une dernière fois de répondre à cette seule question : « Avait-elle passé une bonne journée, oui ou non ? »

Prête au sacrifice, pour une raison qui lui échappait, elle avait presque cessé de trembler. Pareille à la vague, elle s'était redressée, avec cette même fierté qui faisait jaillir Tchopo des flots. Détachée de son propre corps, indifférente au sort, Moea s'était entendu murmurer :

— Si belle, que jamais je n'en revivrai.

Plus tard, elle comprit que cette phrase folle de témérité rachetait le silence de ces longues années. Qu'avant de mourir sous les coups, elle voulait lui dire qu'elle ne lui appartiendrait jamais. Qu'elle n'était pas sa chose. Qu'elle lui résisterait. Qu'aucune femme n'était la chose d'aucun homme.

Saisi d'horreur devant l'impossible, devant sa femme qui se rebellait, il était resté quelques secondes, interdit.

Puis il avait penché la tête, grimaçant comme si on le torturait, et avait empoigné sa longue chevelure noire pour la tirer jusqu'au pick-up.

Elle s'était débattue. Il lui avait administré des coups de pied dans le dos et le ventre pour la faire avancer.

Et cette chevelure, qu'il avait révérée, il l'avait nouée autour du crochet d'attelage, sous le châssis.

À son tour, elle avait hurlé. Comme une bête qu'on sacrifie.

Tuhiti était sorti. Il se frottait encore les yeux, sûr de vivre un cauchemar, quand il avait vu le pick-up démarrer.

Avec sa mère, attachée à la furie d'acier.

Sur le chemin de terre, Moea avait violemment rebondi. Dans un nuage de poussière, son corps avait été traîné, lacéré, jusqu'à ce qu'il soit comme entaillé par le récif. Jusqu'à ce que la moitié de ses cheveux ne finisse arrachée, scalp de l'ennemi destiné au trophée.

Tuhiti avait couru derrière la voiture. Il avait tant crié que, durant deux jours, il n'avait plus pu parler. Il avait couru jusqu'à bondir, éperdu, devant le pick-up.

Son père avait miraculeusement freiné.

Voilà comment Moea avait été sauvée.

Au petit matin, quand sa sœur et Tuhiti étaient venus se réfugier chez lui, Hiro avait déclaré qu'il tuerait Mano. Rien ne pourrait l'en empêcher. Toute la journée, il l'avait cherché.

Mais Moea n'avait pas complètement tort en s'en remettant au sort.

Ce qui arriva, pourtant, jamais elle n'aurait pu l'imaginer.

Fou de désespoir et de culpabilité, prêt à tout pour anesthésier son cerveau, Mano s'était quasiment noyé dans le *komo*. Il avait bu, bu cette rivière de feu que les hommes ont inventée pour oublier.

Bu jusqu'à la nuit, jusqu'à s'écrouler dans un fossé.

Le lendemain, on l'avait retrouvé, le crâne fracassé.

Mano était tellement ivre que, dans un virage, un camion d'essence avait écrasé son corps qui cuvait et dépassait de l'herbe sur la chaussée. Le chauffeur avait expliqué qu'à l'aube, ses phares avaient éclairé trop tard cet homme plus immobile que le bois mort. Qu'il n'y pouvait rien, que c'était vraiment la fatalité.

On écrasait bien les chiens...

Moea frissonnait. Elle passa derrière Birdy et posa ses mains sur les yeux de l'homme.

Il sentit sa poitrine contre son dos et cette douceur fit monter tant de souvenirs en lui qu'il douta de tout ce qui suivit.

Moea prit une grande inspiration et dit, sans quitter la cascade du regard, lui soutirant la force de toujours aller de l'avant :

— L'important n'est pas de savoir pourquoi je suis partie, Birdy... mais pourquoi je suis revenue.

— Et alors ? murmura-t-il en souriant à la chaleur de ses mains.

— Je suis venue pour retrouver mes racines... et croire de nouveau à la vie à deux.

Elle s'approcha de son oreille et il eut l'impression d'entendre couler une rivière.

— Je n'ai plus peur de donner du sens à ma vie, Birdy.

28

Tuhiti et Raoni n'avaient pas envie de rentrer. Il faisait beau et la chaleur bienveillante invitait aux conversations autour de tout et de rien. Juste pour le plaisir de jouer aux grands et de ne pas voir le temps passer.

Pour se donner l'impression d'aller quelque part, ils avaient marché. Tuhiti avait remonté son tee-shirt sur sa tête et Raoni l'avait imité. Seuls leurs yeux ressortaient.

— On est les surfeurs-ninjas ! avait crié Tuhiti en courant sur le bas-côté de la route.

Ils s'étaient arrêtés près d'un pont à la peinture défraîchie. Au bord de la route, il surplombait la rivière Uri He'e, et ils pouvaient jeter des cailloux. L'une des passions de Tuhiti était de regarder les gens défiler, à pied, à vélo ou en voiture. Cela donnait l'impression qu'il se passait quelque chose de vivant à Teahupo'o. Avec le bal à Vairao, l'animation ne manquait pas.

Assis sur le pont à balustrade, Tuhiti avait plaisir à parler avec son nouvel ami. Le surf avait le don de rapprocher et d'obliger à parler anglais. Bien sûr, il était le plus jeune, mais il surfait mieux que Raoni. Il avait remarqué que son courage impressionnait le Brésilien, alors il s'ingéniait à tout faire pour paraître plus mûr que son âge et rattraper le décalage. Il ne s'appelait pas Tuhiti pour rien – *debout sur la frontière du grand ciel élevé*. Il était fier de son prénom.

À une trentaine de mètres d'eux, trois autres garçons avaient arrêté leurs vélos. Ils discutaient aussi. Un peu plus loin, d'autres groupes se formaient au hasard des croisées. Comme les humains formaient des îlots perdus dans l'immensité, Lascar les appelait les *motus* de la route. Il y avait le *motu* numéro un, le *motu* numéro deux...

— Allô, allô du *motu* zéro ! dit Tuhiti en portant sa main devant sa bouche comme s'il parlait dans un micro.

— *Motu* zéro comme PK0 ?

— *Yes!*

Et ils rirent.

— T'as quel âge, toi ? demanda Tuhiti en rejetant sa mèche en arrière.

— Moi ? Quinze... Et toi ?

— Quatorze, mentit Tuhiti.

Il avait treize ans.

Un vélo sans phare passa et Tuhiti salua le garçon qu'il connaissait en se demandant s'il l'avait entendu parler. Il ne manquerait plus qu'il se moque de lui. Mais non, il s'éloigna.

— Tiens, j'ai trouvé une bière, dit Raoni.

Et il brandit une cannette de Heineken de son sac.

— C'est pour toi ?

— Non, on va la partager. Comme tout dans notre journée.

Ils se tapèrent les mains en signe de pacte.

— Ça marche, dit Tuhiti. Tu l'as eue où ?

— Je l'ai chouravée au réfrigérateur... Le réfrigérateur, c'est pas quelqu'un... C'est un objet. Donc, cette bière n'est à personne. Conclusion : elle est à moi et à toi.

Tuhiti renversa la tête en arrière dans un grand éclat de rire.

— Moi aussi, j'ai quelque chose à partager avec toi.

Il fouilla dans sa poche et en sortit un stick de *paka* roulé dans du papier aluminium. Il le déplia et guetta l'effet sur le visage de son équipier.

Là, il avait clairement marqué un point. Raoni ouvrit grand la bouche et ne sut pas quoi dire.

— Ça aussi, on va le partager, décréta Tuhiti.

— T'as déjà fumé ?

— Oui, mentit pour la deuxième fois Tuhiti.

— Et ton père, il ne dit rien ? demanda Raoni en balançant ses pieds dans le vide.

Une ombre plana dans l'esprit de Tuhiti. Il chercha une réponse rapide à lui fourguer.

— C'est lui qui me l'a donné... Mon père, il surfe comme un dieu. Il shoote des vagues de malade.

Au point où il en était, un mensonge de plus ou de moins...

Raoni fut encore plus épaté.

— Dément... Et toi, la vague, tu la surfes depuis quand ?

Tuhiti se tourna vers lui.

— Depuis que j'ai onze ans.

Cette fois-ci, il fut soulagé de dire la vérité. Mais l'évocation de son père l'avait assombri. Il avait perdu d'un coup toute légèreté et toute envie de s'amuser.

Un grand vide s'installa en lui, amplifié par la nuit ; une sensation qu'il détestait et qu'il avait dû combattre au prix d'efforts insensés depuis que son père était décédé.

Dans sa main, il regarda le *paka*. Il eut en tête cette phrase que les adultes répétaient souvent : *Il n'y a pas de hasard*. La conviction l'emporta contre toutes les paroles que Hiro avait maintes fois prononcées, et qui lui interdisaient de déconner *pour ne pas finir comme son père*.

Ce sang dégénéré, ce sang bouillant de violence, il l'avait déjà senti en lui.

On ne pouvait lutter contre ses origines...

Mais le *paka*, ce n'était pas le diable non plus, il ne fallait pas exagérer. Dieu avait créé la nature, le *paka* était naturel, donc, le *paka* était divin.

Et Taj fumait bien, lui. Ce qui ne l'empêchait pas de *rider* des monstres d'écume. Ni de voyager partout dans le monde comme Moea en rêvait. Finalement, sa mère aurait dû rencontrer Taj. Voilà.

Il avait piqué un filtre et du papier dans les affaires de Lascar. Il posa le tout sur le parapet du pont et roula le papier entre ses doigts autour du cannabis. Il finit en le léchant, enfin en tapotant le joint, tortilla une extrémité et l'alluma. Waouh !

Ce brasier lui réinsuffla de la fierté. Chacun des gestes lui avait redonné de l'assurance.

Il pensa à Taj qui lui avait fait ce cadeau inespéré. À son geste si spontané, comme s'ils étaient reliés.

Il pensa à l'euphorie qui lentement montait, à chaque bouffée.

Waouh...

Il pensa à la mort, à ce pied de nez.

Il pensa à la pirogue que Birdy lui offrirait s'il gagnait la compétition.

Waouh ! Bien sûr qu'il la gagnerait.

Il pensa à la vague, et ce fut comme si elle l'emportait dans son bleu parfait. Comme si soudain tout s'éloignait et que la houle le berçait. Il se revit au *line-up*, avec ses collègues, en train de presser de l'eau entre ses mains pour s'asperger et se balancer des concombres de mer dans le dos. Il entendit Lorenzo déclarer que Teahupo'o n'était pas la piscine à vagues de Kelly Slater. *Pas la piscine à vagues...* Alors il partit d'un grand rire. Un rire qu'il n'arrivait plus à arrêter. Il faillit tomber du pont car son corps s'était réellement mis à tanguer.

Une chaleur l'envahit et il eut l'impression d'avoir enfilé une veste super lourde. Une veste de plomb qui relativisait tout, qui le protégeait.

Sa volonté s'émoussa et tout ce qu'il avait projeté de faire avec Raoni se vaporisa dans l'air. Toute urgence avait disparu, toute nécessité.

Les phares des voitures le firent rire. C'étaient les yeux des esprits qui gravitaient.

Aussi ne fut-il pas surpris de voir un pick-up s'arrêter et l'esprit de Taj le visiter.

Taj qui descendait du véhicule. Taj qui le prenait sous son aile. Taj qui s'approchait et lui souriait.

Taj qui lui transmettait sa force.

Sa force dans une poignée de main… Sa force dans la nuit étoilée.

Et la chaleur de ses doigts qui maintenant le brûlait. L'esprit de Taj libéra sa main et repartit.

Dans le pick-up, des hommes riaient.

L'ombre rejoignit l'ombre d'où elle sortait.

Il aurait voulu la retenir.

Mais sur la route, la nuit dévora les yeux des esprits. Et soudain tout fut noir, désespérément noir.

Cette route avait fait disparaître son père. Elle venait de dévorer Taj.

Tuhiti sentit son cœur s'emballer. Il desserra le poing et découvrit le talisman laissé dans sa main.

Un sachet de perles, transparent, où, au pays du soleil, la neige brillait.

29

Le sexe était comme la drogue.

Il suffisait d'un manque profond pour ne plus pouvoir le raisonner.

Taj avait beau regarder autour de lui, rien ne l'intéressait. Ni les bières que Fauvero et ses couteaux de poche s'enquillaient, sur cette table en plastique merdique bleue recouverte de toile cirée qui collait, ni les filles trop potelées dont la chair débordait.

Et pourtant, il lui fallait un corps.

Un corps à enfiler pour toujours, plus avant, s'oublier.

Baiser, c'était s'enterrer.

— Alors, elles sont pas belles, nos filles ? lui lança Timeo pour le taquiner.

Tu veux une touche à ton hameçon, pensa Taj, tu vas trouver du gros poisson.

La drogue courait sous sa peau, elle fourmillait. Son esprit ressemblait à un camion lancé sans freins dans la descente à pic d'une montagne. Exactement la sensation du *take-off* sur la vague, quand il s'offrait au vertige de sa pente ravinée.

Taj n'y réfléchit pas à deux fois. Il se leva et attrapa par l'épaule la première fille qu'il trouva.

Elle portait un haut jaune très serré qui lui découvrait le nombril. C'eût pu être sexy, si on n'y avait pas glissé dedans une otarie. Il lui parla à l'oreille et le visage de la jeune femme s'éclaira. On vit qu'elle ne comprenait pas tout, à cause de la musique locale qui couvrait une partie de la conversation. Taj s'époumona à répéter et Fauvero et ses hommes l'observaient, se demandant ce qu'il pouvait bien fabriquer. Elle éclata de rire et Taj lui glissa quelque chose dans la main.

— Jésus Maria, il ne va tout de même pas refiler de l'*ice* à cette bouée ? dit Fauvero, inquiet.

Timeo fronça les sourcils, tandis que Tini et Ue jetaient des regards désespérés à leurs bouteilles vides. Chacun attendait que l'autre se lève pour aller chercher d'autres munitions.

Taj prit la fille sous son bras et tous les quatre la virent rougir. Elle avait de jolis yeux coquins. Ils avancèrent au rythme de la musique.

— Ne me dis pas qu'il va se la taper...

— Tu sais, parfois les grosses, glissa Fauvero en aparté, ce sont les plus affamées...

Timeo prit appui sur un coude et pencha la tête vers Fauvero qui avait sorti sa plus belle chemise hawaïenne. Rouge. Ne manquait plus que les *vinis* pour poser leurs pattes sur les étamines des hibiscus. Taj l'avait averti qu'avec ce style de chemise, les oiseaux allaient lui chier dessus.

Le surfeur tira sa chaise pour s'y rasseoir, tandis que la

fille continuait sa marche jusqu'à Timeo qu'elle embrassa par surprise, presque sur la bouche.

Timeo sursauta.

— Fils de pute d'enfoiré ! Tu lui as donné combien pour venir me baver dessus ?

Taj le fixa, tranquille, puis étendit ses jambes sur la table jusque sous le menton de Timeo. Elles venaient de faire tomber les cadavres de bouteilles.

Alors il dit :

— Dix mille.

— Quoi ?! s'emporta Timeo.

Il était furieux.

— Ne me dis pas que tu lui as filé 10 000 balles pour tes paris à la con, enfoiré ?

— Monsieur Enfoiré, corrigea Taj, sourire aux lèvres.

Timeo essaya de virer les pieds de l'Hawaïen mais il tint bon et lui laissa ses tongs sous le nez, considérant que c'était le paysage qu'il méritait.

Les lézards en perles avaient l'air de bien s'amuser.

Il prit le temps de préciser :

— Un, je n'avais pas envie de marchander. Deux, ce prix, ce n'est pas ce que vaut mon pari... Mais ce que vaut le plaisir de me payer littéralement ta grosse gueule.

Timeo, qui était un sanguin, n'apprécia pas. Il jaillit d'un bond sur ses pieds. Il ne fallait pas le chercher, au risque d'être sûr de le trouver. Et il comptait au moins préserver sa réputation.

Fauvero leva une main dans sa direction.

— Ça va, ça va... Couché, le chien, couché.

Ce genre de remarque, seul Fauvero pouvait se le permettre. Mais elle remit les compteurs à zéro.

Taj retira ses jambes et garda un sourire ironique. Il s'alluma une cigarette avec une boîte d'allumettes qui traînait et catapulta l'allumette noircie vers Timeo.

Il renversa la tête en arrière et regarda le ciel. Les étoiles se marraient. Il était sûr que les étoiles se marraient aussi.

Putain d'existence... Il avait été à deux doigts de se flinguer d'ennui en débarquant dans ce bal pourri. Il en avait marre de bouffer des plats chinois. De toute façon, il n'avait pas faim. Avec l'*ice*, il pouvait ne rien manger durant trois jours. Il lui fallait de l'action. Et dire qu'il n'avait même pas surfé ! Mais qu'est-ce qu'il foutait de ses journées ? Franchement, il déconnait et tout allait mal se terminer. Il secoua la tête et trépigna. Ce geste agaça Fauvero, il s'en aperçut et tenta de se maîtriser. Tenta. Avec l'*ice* dans le cerveau, il était prêt à courir cinquante bornes. Jusqu'à Punaauia même, il l'avait déjà fait. Mais pas à se punaiser sur une chaise ! Superman, il était Superman. Sauf que si on attache Superman à un tabouret, eh bien, Superman, il finit vite taré. Même Superman sanglé sur une chaise, il se flinguerait. Voilà pourquoi la jeune génération pétait les plombs. On lui fourrait l'*ice* dans une pipe, voire une ampoule, et elle restait chez elle, branchée sur du 360 V avec une PlayStation dans les mains. L'*ice* était faite pour bouger. Pour ramer plus vite, pour prendre dix vagues au lieu de cinq. Pour se dépasser. Pour passer trois nuits sans dormir à bringuer. Pour progresser.

Taj tira sur sa cigarette. De l'autre main, il tapotait sur la table où les insectes partaient à l'assaut des cercles laissés par les verres. Son esprit se focalisa sur leur procession frénétique. Tout se brouilla et les insectes lui coururent sous la peau. Il les voyait, mieux que n'importe quel scanner. Ils profitaient de chaque vaisseau pour progresser. C'étaient eux qui assuraient les connexions entre ses neurones, ces petits malins d'insectes hyper rusés qui le grattaient, voilà pourquoi il réfléchissait à dix mille à l'heure et saisissait tout ce qui se passait dans ce foutu bourbier où les gens faisaient semblant de s'amuser. Tu parles, ils croient se parler mais ils font juste copuler leurs solitudes ! Il le voyait. Ça copulait grave.

Il jeta un œil à Fauvero et ses requins-marteaux. Leurs mâchoires ressemblaient à des dentiers qui caquetaient. Taj aurait pu les saisir et les tirer, et toutes les dents seraient tombées de leur bouche. C'était flippant de voir cette salive gaspillée. Personne ne s'écoutait. Ça aussi, il le voyait. Clairement. Fauvero regardait à côté quand Ue parlait. Une poitrine qui tremblotait à l'horizon et bing, l'esprit de ces abrutis se barrait. Comment on pouvait y arriver ? Bavarder, là, tout le monde y excellait. Des champions ! Mais communiquer, merde, personne ne communiquait ! Il faudrait un jour leur cracher la vérité ! À tous ! Un bon glaviot dans la gueule ! Muets – jamais. Sourds – toujours.

Taj était prêt à imploser. Trop de rage en lui montait. Une lutte contre lui-même, un combat incessant, une lutte contre le monde extérieur aussi. Un désir de tout casser.

Il saisit Fauvero par le bras. En fait, il l'avait agrippé mais il ne réalisait plus la force qu'il avait.

— Trouve-moi une fille, bordel, Fauvero, sinon je vais devenir nerveux.

— O.K., O.K., garçon, on va te trouver ça. Tu veux quoi ? dit le boss en lui tapotant le poignet pour le rassurer.

Il lui parlait comme s'il allait lui refourguer sa dose

et qu'il n'avait qu'à choisir parmi la riche panoplie de l'autodestruction.

Taj ne s'était pas rendu compte non plus du ton de sa voix. Il n'avait pas demandé, il avait supplié.

Timeo l'avait entendu. Le colosse fouilla l'assemblée. Jusqu'à dégoter la perle rare. Son regard s'arrêta net – et il sourit.

— Beau gosse, tu veux que je te montre la vraie perle de Tahiti ?

Dans son champ de vision se tenait une femme très belle. Un peu trop mince mais avec des cheveux qui n'auraient pas fait mentir ce satané imaginaire collectif de la vahiné. Elle était l'archétype. À croire qu'elle avait été fabriquée sur pied. Un beau brin de fille, comme on dit. Grande, avec du chien.

— Je les préfère un poil plus jeunes, avoua Fauvero, mais quand même, elle envoie du gros.

Et le colosse mima les deux collines qui rebondissaient sur sa poitrine.

Taj se cala sur ses coudes et s'attarda sur la fille, en se mordant l'index pour passer sa nervosité.

Sans un mot, il rejeta sa chaise qui tomba net, et se dirigea vers l'apparition. Il tira une dernière fois sur sa cigarette, la jeta et la piétina pour relever les yeux sans tarder.

— Waouh ! dit-il, épaté. La Terre promise, la vraie...

Fauvero fronça les sourcils.

En écho lointain, il dit à ses hommes de main :

— *Que le spectacle commence...*

Les quatre hommes regardèrent Taj s'éloigner.

Ue, fidèle à sa sobriété, se contenta de dire :

— Eh bien... le bonbon rose...

— Ce soir, c'est bal… et fête foraine, ajouta Fauvero. Taj va dégonfler les ballons !

Et ils pouffèrent de rire.

Fauvero n'était pas un pro pour rien. Dans ce métier, boss, ça se méritait. On n'héritait pas de sa qualification. Elle se gagnait par l'intimidation et le respect. Tout en riant, il venait de remarquer un couple de touristes anglais qui avait sorti une impressionnante liasse de billets d'un portefeuille pour payer une serveuse au débardeur qui bâillait. L'homme, d'une soixantaine d'années, peinait à le refermer. Il souriait à la serveuse. Sa femme, une brune vaguement permanentée, lui lança un regard plein de reproches larvés et le type partit aux toilettes.

En moins d'une seconde, Fauvero leva un doigt vers un jeune qui buvait une bière à l'écart. Puis il fit un bref signe de tête vers le touriste qui filait se rafraîchir les idées au-dessus d'une lunette.

Le petit, Tomati, il l'avait recruté pour les basses besognes. Celles qui exigeaient l'anonymat. Le gosse avait quatorze ans et il demandait surtout ses doses d'*ice* pour planer gratos au pays des neiges éternelles. Il venait des quartiers déglingués de Papeete et il aurait tout fait pour les oublier. Son grand frère multipliait les passes sous les viaducs pour ne jamais manquer de *ganja*, et leurs parents avaient prostitué leur fille de treize ans auprès d'un hôtelier pour payer leur hébergement. L'hôtelier avait plus de soixante-dix ans et il trouvait le deal parfait. Parfois, pour se rincer l'œil et se redonner de la vigueur, il la faisait violer et filmait les scènes qu'il se repassait. Encore une famille que Dieu avait dû oublier.

Dans le district, personne ne connaissait Tomati. Fauvero

lui avait filé quelques billets froissés pour la soirée. Et des sachets de perles pour agiter les cristaux magiques sous son nez. Le garçon était très reconnaissant à Fauvero de l'arracher à sa famille. Pour lui, il aurait tout fait. Même tuer.

Alors, aller tabasser le touriste qui ne parlait même pas sa langue dans les toilettes pour lui piquer ses billets, cela ne lui demanda que trois minutes.

Le type revint vers sa femme, terrorisé, saignant du nez. Il avait l'impression que sa tête allait exploser tant elle tambourinait. Elle eut l'air encore plus énervée contre lui qu'avec la serveuse tout à l'heure. Elle commença par lui demander comment il avait pu laisser un gamin partir avec son portefeuille. Il lui expliqua que le gamin avait un foulard sur la moitié du visage et qu'il avait d'abord cru qu'il était bon pour une crise cardiaque. Avant même de recevoir le coup qui l'avait collé à terre.

Au comble de la fureur, sa femme hurla qu'il fallait appeler les flics. Qu'ils ne pouvaient pas partir en croisière pour les Marquises avec l'*Aranui* sans argent ni carte bleue. Le type tenta de la calmer et de lui expliquer qu'il avait mal, qu'il aurait besoin d'un comprimé. Son voisin de table, un Tahitien, vérifia ses poches et en extirpa un. Deux autres les accompagnèrent pour leur expliquer où trouver les gendarmes.

Tomati, lui, avait filé depuis longtemps.

Et Fauvero et ses hommes continuaient de boire parce qu'une fête n'en est pas une sans se murger.

Ils se lancèrent dans des pronostics acharnés pour deviner combien le gosse avait pu leur soutirer.

30

Quand Taj arriva avec la fille aux toilettes, il ne pensait qu'au moment où il allait déboutonner sa braguette. À cette libération qui promettait la sève, un déferlement écumeux où, l'espace de quelques secondes, il serait heureux.

Heureux de ce corps qui exultait, qui jaillissait enfin à la face du monde dans la ferme conviction d'être vivant, bien vivant.

Mais ils virent un jeune en sortir comme une fusée, visage couvert, puis, à travers la porte entrouverte, un vieux qui peinait à se relever.

Loin d'être touché, Taj faillit brusquer le type pour qu'il aille saigner plus loin.

Il avait besoin de niquer. Besoin.

Ce devait être écrit en capitales sur son front car le touriste, complètement désorienté, comprit qu'il ne devait pas rester dans ce coin maudit à jamais.

Taj bouscula la fille dans les toilettes et s'empressa de baisser le loquet.

Il n'avait pas envie de savoir comment elle s'appelait, pas envie qu'elle parle. Juste qu'elle le laisse prendre ce qu'il désirait. Son pied.

Il avait assez entendu de niaiseries à cette soirée pour que rien ne vienne contrarier son plaisir, ce terrible dictateur en lui qui prenait la main sur son cerveau, là, présentement, et le pressait d'agir, là, maintenant. Vite. Plus vite. Encore plus vite.

Elle s'accroupit sur la lunette fêlée et lui présenta son cul, jambes serrées.

Waouh, elle avait un tanga en dentelle rouge. Il adorait.

Il le lui arracha et le jeta à terre. Elle roula sa robe rose jusqu'au ventre. Il lui laissa son soutien-gorge où pigeonnaient ses seins bien pleins.

La lumière fonctionnait mal. Elle tremblotait et les images lui parurent irréelles, comme sous un stroboscope.

Il cracha sur ce dos superbement cambré pour la pénétrer. Puis il lui fourra ses doigts dans la bouche jusqu'à lui provoquer des hoquets et il buta, buta, buta et buta contre ce cul étroit et ces longues jambes qui l'excitaient. Elle les joignait fort, c'était parfait.

Si intensément bon qu'il faillit lui mordre le dos, et la griffer.

Il écarta ses longs cheveux noirs pour mieux profiter de sa nudité.

Salope. Traînée. À s'offrir à la première queue qui passait.

Elle en revoulait, elle en redemandait ? Avec lui, elle aurait sa dose.

Et il la perfora, sûr de sa puissance qui exorcisait ses

démons, sûr de ce sexe tendu qui radiait son sentiment d'infériorité, la peur de ne jamais être assez admiré.

Son gland fourmilla et tout fut plus noir que la nuit dans son esprit. Un big bang se préparait. Le mystère de la création, proche de sa résolution.

Des vagues et des vagues, une houle de haute précision. La série arrivait.

Sa bouche se crispa, et il éjacula.

La fille, elle, s'était concentrée sur le robinet qui gouttait.

Pour ne pas hurler, pour ne pas pleurer.

Taj se reboutonna et sortit sans se retourner. Ni réaliser qu'il éteignait la lumière.

Voilà, il avait ce qu'il voulait.

Putain d'enfant gâté.

31

Taj se rassit à table comme si de rien n'était.

Il cracha dans ses mains pour les laver.

Il avait rapporté deux bières. Une pour son bon côté, une pour son mauvais. À l'image d'Ue qui l'épiait du coin de l'œil – le versant tatoué.

Comme il avait relâché la pression, il demanda à Fauvero s'il en voulait.

Le boss lui fit rapidement non de la main. Tout allait bien. Il était passé au vin. Surtout, il ne voulait pas interrompre leur débat enfiévré autour des bienfaits des plantes naturelles.

Timeo était déchaîné, il parlait avec de grands gestes en tapant sur la table. Autour d'eux, l'assistance s'était clairsemée. La plupart étaient partis avec le reste des plats chinois à remporter à la maison. Ils finissaient en petit comité. À quelques tables d'eux, Ue avait remarqué les futurs frères ennemis, Ropati et Tepano. Fauvero demanda à Timeo de baisser d'un ton.

— On est juste en avance, dit Ue, dans quelques années, le cannabis sera légalisé et les truands d'aujourd'hui seront les bons pères de famille de demain. Pas vrai, Fauvero ?

— Qui parle de mauvais père ?

— On est des bienfaiteurs de l'humanité, approuva Ue.

Et ils rirent comme des baleines.

Taj déplaça sa chaise un peu plus vers eux pour entendre ce qui se racontait.

— Le mec qui fume, continua Timeo de sa grosse voix, n'a rien d'un toxico, c'est juste la nature.

Tini opina de la tête, convaincu jusqu'à l'os.

— Tini, tu fais oui, oui, mais tu dois connaître la Bible... Car tout a un rapport. Tout. Le volcan à Hawaï, tu vois, c'est la terre qui est fâchée. Parce que l'homme n'a pas respecté la terre... C'est comme ça que ça marche.

Tini fit tourner son verre entre ses mains. Cette religion lui allait bien car dans la Bible, ils buvaient aussi du vin.

Timeo n'allait pas s'en tenir là. Il continua :

— Du coup, la *ganja*, appelle-la comme tu veux, *weed* ou *pakalolo*, hein ? c'est naturel, ça pousse, ça sort de la terre, donc tout ça, c'est Dieu qui l'a inventé. Il a inventé la terre car il faut bien un sens à la vie, un début, sinon, Tini, tu vas pas y arriver. Donc tout ce qui pousse sur la terre, c'est Dieu qui l'a créé. Par contre... L'homme a péché. Adam et Ève...

— Ouais, Adam et Ève, voilà.

— Écoute. Dieu a dit, maintenant, vous allez crever, vous allez tous mourir sur cette terre. Et c'est ce qui se passe.

Regarde le monde comment il tourne. La guerre, le mensonge... Car on revient à Adam et Ève !

— Voilà.

— L'homme n'a rien respecté. Maintenant, l'*ice*, c'est l'homme qui l'a créée, donc l'*ice*, c'est mauvais...

Fauvero l'interrompit.

— Arrête de dire des conneries d'adventiste, Timeo. Tes muscles pensent mieux que ta tête.

Il secouait énergiquement la sienne. Timeo dérapait. Il se laissait trop influencer.

— Y a plus qu'à espérer qu'en construisant une église toute neuve, ils aient révisé leurs pensées, ajouta Fauvero. Et Tini, je t'interdis de répéter des insanités. Si ce qui est artificiel est mauvais, alors crevez de chaud dans vos bagnoles sans clim ! Bande de perroquets écervelés !

— En parlant de bagnoles, tenta Timeo, j'ai cassé toutes mes bagnoles à cause de l'*ice*. Mais j'ai jamais rien eu. J'ai eu de la chance, je reconnais. À la septième, j'ai réfléchi. Je me suis dit que c'étaient les mélanges qui rendaient complètement zinzin.

— Cochon, tu veux me dire que t'as juste arrêté l'*ice* pour tes bagnoles, pas pour ton Dieu ?

— Voilà, scanda Tini.

— Bien, petit, ça rentre, dit Fauvero en lui tapant dans le dos.

— Bon, et notre Taj, qu'est-ce qu'il en pense ? Est-ce qu'il a vu Dieu au fond des chiottes ?

— Au bout de ma queue, c'est toujours une révélation.

— Oh ! là ! là ! tout de suite les grandes paroles ! rétorqua Timeo.

Il échangea un bref regard avec Tini et Fauvero, et ne put réprimer un sourire vicieux.

— Eh bien, poursuivit-il, puisque t'aimes ça, je vais t'en faire une, de révélation ! Et une sacrée...

Taj se recula sur sa chaise et fit craquer ses doigts. Le ton ne lui plaisait pas.

Autour d'eux, il n'y avait quasiment plus personne.

— Vas-y, dit Taj.

Fauvero s'approcha à quelques centimètres de lui.

— Moi, même les plus belles femmes, je ne les aime pas quand elles chaussent du 44.

Taj réfléchit une seconde. Qu'est-ce qu'il avait loupé ?

Les quatre hommes le regardaient d'un air grave. Comme s'il avait fauté.

Il avait juste tiré un coup. Tous ici s'en seraient vantés...

Des images prirent corps. Puis des intuitions.

Quelque chose ne cadrait pas... Quelque chose ne...

La lumière stroboscopique... Des fragments... Un détail refoulé...

Un détail qui surgissait.

C'est ça... les pieds... Et la pomme d'Adam.

— PUTAIN !!!!!!!

La vague de rage qui s'empara de lui, Taj lui-même en fut surpris.

Il renversa la table et courut comme un dératé.

À la recherche de cet homme qu'il venait de se taper.

Il allait l'exploser.

32

Reva marchait sur le bas-côté et elle ne l'avait jamais trouvé si bien nommé. Elle ne touchait plus le fond, elle disparaissait dans des abîmes, elle s'y engloutissait à s'y noyer. Ne plus remonter. Disparaître. Sombrer.

En fait, elle ne marchait pas, elle dérivait. Elle qui ne buvait jamais, elle était ivre.

Ivre de tristesse, ivre de détresse.

Pourquoi n'existait-il pas de feux de détresse dans le dos des êtres humains ?

Elle aurait voulu clignoter dans cette nuit épaisse et crasseuse, jusqu'à ce qu'une voiture s'arrête pour la sauver d'elle-même.

On adoptait bien les chiens.

La déchéance, elle l'avait voulue. La punition, elle l'avait cherchée.

Et maintenant, elle pleurait.

Tu me pardonnes, Maman, désormais ? Tu me pardonnes ?

Dis-le-moi, Maman, s'il te plaît, parle-moi…

Qu'y puis-je si j'étouffe dans ma peau de garçon ? Ça me donne de l'asthme, tu le sais.

Elle ne pouvait s'arrêter de pleurer. Elle foulait l'herbe humide, et elle pleurait. Elle avançait, et elle pleurait. La douleur venait de si loin. Oh non ! ce n'était pas celle qui déchirait ses chairs et criblait ses reins, mais celle, bien plus profonde, de se sentir abandonnée des dieux, abandonnée des êtres humains, abandonnée de Rumahere, et de marcher, marcher sans fin, dans un monde qui ne l'avait jamais acceptée.

Plus de démarche chaloupée, plus de hanches qui roulent. Exit, le jeu morbide de la séduction. Elle errait, portant ses escarpins d'un côté, son tanga déchiré de l'autre comme on porte un sac à main. Sur ses doigts, dans l'entrelacs de dentelle rouge, elle sentait cette laitance affreuse qui poissait. C'était l'odeur du monstre qui la rattrapait.

Elle eut envie d'arracher sa robe rose et de la rejeter bien loin, dans les *'ōpuhi* et les bananiers. Cette robe décolletée, elle la haïssait.

Elle était honteuse de ce corps qui n'attirait que des pillards.

On dit des humains mais ce sont des bêtes.

Et encore, elle ne s'était jamais fait violer par une bête.

Reva en voulait à sa race de commencer par mépriser au lieu d'aimer.

Elle s'arrêta et saisit violemment sa tête dans ses mains comme pour la dévisser.

L'une de ses boucles d'oreille tomba. Elle la ramassa, eut un sourire triste et l'envoya valdinguer. Comme son tanga, comme ses souliers. Dans le lagon, maudits objets !

Les monstres. Des pilleurs de tombes.

Des doigts qui pénètrent, sans demander.

Je suis un cadavre. Je suis morte-vivante.

Mon Dieu, sauvez-moi de moi !

Elle se concentra sur chaque pas. Un pas, deux pas, trois pas… Tu vas t'en sortir, Reva. Tu t'en es toujours sortie. Tu as toujours fait sans eux.

Pour se consoler, elle se dit qu'elle avait réussi à ne pas regarder l'immonde chose sale qui pendait entre ses jambes. La sienne, elle se la serait bien coupée.

Elle s'écroula dans l'herbe et chassa toute mémoire immédiate de son esprit. Souviens-toi, Reva, il suffit de se dire que rien n'a existé. Et de se le répéter.

Rien n'a existé. Rien n'a existé. Rien n'a existé.

Les mains, les crachats, la salive qui se fraye un chemin au plus intime d'elle, les butées, l'odeur du mâle en rut, non, rien n'a existé.

Fais un effort.

Fais un trou en toi. Creuse, chérie, creuse. Enterre-toi.

Réfugie-toi dans le concret. Le plus banal. Vas-y, Reva.

Les petits chiens de son enfance. Finette, Sirius, Miska.

Oh ! oui ! Surtout Miska ! Venez à moi !

Ma main. Ma main dans leur pelage tout bouclé, tout doux.

C'est bon, c'est rassurant. Sens cette main, Reva, focalise-toi.

La préparation des crêpes. Mettre du beurre dans la pâte pour ne plus avoir à graisser la poêle. Mettre du beurre dans la pâte pour ne plus avoir à graisser la poêle. Mettre du beurre dans la pâte pour ne plus avoir à graisser la poêle…

Du beurre… La poêle…

Les poils, l'horreur.

Elle se raidit de peur et faillit trébucher sur un chien noir affalé comme une serpillière. Il dormait près d'une flaque. Reva tituba, puis vacilla. Oh ! il était bon de ne plus résister, de se laisser aller.

Chute, ma fille, chute, tu ne tomberas pas plus bas.

Reva s'affala et fit la morte sur le dos.

Elle se macula de boue, souilla sa robe, son visage, ses bras. Son esprit s'évada puis tout revint, un retour de fouet encore plus cinglant. Comme détachés d'elle, ses doigts s'agitèrent et tracèrent dans l'air l'insondable, sous cette voûte sans étoiles :

« J'AI MAL. »

Cette déclaration était l'iceberg. Reva coula en elle-même et traversa des paysages qu'elle n'aurait jamais voulu visiter. Peu à peu, elle comprenait. Une évidence remontait à la surface, un fait qu'elle ne se pardonnerait jamais. Un fait plus monstrueux encore que ce stupide sacrifice qui, comme cette route et sa vie entière, aboutissait à l'impasse. Le voir surgir, depuis ses propres tréfonds, la mina.

Tout un pan d'elle se fissura.

Le miroir était dans sa tête. Elle se regardait. Plus nette que dans n'importe quel reflet.

Dis-le, Reva. Avoue.

Le visage ravagé par les larmes et le mascara, furieuse contre elle-même, elle s'effondra.

Au plus près de cette terre qui ne voulait pas d'elle.

Oui.

Elle avait aimé.

Aimé se nier.

33

Une erreur. C'était une erreur.

Une regrettable méprise née d'un infâme quiproquo. D'un piège crapuleux. Il en avait envie de gerber.

Taj était prêt à passer à la pelleteuse la moindre parcelle de ce district pour trouver ce tas de fumier siliconé. Il allait l'émasculer, le démembrer, l'écarteler.

Il avait couru direct aux toilettes puis fait dix fois le tour de la salle omnisports.

En repassant près des quatre cafards, il avait entendu Timeo se marrer.

La phrase le hantait.

« Mais c'est qu'à notre champion, il lui faut de la pointure... »

Lui aussi, il allait lui faire payer. Pour qui il se prenait ?

Sa virilité avait été touchée. Autant dire sa colonne vertébrale. Il ne se laisserait pas déshonorer.

Un vent se levait mais rien ne pouvait égaler la tempête que Taj couvait.

L'homme, enfin, ce qu'il fallait appeler *la créature* puisque rien ne le définissait, il allait le leur ramener tiré par les cheveux avec un escarpin cloué au milieu du front. Comme les chouettes crucifiées aux portes.

On n'avait pas le droit de le tromper sur la marchandise. En affaires – comme dans la vie.

Taj envoya un grand coup de pied dans une chaise. Elle s'écrasa en un bruit terrible. Même la serveuse n'osa pas venir lui demander de se calmer. Pourtant, des bagarres, elle en voyait. Taj avait les jambes qui tremblaient et la dureté déformait son visage.

Le coup de la traîtrise, il ne le digérait pas. Même Fauvero, ce bonze de la brousse, devenait fou en matière de traîtrise.

Taj jeta des regards circulaires autour de lui. Où se planquait cet enfoiré ?

Il suffisait de lui mettre la main dessus pour qu'il regrette d'être né...

Mais l'homme se cachait.

Il repassa vers la table où Fauvero et son escadron buvaient. Un certain Timothée les avait rejoints. Un géant avec des mains comme des battoirs. Ils parlaient désormais de la vague et Taj traversa des flots de paroles.

— Cent huit ! Tiens, regarde ma tête ! J'en ai eu cent huit, des points de suture ! La vague m'a scalpé. Elle m'a râpé contre le *reef* comme une noix de coco. La peau de la tête, derrière, elle était toute décollée... Je t'assure que tu pouvais en faire un bonnet de bain.

Tous étaient suspendus à ses paroles – même s'ils connaissaient son récit par cœur.

Taj entendit qu'il avait été l'un des premiers à surfer la vague.

En temps normal, Taj aurait passé des heures à l'écouter.

En temps normal.

Mais plus rien n'était normal.

Sa tête devint brumeuse et il sentit que si sa colère ne trouvait pas tout de suite un objet, il allait mettre à feu et à sang ce village et tous ses habitants. Il vit un seau en plastique bleu, ramassa toutes les bouteilles de bière en verre qu'il put dégoter, et se rua plus loin, vers un mur qu'il avait repéré.

Le lieu était faiblement éclairé et des tags surnageaient dans la pénombre, rescapés d'autres formes d'expression, d'autres frustrations.

Parfait pour les tirs de missiles.

Taj s'empara des bouteilles, une à une, et les projeta violemment contre le mur en proférant des insanités.

Elles explosèrent en un bruit d'enfer et ce fut comme des milliers de fléchettes de verre qui lacérèrent l'espace. Il ressemblait à un athlète de la Grèce antique qui envoyait avec une puissance phénoménale des disques de pierre. À la différence près qu'il n'y avait personne pour admirer sa vaillance ni pour saluer sa performance. Son unique public était une meute de chiens galeux qui aboyèrent après chaque envoi. Les muscles de son corps se bandèrent dans l'effort et Taj se métamorphosa en machine à détruire.

Il n'entendit même pas une femme qui criait d'une maison voisine que ça suffisait, qu'elle allait appeler les *mutoi* s'il continuait.

De toute façon, il continua. Jusqu'à considérer le seau vide, et à l'envoyer balader.

Alors, il se calma un peu, s'assit par terre, et réfléchit.

Cette salope devait être rentrée chez elle. Elle ne pouvait pas avoir une vie sociale développée dans un district où tout le monde se connaissait et se montrait du doigt. On n'était pas à Papeete où les *raerae* avaient leur quartier. Taj avait entendu parler d'hommes-femmes qu'on avait retrouvés pendus parce que leur famille les rejetait.

Donc, il fallait viser la route. Avec un peu de chance, la créature n'avait pas de voiture. Sa vie se résumait sûrement à un périmètre limité. Un travesti solitaire ne peut se permettre de se pavaner. Les *mahu* étaient plus passe-partout car moins voyants, plus discrets, et parce que leur sexualité passait à l'arrière-plan. Encore haletant après l'épisode des bouteilles, il focalisa tous ses neurones sur sa proie. Il l'imagina rentrer chez elle, et se cloîtrer.

Il y avait toutes les chances qu'*il-elle* soit reparti à vélo ou à pied. Peut-être même en stop.

Il revint à la salle omnisports et son parking, puis se dirigea vers la route.

Soudain, il s'arrêta et rebroussa chemin.

Avant, il avait une petite affaire à régler.

L'air était encore chargé de l'odeur du *chao men* chinois où nouilles, crevettes et légumes se mêlaient et du *chop suey* au porc. Taj eut l'impression de crawler dans des relents de graisse qui le dégoûtèrent. Avec la drogue, même les odeurs lui parurent des ennemies. Il s'avança vers la table de Fauvero, et essaya de se dominer. Personne ne se méfia de lui. Le tigre s'était sûrement administré de quoi tout relativiser. À cet instant, la chimie devait sagement opérer.

Les têtes se tournèrent vers lui, verres levés.

Taj redressa le buste et se campa à un mètre cinquante de Timeo.

— Timeo, tu savais... ?

— Écoute, Taj, on a le droit de blaguer... Et dans ce domaine, tu n'es pas le dernier.

Un mètre. Il répéta sa question en élevant la voix.

— *E paratoi!* Regarde-moi droit dans les yeux quand je te parle : est-ce que tu savais ?

Timeo commit l'erreur de tout menteur, il évita d'abord le regard de Taj, fixa une demi-seconde le sol avant de déclarer :

— Non, non... je ne savais...

Le « pas », il n'eut pas le temps de le prononcer.

Taj prit ses appuis et lui décocha un crochet redoutable. Il n'avait pas des noyaux de cerises à la place des poings et la force qu'il mit à terrasser d'un coup Timeo forçait le respect. S'attaquer à une telle muraille, il fallait être sûr de son coup.

Fauvero apprécia le spectacle et hocha la tête en silence.

Les bêtes sauvages doivent se parler en bêtes sauvages.

De cet arc parfait s'éleva une beauté terrible, primitive.

Le coup avait donné forme à l'informe. À un magma bouillonnant qui rugissait en Taj le Volcan.

Timeo tomba de sa chaise à la renverse. Il mit de longues secondes à se relever en essuyant le sang de sa bouche avec une serviette en papier maculée de gras, traînant à ses côtés.

Un silence de mort.

— Ça fait deux déchets à terre, dit Taj en l'observant la ramasser.

Le colosse se releva péniblement. Il avait visiblement trop forcé sur l'alcool.

L'*ice* bardait Taj d'un sentiment d'invulnérabilité. Son

cœur bondissait dans sa poitrine et la violence n'avait pas encore eu sa dose. Il attendit son adversaire, garde relevée.

— Viens, pourriture, reviens manger dans ma main, dit Taj entre ses dents.

Fauvero aurait pu mettre immédiatement le holà. Sincèrement, il hésita. Mais face à lui s'affrontaient deux beaux coqs, et il voulait connaître le résultat ; le travers d'avoir envoyé trop de gallinacés au combat. Ce bal finissait en gallodrome des virilités, et au fond, c'était un peu toujours ce qu'il attendait.

Le boss réagit donc en coqueleur et évalua les chances des combattants. Timeo était le coq *pamplemousse*, grand et imposant, et Taj le *matatina*, plus nerveux avec un sacré jeu de jambes. Dans sa tête, les paris étaient lancés. Il regretta juste de n'avoir pas posé une liasse de billets sur la table. Rafler les mises lui aurait rapporté au moins 60 000 francs Pacifique, non ?

Le fidèle Ue guettait Fauvero du coin de l'œil, prêt à obtempérer, en bon chien de garde qu'il était. Tini se faisait tout petit car il savait qu'entre les deux, son allonge ne ferait pas le poids.

Le *pamplemousse* opta pour la stratégie du contournement et dessina un cercle autour de son adversaire.

Taj le regardait venir, garde de bras en croix, sans le lâcher des yeux.

Les deux se jaugeaient.

Timeo était un beau bébé mais Taj était un surfeur-guerrier.

Plus loin, les futurs frères ennemis, Ropati et Tepano, gardaient les yeux rivés sur la scène. Eux aussi, ils étaient fans des affrontements, surtout ceux du bout de la route, quand les favoris étaient avinés – leur ring préféré. *La*

Vague mythique en avait vu, des rois déchus. Quand le pot aux roses serait découvert lors de l'anniversaire, c'est eux qui se jetteraient l'un sur l'autre et s'entretueraient, s'ils ne réglaient pas l'affaire au coupe-coupe.

La tension monta d'un cran.

Timeo avait repris ses esprits. Il fit craquer ses cervicales pour tout remettre en place, puis renversa du pied les chaises autour de lui pour définir l'arène du combat. Il gratta la terre comme un taureau et toisa Taj de son sourire pervers.

Les serveuses étaient parties et une faible lumière jaunissait les corps.

— Toi, c'en est fini de ta vie bien rangée, dit Taj en retirant sa chemise blanche, bien repassée.

Elle glissa au sol et ce fut le coup d'envoi. Il était prêt à repartir au combat.

Timeo se débarrassa de son débardeur imprimé de jolis colibris sur fond orangé, révélant sa bedaine entretenue à grand renfort de bières.

— T'as fini de danser, sumo ? lança Taj. Ramène ta graisse, gros.

Timeo, rendu fou par la provocation, se jeta sur Taj. Ce minet qui se la pétait, il allait le rendre à la poussière.

Fauvero tourna sa chaise à l'envers et s'appuya contre le haut du dossier. Il ne voulait pas en rater une miette. Tini vint se caler contre Ue et lui parla à l'oreille.

— Tu paries sur qui, toi ?

— Je parie que je ne parie rien et donc qu'à tous les coups, je ne perds rien.

Implacable.

Tini chopa une cigarette et, par dépit, s'occupa à fumer. Il boudait. Ue le snobait toujours.

Taj subit un temps la masse de Timeo et eut du mal à le repousser. Il compta sur tout l'alcool qui imbibait ce gros sac pour le déstabiliser en le mitraillant de coups de coude et de pied.

Enfin, il arriva à se dégager.

— Olé ! apprécia Fauvero.

Le *matatina* était nerveux et rapide, le *pamplemousse* lourd et fier, plus porté au corps-à-corps.

L'Hawaïen sautilla puis ses pieds chassèrent sur le côté, laissant Timeo déconcerté. Il n'arrivait pas à prévoir le déplacement de ce crâneur de surfeur. Taj fondit sur lui avec une détermination redoutable et lui décocha une droite sèche et claquante. Dos et poitrines commencèrent à briller.

— C'est sauna gratuit pour Timeo, ricana Tini.

— Tes muscles, c'est du beurre, se moqua Taj.

Timeo riposta d'un lourd crochet suivi d'une lâche tentative de l'étrangler, mais Taj encaissa le coup puis s'esquiva.

— S'il n'avait pas bu..., déplora Tini au constat des misérables attaques de Timeo.

Taj toisa son adversaire et se permit même une nouvelle provocation :

— T'as nourri tes muscles au Nutella pour doper tes noisettes, mon coco ?

— Il va le chauffer... il va le chauffer, je vous dis pas..., dit en sourdine Fauvero en agitant une main devant sa bouche.

Timeo fulmina et s'élança sur le provocateur. Il rata sa cible et faillit s'écrouler sur un amas de chaises. Il se retrouva dos à Taj.

— T'as le cul à la place du ventre ? Allez. Viens là. Bats-toi.

Mais Timeo se retourna plus vite que prévu et avança sur Taj en montant en puissance. Il réussit à lui administrer une correction grâce à un dur crochet gauche.

Parfaitement inattendu.

La joue de Taj se mit à saigner.

— Cochon, fulmina Timeo entre deux inspirations rapides.

Et il lui cracha dessus.

— C'est pire que Raiatea contre Tahiti, ça se corse, lâcha Fauvero, ferré par la nouvelle donne.

Taj encaissa et essuya d'un revers de main la sueur mêlée de sang qui lui piquait les yeux. Le crachat l'avait manqué de peu. Timeo dégoulinait. Il profita de la déstabilisation de son adversaire pour réunir toutes ses forces dans un assaut massif. Les veines de son cou de taureau semblaient prêtes à exploser. Son poing s'abattit sur la tête de Taj qui vacilla.

— Tu vas le bouffer jusqu'à l'os, le Nutella, vociféra le titan.

Fauvero commença à douter de ses pronostics et ne fut pas mécontent de son recrutement. Timeo était un dur.

Ce dernier tenta de profiter de l'avantage de son parpaing mais Taj sentit la mince faille dans laquelle il pouvait s'engouffrer. Ne jamais regarder par terre quand on ment. Erreur numéro un. Ne pas se laisser aveugler par la confiance en soi. Erreur numéro deux.

Taj se redressa comme un cobra et resta plié à mi-hauteur, pile sous le menton de la brute. Timeo avait juste omis qu'un sportif de la trempe de Taj était un bourreau d'entraînement. Encaisser, il savait. Bouffer, c'était son métier. Réagir, son salut. Il lui colla une courte gauche au foie. Timeo s'écroula.

Taj compta jusqu'à dix et se redressa.

— C'est de la pointure, ça... ?

Timeo ne répondit pas. Il était livide.

L'Hawaïen regagna la table où Fauvero et ses sbires mesuraient l'importance de ce qui s'était passé. Fauvero se demandait si l'épisode aurait à long terme des conséquences sur leur business, et, à court terme, comment il allait cloisonner les deux enragés pour qu'il n'ait pas deux cadavres à gérer cette nuit. Il était impensable qu'ils dorment dans la même maison. Il réalisa combien il ne fallait pas chatouiller Taj sur sa virilité. Ue et Tini, eux, retenaient la leçon. Avant de taquiner Taj, ils considéreraient deux fois la question.

Taj tapa sur la table et fit sursauter Tini.

— Et un pochon de glace, un.

Il revint alors vers son adversaire à terre et lui susurra à l'oreille :

— *Sans maîtrise, la puissance n'est rien*. Je crois que c'est le combat de la retraite pour toi. Dodo.

34

Reva n'arrivait plus à bouger. Elle restait sur le dos, muette, à écouter frissonner les arbres. Anesthésier ses pensées calmait ses douleurs et ses angoisses. Elle pressa l'un de ses seins entre ses mains pour s'apaiser. Elle aurait voulu qu'il en sorte du lait. Ensuite, elle ferma les yeux, oh non, pas juste les paupières, mais un rideau baissé de l'intérieur, et elle s'imagina dans une forêt. Elle attrapait des lianes de *pūrau* qui devenaient élastiques et lorsqu'elle touchait le fond, elle rebondissait.

Puis elle cessa entièrement de résister, décrispa ses poings et se laissa couler au fond d'un abysse. Cette sensation, au début, lui rappela des souvenirs atroces, enfouis par survie. Enfin ce fut délicieux, et elle vit rayonner la salvation. Rumahere descendait d'une ligne lumineuse et s'avançait. Elle se pencha doucement vers elle et lui parla :

— Ma fille, tu dois apprendre à nager.

— Oui, Maman, murmura péniblement Reva. Mais tu

sais, avant, avec les prothèses, ce n'était pas possible. Ça remontait à la surface.

Elle s'accrocha pour passer le mur de la douleur et continuer. Comme elle l'avait toujours fait. Parler à Rumahere lui procurait un bien inespéré.

— Maintenant, je fais du 95 C, Maman. J'ai de plus gros seins que toi...

Et elle sourit, c'était inexact. Elle corrigea :

— Enfin, plus gros que les tiens... (Elle s'agita.) Maman, je ne veux pas rentrer... Je ne peux pas supporter l'idée que demain, le jour va se lever... Et j'ai jeté mes talons... Si je mets des chaussures plates, je tombe en arrière, tu sais... Je ne peux plus marcher, Maman...

— Relève-toi, ma poupée, et va de l'avant.

— Maman, l'avant me fait peur... Je veux revenir... en arrière.

— Relève-toi.

— J'ai si mal... Je ne veux pas mourir avant d'avoir changé mon prénom... À la mairie, ils ne comprennent pas... Maman, je ne veux plus m'appeler Vitori... Si on écrit ce prénom sur ma tombe, j'aurai l'impression de mourir deux fois...

Elle sentit qu'on lui arrachait une boucle d'oreille et sa montre, et elle se demanda ce que Rumahere pourrait bien en faire, *là-bas*.

Alors, rompue d'émotion, elle s'évanouit.

Non, cette réalité ne l'intéressait définitivement pas.

35

Fauvero n'était pas boss que pour sa tchatche mais aussi pour son sens de l'organisation. Il savait gérer l'ingérable. Voilà pourquoi il était truand.

Il rassembla ses troupes et prit immédiatement la situation en main.

— Tini, tu restes avec le gros sac ici, le temps que je fasse un aller-retour avec Ue et le pick-up.

— Ue, tu viens avec moi.

Sans préciser où. Le lieu le regardait. Il ne voulait pas que Timeo soit au courant. Entre Taj et Timeo, son choix était vite fait. C'est la poule aux œufs d'or qu'il devait préserver. Enfin, son coq de compétition. Timeo était, de son côté, un coriace. Il ne s'inquiétait pas pour lui. Les coups, il s'en remettrait. Et la déculottée, il l'avait reçue sans public, eux mis à part. Mais l'honneur de Taj, il savait désormais qu'il ne pouvait le prendre à la légère.

Il allait le chouchouter, lui concocter une petite remise en forme éclair.

Et étouffer l'affaire, pour que le monde du surf ne se mette pas à jacter. Ce serait très mauvais pour le business. Très, très, très mauvais.

Timeo se tenait à l'écart, sur un tabouret. Ue lui avait trouvé une cannette fraîche de Hinano dans la glacière du véhicule et le bombardier déchu se l'appliquait sur un œil, espérant le faire dégonfler.

Fauvero fit un geste discret à Taj et lui désigna le pick-up.

Action : ils s'arrachaient.

Ue s'assit comme conducteur et Fauvero s'installa à ses côtés.

Dans l'esprit de Fauvero, des dizaines de pensées gravitaient.

Les bons choix. Dans la vie, tout est question de bons choix.

Et de fréquentations.

Le mot « fréquentations » le renvoya immédiatement à Tomati. Où était passé le gosse ? Il lui avait intimé l'ordre de ne plus jamais l'appeler sur son téléphone. Le gosse aurait dû revenir pour déposer le portefeuille sur la table dans une enveloppe sans nom, une fois le tumulte passé.

Mais aucune nouvelle de cette plante rampante.

S'il déconnait, il lui enverrait Ue. En général, une fois suffisait.

Un point le fit tiquer. Il avait filé à Tomati des sachets expérimentaux de l'*ice* que Tao fabriquait pour la tester sur le gamin. Sans son consentement. Il espérait qu'il n'y aurait aucun problème de ce côté. La soirée était déjà bien chargée, il n'allait pas faire baby-sitter. De toute façon, un gosse des tréfonds, qui voudrait se démener pour lui ? Au pire, beaucoup de grandes gueules de la ville à beaux discours diraient *quelle misère* mais penseraient *bon débarras*. Alors, le risque... Tout était relatif.

L'urgence n'était pour le moment pas de récupérer ce cafard. Il avait assez de taupes planquées dans chaque fossé de ce district pour savoir exactement ce qu'il s'y passait, où, quand et comment. Mais chaque chose en son temps.

Ue démarra le moteur et ils roulèrent en silence, laissant derrière eux Tini et Timeo.

Effet de l'*ice*, Taj avait chaud. Tellement qu'il ouvrit la vitre arrière.

— Tu sais que ce pick-up a la clim, garçon ? Tu ne vas pas te mettre aux méthodes naturelles, toi aussi ?

— J'ai chaud, trancha Taj.

Sur son visage, le sang avait coagulé. La peau tirait et sa tête lançait. Il ne se voyait pas nettoyer ses plaies avec sa chemise blanche qu'il avait roulée en boule derrière sa nuque pour caler sa tête.

— Fauv', tu n'aurais pas des mouchoirs ?

— Tu préfères pas une jolie fille pour te lécher les plaies ?

Ce n'est qu'en sortant sa boutade à deux balles qu'il réalisa que ce n'était pas du tout le registre du soir. Il s'en mordit la langue. Elle était trop pressée de déconner, celle-là...

Taj choisit de ne rien montrer et fit semblant de ne pas avoir entendu.

Il tourna la tête vers le bas-côté de la route. Parfois, voir défiler les kilomètres est plus intéressant que de bavarder avec ses semblables.

Ses mains le démangeaient. Comme si sa peau était en feu à cause de processions de millions de fourmis. Il les laissa pendre sur le rebord de la vitre pour que l'air lutte contre le fourmillement. Au bout d'un moment, il s'alluma une cigarette parce qu'on n'avait rien inventé de mieux sur terre pour occuper les mains. À part le sexe.

Bordel ! L'image le terrorisa.

Comment avait-il pu se faire coincer ? Pourtant, les histoires entendues cent fois de militaires et de marins qui n'y avaient vu que du feu auraient dû l'alarmer. Il s'en voulait.

Il s'en voulait de s'être fait berner.

Était-ce tout ? Il soupesa la profondeur de la nuit.

Non, ce n'était pas tout. Il ne se pardonnait pas d'avoir joui.

Il lutta contre cette chienne de mémoire, et se persuada qu'il avait débandé.

J'ai débandé. O.K. ? Je ne l'ai pas pénétré.

Son cerveau suivrait... Il était habitué à court-circuiter la réalité.

— Tu dors ? lui demanda Fauvero qui connaissait la réponse.

Il faillit lui répondre qu'il rêvait, juste pour l'emmerder.

— Stooooop !!!! hurla subitement Taj à Ue.

Il se mit à tambouriner dans l'appuie-tête de Fauvero.

— J'ai dit STOP ! Tout de suite !

— Ça va, ça va... Ue ! Arrête-toi.

Ue ne tergiversa pas. Les ordres de Fauvero ne se discutaient pas. Et l'irritabilité de Taj sous drogues synthétiques, il avait vu ce que cela donnait...

Fauvero, lui, se demanda si Taj n'était pas victime d'hallucinations après tant d'excitation. Que pouvait-il avoir vu ?

Un chien crevé ?

Taj s'adressa à Ue et baissa la voix :

— Tu vas te garer une centaine de mètres plus loin, et je vous rejoins.

Ue croisa le regard de Fauvero qui lui donna le feu vert.

L'Hawaïen avait peut-être mal au ventre.

Fauvero l'observa rapetisser dans le rétroviseur.

— On le laisse tranquille le temps qu'il fasse sa besogne, dit-il d'un ton neutre. Continue, Ue.

— D'accord, patron.

Taj n'y croyait pas. Il y avait un dieu pour les déshonorés. Peut-être un de ceux de la collection de Fauvero. Il exulta puis fut saisi d'un terrible désir de vengeance.

La chose était là. À quelques mètres. Rose.

Recroquevillée dans l'herbe, en position de fœtus.

Les phares avaient tout à l'heure balayé l'apparition. Une fraction de seconde.

La robe, il l'aurait reconnue entre mille.

Il ne se hâta pas. Il prit le temps de mesurer sa chance et d'envisager toutes les possibilités.

La tuer ?

Son cerveau, même sous emprise chimique, sentit que ce n'était pas la bonne idée.

Tous les truands du coin avaient beau appeler la nouvelle prison de Papeari « L'Hôtel », et les prisonniers exemplaires avoir droit à la sortie pirogue, rien ne le priverait de sa liberté.

Il ne prenait pas des drogues pour finir enfermé.

La créature ne bougeait pas.

Elle n'allait pas lui faire l'affront d'être morte !

Il s'approcha mais n'arriva pas, dans la pénombre, à voir si elle respirait.

Son cœur battit plus fort. Il parla au ciel :

— Ne me prive pas de ma vengeance.

Le froissement de l'herbe la fit faiblement bouger.

Taj sourit.

Donc, tu es vivante...

La torturer ? Il se voyait bien lui couper ce qui lui restait de masculinité. Après tout, c'est ce qu'elle voulait. Il ne ferait que hâter le processus.

Il sortit un couteau de sa poche. Un éclair de lune, et la lame brilla.

Elle s'offrait à lui. D'une autre façon qu'au-dessus d'une lunette de toilettes.

Non plus passive. À sa merci.

Taj recula d'un pas. Ce qu'il venait de sentir dans ses doigts ne lui plaisait pas.

Quelque chose en lui voulait la tuer. Il fallait qu'il se raisonne.

Ne dérape pas. Contrôle-toi. N'écoute pas cette méchante voix.

Tu es plus fort que la drogue, plus fort que l'*ice* qui court en toi.

— Putain !!!!!

Il hurla, et elle leva la tête.

— Maîtrise-toi, bordel, maîtrise-toi ! Une fois dans ta vie !

Au son de sa voix, elle reconnut sans doute son bourreau. Il ne fallait pas qu'elle s'enfuie.

Sans l'altercation avec Timeo qui avait déchargé une partie de son agressivité, il l'aurait sans doute déjà tuée.

Alors, comme une volonté en lui interdisait de taillader la chose, il se rua sur elle, la roua de coups de pied, et comme le goût du sang était encore là, il empoigna sa longue chevelure, ce rempart de soie, et de son couteau, la cisailla.

Maintenant, il pouvait retourner au pick-up.

Avec son trophée.

Il souffla fort, et s'éloigna, avec, dans la main, la cascade noire qui tressautait.

Comme les derniers soubresauts d'un pendu.

Taj poussa un long cri de coyote.

Et à son tour, Reva hurla.

Pire qu'une bête à l'abattoir.

Elle posa la main sur ses cheveux, et chercha vainement cette tenture qu'elle aimait tirer sur la réalité pour se cacher.

En elle naquit un sentiment nouveau. Une déferlante prête à tout emporter. Et ce n'était plus du désespoir, c'était un mot si court, et pourtant surpuissant.

La haine.

36

Tomati s'était assis à l'indienne sur le rivage. Le métier rentrait. Il n'avait pas eu de peine à détrousser l'étranger. Ni aucun scrupule. Que ce type ait plus d'argent que lui n'avait aucun sens. Il le devait au hasard : d'être bien né, d'avoir un bon métier. Et le hasard lui avait repris ce qu'il lui avait prêté. Des billets. Le hasard avait aussi fait qu'il croise un gamin moins chanceux. Lui. Il avait été obligé de rééquilibrer la balance.

Là-haut, Dieu devait se marrer, satisfait, et penser *match nul*.

En courant pour s'échapper, Tomati avait failli buter contre un travesti qui cuvait sur le bas-côté de la route. La chance lui souriait. Il lui avait piqué sa montre et une boucle d'oreille en or. La deuxième, il n'avait pu la trouver. Dommage. La montre avait l'air cheap. Il n'en obtiendrait rien. La boucle toute seule ? Tomati fit la moue. Pas gagné. Dans le corsage du mec, il avait trouvé, miracle, encore des billets. Toucher des seins siliconés, il ne l'avait jamais fait. Peloter des seins tout court non plus. Il voulait dire, vraiment. Il avait joué avec des filles qui ne se laissaient pas entièrement faire. Rien à voir avec les films qu'il matait. Les filles qu'il rencontrait, elles ne s'offraient pas. Aussi dures que la vie pour lui : elles se repliaient et tenaient leurs jambes fermées. Pourtant, il aimait bien quand elles couinaient. Mais les filles de son entourage, elles finissaient toujours par râler.

Était-ce à cause de lui ?

Peut-être qu'elles aussi, il fallait les forcer et les voler.

Prendre, c'était plus facile que de recevoir.

Et donner, ses parents ne le lui avaient jamais montré.

Tomati soupira. L'eau lécha ses pieds plats craquelés.

Jamais il n'avait eu autant d'argent entre les mains. Avant de le refiler à Fauvero, il voulait le compter. Et longuement, le tâter. Comme les seins du *raerae*, quelques minutes auparavant.

S'il n'avait pas eu honte, il l'aurait bien violé.

Mais quelque chose l'avait arrêté.

Le dégoût, peut-être.

Ou le jugement.

Il n'était pas très sûr d'avoir la réponse.

À partir de quel âge avait-on la réponse, dans la vie ?

Dans le lagon, la lune se reflétait. Armé d'une pierre, il essaya de la viser.

Raté.

Est-ce que sa vie était ratée, elle aussi ?

Depuis qu'il avait rencontré Fauvero, il pressentait que non. Que la fin du tunnel approchait. Il rêvait d'avoir une moto. Et une fille derrière qui le serrerait entre ses cuisses. Elle serait obligée.

À côté de lui, les billets débordaient dans le portefeuille qu'il avait posé. Il adorait les froisser. Et l'odeur. Le fric sentait les riches. Leur vie de gens riches. 4×4, voyages, petit chien brushé et pépettes, cocktails et belle sape. Drogues. De quoi être respecté de tous.

La règle était claire : tout passait par le fric.

Allait-il garder quelques billets pour lui ?

Les sapes, il s'en foutait. Mais il achèterait bien une grosse montre pour crâner comme dans les films. Ou pour faire comme ce surfeur hawaïen avec sa Tag Heuer. Comment il s'appelait ? Tomati avait fumé beaucoup de *paka*, alors sa pensée n'était pas au taquet. Zut, ce type à qui tout semblait avoir réussi. Bon Dieu, le nom, il le connaissait. Kai Lenny ! Voilà ! Trouvé ! Tomati se mit à rire tout seul, face au lagon. Kai Lenny... Hawaï avait vraiment tout. Des surfeurs bourrés de blé de moins de trente piges, sur papier glacé, qui avaient Oxbow, Hurley et Oakley à leurs pieds. Et Tag Heuer. Et des cochons surfeurs. Yep ! Enfin, un. Hawaï avait un cochon surfeur. Kama. Avec ses potes, il avait vu la vidéo et les photos tourner ; parce qu'à Hawaï, il n'y était jamais allé. Son maître disait que Kama nageait « comme un petit bateau à moteur ».

Kama était noir des sabots au groin, poilu comme un yéti, mais il surfait.

Est-ce qu'il avait les burnes noires, le petit bateau à moteur ?

Tomati se roula sur le sable, plié de rire.

Puis il se redressa et écouta la nuit.

Il se sentit seul. Il se sentit triste.

Et lui, il ne savait pas trop qui il était ni pourquoi on l'avait envoyé sur terre.

Même un cochon finissait en vidéo. Lui, jamais.

Tomati fouilla ses poches.

Fauvero lui avait refilé des sachets.

Des cristaux qui promettaient d'être le plus fort. D'être le meilleur.

Il sortit sa pipe. Sans l'*ice*, il ne savait plus ce qu'il deviendrait.

C'était tellement bon de ne plus être le loser de Papeete.

Son frère se faisait de l'argent avec son cul, ses parents avec sa sœur. Et il fallait courber l'échine et dire *Béni oui, oui, c'est la vie* ?

Ce n'était pas la vie. C'était un cauchemar.

Il ne comprenait pas qu'on puisse naître dans le cauchemar. Il n'acceptait pas.

La rage, il l'avait en lui.

Elle s'était ramifiée, comme le corail rouge, à travers son esprit.

Il posa le sachet d'*ice* et la pipe et se projeta sur ses pieds en saluant le lagon, bras levés en V.

Je suis l'esprit de la rage, je suis l'esprit de la nuit.

Puis il se rassit, et se prépara de quoi transmuer sa rage en énergie.

Par la grâce d'une pipe, par la magie de la fumée.

Des chiens aboyèrent dans le lointain. Vous aussi, clébards, vous êtes toujours en train de râler. Les aboiements le stressaient. Depuis tout petit. Comme s'ils transmettaient une détresse originelle.

Tomati ouvrit le sachet. Pour témoins, que les vaguelettes qui clapotaient. Fauvero était son ange gardien. Entre les mains, il en avait pour 120 000 francs Pacifique. Au moins. Il n'aurait besoin que de la moitié pour planer.

Il saisit la pipe à bulle de verre et la nourrit de cristaux.

Ne pas trembler. Éloge de la transparence, éloge de la liberté.

S'évader.

Son briquet embrasa la nuit et la flamme vacilla, un instant, sous la bulle pour chauffer le cristal.

Danse du feu.

Tomati écouta la mer, cette obstination des vagues derrière la barrière. Il aspira et sentit le cristal envahir ses poumons. Puis il relâcha la vapeur.

Là, le temps se dilata et tout en lui chauffa.

C'était comme boire trois Red Bull d'un coup. Dix fois l'effet de la coke.

Ses pupilles se dilatèrent et son cœur battit à cent à l'heure. Hum, ça monte, ça monte, ça monte... *Be high*. Son cœur vira au moteur de Formule 1.

Il eut l'impression qu'on lui coupait la tête et qu'on la remplaçait par celle de Kama.

Il serait le petit cochon noir de la race humaine. Le vilain petit canard. Et il leur ferait peur à tous. Oui, tout le monde le redouterait pour sa monstruosité.

Les filles s'évanouiraient et il pourrait les baiser.

Il avait envie de faire l'amour à en crever.

À l'intérieur de lui, tout fondait, tout se liquéfiait. La flamme du briquet brûlait ses veines.

Danse avec le feu, Tomati.

Sa mâchoire se contracta et il eut des spasmes.

Quelque chose n'allait pas.

Son groin de petit cochon l'opprimait et l'empêchait de respirer. Dans son esprit, tout se mélangea. Fauvero, l'argent, l'*ice*, ses parents, les filles, le feu.

Les chiens hurlaient à son oreille.

Les chiens aux abois.

La Formule 1 s'emballa.

Il eut envie de vomir et essaya de se relever. Mais ce fut pire debout.

Le monde tournait. Le monde tournait autour de lui pour le faire gerber.

Ce monde lui en voulait.

Il l'avait toujours détesté.

Ce monde voulait le tuer.

Il avait chaud et il suait, le feu le dévorait.

Éteindre le feu. Courir dans le lagon.

Il s'élança dans l'eau tandis qu'il n'arrivait plus à suivre le rythme de son cœur.

Son cœur qui l'oppressait.

Viens te battre, putain de monde qui veut me dégommer !

Autour de lui, des gerbes d'eau. Un requin qui l'attaquait.

Mais non, ce n'était que lui, lui qui criblait l'air de coups de poing et se martelait.

Il voulut arracher en lui cette furie qui tambourinait. Il s'agita dans l'eau, se griffa, et chercha son souffle.

Jusqu'à ne plus le trouver.

Tomati heurta une patate de corail et s'effondra, tête la première dans l'onde noire. Son corps voulut désespérément ventiler. Mais impossible de se relever. Il inhala de l'eau et se mit à convulser.

Au bout de trois minutes, il perdit connaissance.

La lune éclaira son corps qui flottait.

L'agonie lui avait fait un ultime cadeau. Il avait éjaculé.

37

Le vent avait soufflé toute la nuit et Hiro avait très mal dormi. À l'aube, il se leva et enfila un short.

Sa mission, il la connaissait.

Il ne prit pas le temps d'un petit déjeuner. Il but juste un peu de curcuma poivré et fila réunir son matériel. Hiro traversa la route et courut jusqu'au lagon, suivi de Yaya qui se remettait. Sur le rivage, elle pointa désespérément vers lui son museau pour mendier une caresse.

Mais ce n'était pas l'heure des caresses.

C'était l'heure de la vengeance.

Pourtant, ce sentiment, Hiro n'avait cessé dans sa vie de le combattre.

À l'horizon, le jour se para des premières couleurs mauves et orangées. Du gris s'y mêlait.

Le corps de Hiro s'enfonça dans l'eau qui clapotait.

Au loin, les vagues avaient grossi depuis la veille. Mais il le savait dès son réveil. À cause du bruit. La grosse houle se confirmait.

Il se tourna vers Yaya qui plongeait une patte dans l'eau.

— Yaya ! Cette fois-ci, tu ne bouges pas !

Puis il s'élança.

L'emplacement du PK0, il le localisait. Son cerveau avait cartographié depuis longtemps les fonds du lagon. Il calcula l'angle et tomba immédiatement sur la patate de corail.

La porte d'entrée.

Il se plaça et, à voix basse, parla à celle qu'il attendait :

— Matirohe, je suis venu te chercher.

Matirohe était la reine des murènes dans la mythologie polynésienne. Hiro avait grandi en entendant les Anciens dire que c'était le dernier nom à donner à un bateau, si on ne voulait pas finir six pieds sous l'eau.

Pourtant, ce nom, il l'aimait.

Il le trouvait imposant et poétique.

Terrifiant et attirant.

Comme la vague.

— Matirohe, regarde ce que je t'ai apporté.

Il brandit un gros fil avec un redoutable hameçon. La puissance des murènes, il y avait déjà été confronté. Même les gros hameçons se redressaient.

Au bout de son hameçon, un morceau de bonite se balança.

Dans le ciel, les couleurs pâlissaient.

La bonite incarnait le nec plus ultra pour la murène.

Son foie gras à elle.

Matirohe n'y résista pas. Elle sortit immédiatement de son trou et Hiro la ferra.

Moea avait parlé d'une petite murène. Hiro comprit que sa sœur n'était pas du genre à se plaindre. La bête devait être énorme, elle ne se laissait pas déloger.

Mais Hiro avait la hargne en lui. Matirohe avait mordu Moea. Matirohe devait mourir.

C'était la loi.

La bête résista. Elle envoya de violents coups de queue sous l'eau et tira comme une forcenée.

Les bras de Hiro descendaient et remontaient par à-coups violents. Mais il luttait, furieux contre ce monstre qui attaquait sa sœur et contrariait son retour.

— Je t'aurai, Matirohe.

Il imagina sa double paire de mâchoires qui s'activait, secondée par d'horribles dents recourbées vers l'intérieur. Tout en elle devait traquer l'agresseur pour le punir.

Hiro tint bon et tira, tira, jusqu'à voir se démener l'hideuse bête.

Il redoubla d'ardeur et la remonta, au prix d'un effort qui valait ses exploits sur la vague.

L'œil fixe de la murène le regarda.

— Matirohe, c'est fini pour toi.

Arrivé au bord, il fit quelques pas dans le sable en la traînant, puis il la projeta sur l'herbe.

Elle faisait au moins deux mètres. Ce n'était pas celle qui s'habille en treillis militaire mais une sacrée belle *orio*. Au *ahi ma'a*, le four tahitien, cette saloperie était délicieuse. Hiro aurait pu la donner à mijoter et elle aurait rendu sa graisse au bout de deux cuissons, drapée dans des feuilles de *nono*. Il aurait pu.

Mais l'on ne mange pas sa haine sans finir empoisonné.

Il se précipita à son atelier et revint avec une hache.

La lame se gorgea des reflets du levant, avant de s'abattre sur Matirohe, frénétiquement.

Hiro la découpa, la découpa, jusqu'à ce que le dernier geste lui procure la paix.

Alors, il jeta les morceaux aux requins.

Les pointes noires ne mirent pas longtemps à arriver.

« Le massacre des uns fait le bonheur des autres », pensa-t-il en les regardant tout dépecer.

Hiro respira profondément l'air de la mer, tandis que le lagon se teintait de sang.

Maintenant, il pouvait aller annoncer la nouvelle à Moea.

Plus rien, sur cette terre, ne viendrait la blesser.

Ni dents ni larmes.

38

Lorsqu'ils étaient redescendus de la vallée dans la nuit, Moea avait reçu un message de Tuhiti. Il était très heureux car Raoni l'invitait à dormir chez lui. Enfin, chez lui – dans l'un des bungalows que louaient les surfeurs en face de la pointe Fare Mahora. À Teahupo'o, c'était une manie de dire qu'on se sentait d'ici dès qu'on avait passé trois semaines au soleil. Il suffisait de s'entourer d'un paréo et de poser une fleur de tiaré dans les cheveux, et les racines poussaient. Lascar en avait ri, se demandant si les étrangers se sentiraient toujours autant d'ici s'ils avaient vécu les cyclones qui tordent leur paysage de rêve et les grosses houles qui emportent leur voiture de location du parking au lagon.

Mais Moea se réjouissait pour Tuhiti. Même si, secrètement, elle espérait le voir davantage.

Son fils était un courant d'air. Pas étonnant, en bord de mer. Et les murs d'enceinte, au bout de la route, ça n'existait pas. Les vergers s'en souvenaient et les locaux trouvaient les « fruits de la maraude » toujours meilleurs.

Elle comprenait que son fils soit habitué à se débrouiller, et c'était une vraie qualité. Tuhiti était un indépendant. C'est lui qui avait choisi de rester sur Teahupo'o quand elle avait décidé de fuir les souvenirs à Ahe.

Tuhiti s'était confié longuement : il était incapable de quitter ses vagues.

Après un tel traumatisme, il ne pouvait changer ses habitudes et se priver de ses amis.

L'océan avait toujours été son refuge, son moyen de s'échapper.

Aujourd'hui, il aimait surfer la Vague, celle de Vairao et la passe de Tevea iti, mais c'était la vague de la plage de Teahupo'o qui l'avait vu grandir. La plupart du temps, cette vague du bord n'était pas très grosse mais elle déroulait loin. Tuhiti prenait le temps de s'amuser dans cette vague parfaite. Combien de fois avait-elle pu l'admirer ! Elle n'avait qu'un fils mais il comblait toute sa fierté. Très vite, elle avait pressenti en lui le surfeur radical, repéré son besoin de se lâcher, de s'éclater et de s'exprimer à coups de manœuvres. Tout en souplesse nerveuse, son fils calligraphiait l'eau. Tuhiti était vraiment beau.

Et si téméraire... À s'en rendre malade de n'avoir pu protéger sa mère. Elle en était parfaitement consciente.

Longtemps, il avait rêvé des surfeurs qui ramaient jusqu'à Tchopo, la vague de récif. Ils les regardaient s'éloigner jusqu'à ce qu'ils ne soient plus qu'un point dans l'œil du cyclone. Quand Mano était mort, Tuhiti s'était promis de faire partie des quinze réguliers qui surfaient la vague et de charger un jour du très gros. De se mesurer au géant Teahupo'o.

Il voulait que la vague soit fière de lui – comme l'aurait été son père.

Moea avait respecté son choix et ses parents s'en étaient occupés. Hiro aussi.

La seule chose qui comptait était qu'il panse ses plaies.

Autant qu'elle l'avait pu, elle l'avait fait venir à Ahe et Huahine.

À Huahine, il avait adoré les vagues. Mais son âme était à Teahupo'o. Son placenta aussi.

Bien sûr, elle ne se leurrait pas et savait très bien qu'il avait besoin d'un père de substitution. Elle n'aimait pas le terme. Personne ne se substituait à personne. Et la valeur d'une personne pouvait peser autant que l'hérédité.

Hiro était un modèle pour Tuhiti. Son ambition ? Surfer un jour comme lui. Pour le moment, il finissait souvent deuxième aux *trials*. Peut-être parce qu'il lui manquait encore de l'assurance.

Grâce à Birdy, elle ne doutait pas qu'il finirait bientôt premier.

Birdy...

Pourquoi occupait-il tant d'espace dans son esprit ? Elle le connaissait si peu... Et pourtant non. Elle avait constamment entendu parler de lui. Jamais Hiro ne le critiquait. Parfois, son frère disait juste qu'il était trop gentil.

Birdy.

Il incarnait l'exact contraire de tout ce qu'elle avait vécu. Avec son visage d'ange aux boucles espiègles, et son grand regard bleu d'enfant heureux. C'est fou comme certains adultes préservent en eux leur part d'enfance. Elle les fait rayonner.

Birdy appartenait à cette catégorie.

Zut… Birdy.

D'étranges images la traversaient. Elle se voyait arriver vers lui dans sa robe blanche à manches ballon qui lui descendaient sur les épaules, découvrir ses seins et lui dire : « Sers-toi, Birdy. La vie t'a pris tes jambes mais pas tes mains. »

Elle s'était endormie en écoutant le vent parler aux arbres – et en se posant deux questions.

La première était : comment un paraplégique s'allongeait-il dans un lit et pouvait-il serrer une femme la nuit dans ses bras ?

Et la seconde… Oh ! la seconde… Elle l'enfouit dans les draps.

Au réveil, elle s'était demandé combien de fois elle avait vraiment été heureuse dans sa vie. Elle s'était mise à compter.

Avec un soupir, elle avait constaté que ses deux mains suffisaient.

Il était temps de repenser au bonheur.

Quelques minutes après, elle avait reçu un message de Denyse. Cette fille avait un fluide extraordinaire dans les doigts. C'était la meilleure masseuse de Teahupo'o. Elle avait été longtemps sa confidente. Denyse en connaissait déjà long sur l'existence. Elle n'avait pas vu que des roses dans sa vie. Elle avait l'oreille qui sait écouter et le cœur qui dit merci. Bref, c'était une vraie amie.

La preuve. Moea sourit. Denyse lui offrait sa première occasion de travailler ici. Elle embrassa le message. Elle avait tellement envie que tout redevienne normal dans sa vie.

Et vie rimait avec…

Elle s'empressa d'enfiler une robe. Le choix n'était pas facile. Cette tenue devait lui porter chance pour la suite.

Son visage s'illumina : elle ouvrit l'armoire vernie que Hiro avait sculptée et sortit, sans hésiter, la robe à manches ballon.

Elle glissa ses pieds dans des tongs noires avec une fleur blanche assortie, prit de l'huile de coco, une serviette plus un paréo, et se dirigea vers la terrasse, fière de retrouver des gestes qui la rassuraient. Avec sa main blessée, pourrait-elle bien masser ? Elle se débrouillerait.

Sur le chemin qui descendait à la route, elle songea à son frère. Lui aussi, il était temps qu'il pense au bonheur. On ne pouvait pas rester éternellement marié à une vague. Il n'avait pas à se sacrifier. Elle le lui dirait. En longeant les *'uru*, elle fit s'envoler des aigrettes sacrées attirées par les bassins de chevrettes. Au buisson de monettes, elle emprunta une grande fleur mauve en trompette joliment veinée pour orner sa chevelure. Puis elle appela Lascar et lui demanda s'il pouvait la déposer sur le Lagoon, un gros catamaran qui mouillait dans la baie. Avec le vent, elle entendit surtout Jehro chanter *I want love* derrière lui. Elle s'abrita et la communication fut meilleure. Ce fut du pur Lascar : « Tu veux te lustrer les pieds sur le ponton parfait de ce monstre de cinquante pieds ? Nickel. J'ai un client qui vient d'annuler à cause de son yorkshire. Il avait trop peur que son clebs frise avec la houle… Je passe te récupérer. »

Puis elle envoya un message à Tuhiti pour savoir quand il rentrerait. Elle guetta la réponse, sans succès. Quand elle passa près du *fare* de Hiro, elle vit qu'il était déjà parti. Kali et Kaya accoururent près de la clôture mais Yaya n'était pas là. Elle frotta leur museau puis attendit Lascar en se demandant quels touristes friqués pouvaient louer un tel catamaran.

Bercée par le chant des martins-tristes et des *vinis*, elle espéra juste ne pas tomber sur des pervers bedonnants persuadés que le fric peut tout acheter.

Les humains avaient aussi leurs murènes.

39

Au réveil, Reva n'avait pas pleuré. Elle n'avait pas vraiment dormi non plus, sauf si on appelle sommeil un cauchemar ininterrompu.

Elle avait relevé ce corps dont elle se dissociait, comme si ses émotions étaient déconnectées.

Elle sentait la douleur, elle voyait ses bleus mais, au fond, plus rien ne la touchait.

Dehors, le vent soufflait dans le manguier. Les oiseaux chantaient et elle leur en voulut de chanter.

Elle en voulut aussi au jour de se lever.

Le pire, après avoir vécu l'enfer, était de constater que le monde continuait de tourner.

Bien sûr qu'il s'en foutait ! Que croyait-elle ? Qu'elle était quelqu'un ?

Le monde rejetait les gens comme elle. Il suffisait de voir les pictogrammes hommes/femmes des toilettes publiques pour s'en persuader.

Ou de remplir n'importe quelle case de l'administration.

Sexe : F/M.

Ne cocher qu'une seule case, au stylo bille noir et appuyer.

Oui, le stylo noir appuyait fort. Là où ça fait mal.

Elle n'était ni l'un ni l'autre pour eux. Donc, elle n'était rien.

Des enfants naissaient, anonymes. Elle n'était même pas anonyme.

Elle était indéfinie. Non répertoriée.

Elle semait un désordre qu'on ne lui pardonnerait jamais.

L'humiliation vécue avait fait remonter à la surface une bulle qui cherchait à crever.

Elle cacha son corps dans un peignoir léger. Et refusa de croiser son miroir.

Sans sa chevelure, plus rien n'était vivable.

Et la Vierge, qu'est-ce qu'elle en disait ?

Lentement, Reva se plaça face à elle. En tête à tête. Non dans cette posture d'âme perdue qui vient lui demander conseil ou l'implorer.

Mais pour exiger des comptes.

Elle n'en avait pas marre, d'assister à ce merdier ?

De voir toute cette souffrance s'accumuler ?

Sans s'en rendre compte, Reva se mit à crier, à la traiter de tous les noms, à ne plus supporter son air de miséricorde d'éternité.

C'était trop facile, de faire semblant de s'apitoyer.

Elle ne comprenait pas : Reva voulait le tuer.

Oui, le tuer.

Et elle n'avait toujours rien à redire ?

Reva alla chercher le couteau dans la cuisine.

Puis elle revint se poster devant la Vierge.

Tu vois ? Je vais le tuer.

Dieu a inventé le couteau pour se venger.

L'air désolé de la Vierge de plâtre la mit hors d'elle.

Reva fit tournoyer le manche du couteau entre ses mains sans la quitter du regard.

Elle hésita à la réduire en miettes, cette sainte-nitouche au sourire triste.

Elle aussi, elle pouvait tout détruire si elle le voulait.

De guerre lasse, elle l'implora : « Une fois dans ta vie, tu ne pourrais pas avoir pitié ? »

Une fois.

En automate, elle but un thé puis réfléchit.

Elle devait partir pour Papeete. Elle alla prendre une douche et frotta sa peau jusqu'au sang. Pourquoi était-elle née dans ce carcan ? Pourquoi fleur dans un corps de pirogue ?

Elle prit ses seins à pleines mains et les caressa pour les consoler. Ils portaient des marques de pression.

Alors elle se sécha et s'enduisit d'huile de *tamanu* pour soigner l'inflammation.

Une veuve brune passa entre ses jambes nues où l'infâme pendait. Reva se pencha et vit nettement sa tache orangée en forme de sablier. Elle hésita à l'écraser. Puis elle se souvint que les veuves dévoraient les mâles après l'accouplement. D'où leur nom.

C'était rare d'en croiser. C'était un signe.

Elle le tuerait.

Mais avant, demander pardon.

Dans son armoire, elle saisit la première robe qui se présenta, sortit en fermant la porte et alla à la rencontre du seul lieu où il n'était pas honteux de souffrir : une église.

40

Encore frémissant de son exploit, Hiro garda Yaya avec lui et grimpa en courant le chemin qui menait au *fare* de Moea. Sa chienne se remettait vite. Elle était increvable, cette bête. Le ciel s'assombrissait à vue d'œil et il paria sur la pluie. Mais les couleurs restaient belles dans le ciel. Elles prenaient les reflets de la peau gris bleuté du lampris-lune, le saumon des dieux, un poisson pour lequel il se serait damné. Alors il réalisa qu'il n'avait pas mangé. La murène avait occupé entièrement son esprit.

Il était tellement heureux de dire à Moea qu'il l'avait tuée.

Et qu'à cette heure-ci, les requins du lagon dispersaient l'âme noire de Matirohe.

Il en souriait. Dans sa main, il portait un pot de confiture de rollinier, un corossol sauvage. Ses tartines adoreraient.

— Yaya, allez, ma chienne, plus vite ! Go, go, go !

Elle aboya bruyamment et le dépassa.

— Toi, tu es comme Moea, ce n'est pas une blessure qui va t'arrêter ! Allez, viens ! Hey ! Attends-moi, Yaya !

Il dépassa les banians et salua ces vieux sages de la vallée. Il s'arrêta une minute et leur confia combien, à chaque geste pour Moea, il se rachetait d'avoir fermé les yeux sur la violence, d'avoir gardé le silence. S'il avait réagi, s'il avait pris le taureau par les cornes et s'il avait tapé des poings sur la table, peut-être qu'il aurait stoppé Mano dans sa folie destructrice.

Il se rappela ce que disait Lascar – enfin, Léonard de Vinci dans la bouche de Lascar :

Qui néglige de punir le mal le cautionne.
Qui prend le serpent par la queue est mordu par lui.

Où était la solution ?

Comment protéger ceux que l'on aime ?

Comment agir sans les étouffer ?

Mais encore, comment ne pas se faire emporter par la vague du mal en voulant les sauver ?

Sous le vent, les banians bruissaient.

Hiro prit le temps de les écouter.

Souvent, il s'asseyait sur une pierre et recueillait leur chant d'antan.

Son oreille était la conque ouverte au *mana* du vallon Tupe.

Tout son corps appartenait à la Vague et à cette vallée, il n'avait pas besoin de voyager.

Il reprit son chemin, apaisé, et se dirigea vers l'oiseau de bois et de pierre qu'il avait bâti. Vers ses ailes écartées qui prenaient le vent pour le surfer.

— Moea !

Sa voix résonna entre les pentes où le vert déferlait.

Il répéta son appel.

— Moea !

Yaya aussi jappa, courbée sur ses pattes avant, prête à faire la fête à la jeune femme.

Moea n'était pas là. Hiro monta les marches jusqu'à la terrasse mais n'entendit que le bruit de ses pas et le tapotement régulier des griffes de Yaya sur le bois.

— *Game over* pour cette fois, dit Hiro à Yaya.

Tout son entrain retomba. Il se faisait une telle joie...

Yaya lui lécha la main.

Il avait remarqué que plus on espérait les choses, moins elles arrivaient. Façon de ramener l'homme à l'humilité.

Alors il n'espéra rien et redescendit, tête baissée – comme les samouraïs qui déposaient leur *katana* et passaient les portes des anciennes maisons de thé. Ces portes si étroites, si petites, que même un empereur se serait courbé.

Ces mêmes guerriers dont l'esprit ne devait pas se fixer sur le sabre de l'adversaire.

Cet esprit qui devait rester relié à la totalité plutôt que de s'aveugler du détail, comme Hiro à sa vallée.

Cet esprit qui devait se tuer avant de tuer l'adversaire pour que sa force impressionne le combattant et le mette en fuite.

Il fallait empêcher les pensées de stagner, Hiro, et, comme la cascade, sentir leur fluidité.

L'eau détenait toutes les clefs.

Il suffisait, comme les banians, de l'écouter.

Écoute, Hiro, écoute l'eau te conseiller.

Hiro ferma les yeux, et s'emplit du chant de la rivière de la Pieuvre.

41

Reva avait traîné son long corps au bord de la route. Un peu voûté. Dans une longue robe qui cachait la cicatrice sur sa jambe. Et ses bleus. Les autres coups avaient redonné de la vigueur à cette entaille qui en profitait pour resplendir.

La cicatrice est le corps qui se rappelle à toi, se dit Reva. Tu ne peux lutter contre ça.

Même dissimulée sous la robe, il lui semblait qu'on ne voyait qu'elle.

Cette cicatrice. Sa souffrance faite ligne. Ce sourire crispé de la chair, figé jusqu'à ce que la mort vienne tout effacer en liquéfiant cette poupée gonflée.

Elle avait ressorti des tongs maillées de toiles d'araignées.

Plus de hauts talons, plus de fierté dressée.

Le poids du monde, le poids du corps, posé par erreur sur cette route, et qui attendait.

Un pick-up s'arrêta. C'était Tamatoa – « l'enfant guerrier ». Cette belle âme de Tamatoa.

Reva ouvrit la portière et monta.

Tout de suite, il vit que quelque chose n'allait pas. Sous un grand chapeau, Reva avait le visage tuméfié. Les bras aussi étaient marqués.

Tamatoa s'inquiéta. Il était habitué aux chiens perdus. Dans sa vie, il en avait tellement vu.

— Reva, ça ne va pas ?

Elle lui fit signe de démarrer.

— O.K. (Un silence.) Reva, qu'est-ce qui t'est arrivé ?

Elle réfléchit à une réponse, et les mots achoppaient, comme sur une longue sente caillouteuse où les chevilles se tordaient.

Il verrouilla le volant d'une main et posa l'autre sur son épaule. Là où le brun doré combattait le bleu-vert de la souffrance. Ses longs cheveux n'y ruisselaient pas.

Incapable de le regarder, elle dit, sans bouger :

— J'ai chargé une grosse vague, Tamatoa... Tu sais ce que c'est.

L'humour du désespoir : c'est ce qu'on disait, non ?

Tamatoa savait pertinemment que Reva n'avait jamais touché une planche de sa vie. Elle avait juste dû tremper des biscottes dans son café.

Il ne rit pas. Mais il n'osa pas la brusquer plus en répétant sa question.

Reva s'enfonça dans le siège et étira ses longues jambes. Elle était sauvée. Une voiture l'avait adoptée.

— Tu vas où ? demanda Tamatoa, les yeux rivés sur la route où le slalom avec les chiens et les vélos s'ouvrait.

— À Papeete, dit Reva d'une voix absente.

Il fronça les sourcils. Évidemment, il n'allait pas à la ville. Son *shaper*, Teva Bono, était là-bas. Il aurait pu s'y rendre. Mais pas aujourd'hui. Il avait rendez-vous avec un Allemand à 10 heures pour l'emmener surfer. Pas la Vague. Mais celle du bord de plage, près du pont, qui, avec la houle, offrait de belles conditions sous ciel grisé. Il priait juste pour qu'il ne se mette pas à pleuvoir. Car si les trombes d'eau se déversaient, l'Allemand préférerait sûrement la Heineken à *rider*.

En lui, un combat.

Il prit un air ennuyé. Après le virage de l'église protestante, son visage se défroissa.

Dans la vie, il fallait s'adapter.

Tamatoa tourna la tête vers Reva.

— Ça tombe bien, j'y vais aussi. C'est ton jour de chance, Reva.

Elle eut un sourire triste, comme la petite Vierge.

Oui, son jour de chance.

— Merci, Tamatoa.

Derrière l'appuie-tête, des mains se faufilaient. Elle sursauta.

— Qui c'est, celui-là ?

— Lui ? dit Tamatoa, regard en arrière vers le gamin. C'est Maiu, un jeune du quartier. Il voulait aller se promener... Je l'ai ramassé au bout de la route. Il était monté dans la benne. Ce petit malin m'a fait croire qu'il n'était pas mouillé... Tu parles ! Il sortait de la rivière ! N'est-ce pas, Maiu ?... Heureusement, j'ai toujours une serviette.

Reva baissa le pare-soleil et l'observa dans le miroir. Maiu la fixa de ses yeux apeurés. Il avait les cheveux tout ébouriffés, des épaules toutes maigres. Un visage trop vieux pour ses six ans. Peut-être sept.

Le tour en voiture équivalait pour Maiu au tour de manège des gosses de familles plus favorisées. Il rêvait d'aller voir ailleurs. Là où les cocotiers ne criaient pas.

— Je vais le déposer un peu plus loin, ajouta Tamatoa. Je ne peux pas t'emmener à Papeete, Maiu, tu comprends ?

Les yeux de Maiu se couvrirent d'un voile léger. Il hocha la tête. Il comprenait.

On ne peut pas toujours faire partie du voyage.

Cinq minutes après, il stoppa, le temps que Maiu descende.

Reva le vit disparaître dans le rétroviseur. Tant qu'il aperçut encore le pick-up, il ne bougea pas.

La route défila. Tamatoa freina au niveau du chalet de Terupe. Des jeunes avaient investi la route et jouaient au volley en plein milieu de la chaussée. Reva baissa la tête et regarda de côté, le *fare* au rempart de tôle orné de planches de surf brisées – trophées de la témérité. Elle l'appelait La Forteresse. Le pick-up amorça une série de virages annoncée par les bâtiments de l'Ifremer. Le centre de Vairao était proche.

Vairao.

Tamatoa surveillait Reva du coin de l'œil. Elle venait de sortir des lunettes de soleil. Ses doigts tremblaient. Bon sang de bon sang, il aurait bien voulu savoir ce qui la mettait dans de tels états ; Reva était quelqu'un de secret mais de vraiment sympa.

Néanmoins, il avait appris que certains sujets ne s'abordent que lorsque la personne concernée l'a décidé. Pas avant.

Ils passèrent devant le lieu où Reva eût préféré être décapitée plutôt que scalpée. Elle cligna des yeux.

Reva, ça n'existe pas.

Tamatoa perçut qu'elle gigotait sur le siège.

Il lui lança un regard désespéré. L'occasion pour elle de parler.

Mais elle restait murée dans le silence.

Elle se méfiait des mots, ces traîtres… Et de la vague d'émotion qui allait avec la parole. Elle n'aurait pas su la ravaler.

Et s'écrouler, ce n'était vraiment pas le projet.

Il fallait tenir.

Tenir jusqu'à l'exécution.

Sur les bas-côtés de la route, les *motus* des jeunes se formaient. Ils avaient tous des coiffures de footballeur, une mode qui se moquait des distances et n'avait aucun mal à traverser les océans ou à triompher des airs. Si l'intelligence avait pu être aussi contagieuse, la face du monde en eût été changée…

Tamatoa en salua quelques-uns de la main. Ils ne répondirent pas tous.

Il quitta des yeux la chaussée pour regarder sa montre. Putain de temps qui galope ! Comment les gens pouvaient-ils suivre, hein ? Il fallait qu'il envoie un message à son surfeur allemand. Qu'il invente tout de suite n'importe quelle salade comestible. Il le fallait.

Il vit la station-service de Vairao et mit son clignotant.

Aller pisser, voilà le prétexte tout trouvé pour s'arrêter sans la culpabiliser.

Sur le siège, Reva se crispa et s'enfouit encore plus profond dans la mousse recouverte de faux cuir qui crissait.

Pas là. Elle ne voulait pas qu'il s'arrête là.

Tamatoa lui adressa un sourire pour la rassurer.

Elle lui faisait de la peine. On eût dit une femme qui allait accoucher. Elle se cramponnait partout, avec une respiration saccadée.

— Je reviens tout de suite, dit-il en claquant la porte.

Une vague de chaleur s'empara de Reva. Elle respira profondément. Un... Deux... Trois. Ne penser qu'à la respiration. Ne penser qu'à la respiration.

Observer. Le moindre détail. S'y absorber. Ce panneau sur les sports de combat, là.

Elle apprit chaque information par cœur et se les répéta.

Enfin, la silhouette longiligne de Tamatoa réapparut.

À travers le pare-brise, il lui souriait.

C'était tellement violent, ce sourire, là.

Il ouvrit la portière.

— Je n'ai pas été trop long, non ?

Elle secoua la tête et se concentra sur ses gestes.

Sa main tourna la clef, actionnant le moteur qui ronfla. Il saisit le pommeau du levier de vitesse et elle réalisa que le levier finissait chapeauté par un rondin de bois.

— Les chiens ? dit-elle, étonnée.

— Les chiens, confirma Tamatoa. Ils ont rongé le pommeau comme un os à moelle, ces salauds.

Ouf, elle avait parlé.

Tamatoa reprit la route. Le toupet des cocotiers les saluait de plus en plus. Plus de doute possible, le vent apportait la grosse houle.

Toahotu passa. Puis Afaahiti. Puis Taravao et le port Phaeton où l'isthme reliait la grande île et la petite île. Ils roulèrent bien jusqu'à Papeari, et Reva n'avait plus dit un mot depuis Vairao.

Long.

Tamatoa avait beau être de bonne composition, il finit par trouver le silence pesant. Ses doigts tripotèrent les boutons et allumèrent la radio.

C'est fou comme le vide creuse des fossés entre les êtres.

Et au fond de soi.

Plus de bruit, et le cerveau s'affolait, inquiet des idées qui pouvaient débouler sans lui demander l'autorisation.

Alors la musique de Takanini, sincèrement, Tamatoa la bénit.

Il reprit les paroles de la chanson *Ua toto te henua* en tapotant son volant.

Une pluie de sang sur la terre
Une pluie de mort sur la terre
Et moi j'ai mal

Mataiea en vue.

Sur le flanc des collines, les palmes des cocotiers ployaient. C'était maintenant une tempête qui arrivait.

Le bord de mer oscillait entre vert et bleu. Par moments, un *motu* transperçait les feuillages, puis une passe, puis une cocoteraie.

Derrière eux, le panneau de Papara. Puis Paea. Punaauia. Faa'a, et un avion qui décolla. Après, ce serait Papeete.

La chanson ne le quittait pas. Elle allait lui trotter dans la tête toute la journée, il le pariait.

Reva ne parlait toujours pas et Tamatoa s'était fait une raison.

Quand les gens sont comme la pierre, il ne faut pas leur demander d'être un ruisseau.

Il fredonna.

Une pluie de sang sur la terre
Une pluie de mort sur la terre
Cette terre qu'on a battue
Cette terre que les hommes bafouent
Cette terre salie
C'est pourtant nous

Reva ne lui avait même pas dit précisément où elle allait. Tamatoa savait lire les vagues, pas le cerveau des humains.

Mais elle semblait s'être endormie. Difficile de savoir, avec le chapeau qui cachait la moitié de son visage.

À l'entrée de Papeete, il fut obligé de le lui demander :

— Reva, tu veux que je te dépose à un endroit précis ?

Elle eut un soubresaut et il saisit qu'il avait bien deviné. Elle avait dormi.

Brusquement sortie du sommeil, Reva grimaça.

C'était si bon de ne plus être là.

Si bon de s'échapper. Elle fit non de la tête, mollement, puis réussit à dire :

— Où tu voudras...

— Reva, ce n'est pas où je veux...

Le trafic s'intensifiait et il était impossible de se garer dans ce fichu centre-ville.

Comme elle ne réagissait pas, il prit la décision de trancher.

— Reva, moi, je vais à la marina. Je t'arrête là.

Il patienterait quelques minutes, la regarderait s'éloigner puis il repartirait. À moins qu'il ne trouve une bêtise à acheter pour se dire qu'il n'était pas venu que pour sauver l'humanité.

D'aucuns auraient conclu qu'il était zinzin de se taper un

aller-retour pour les yeux humides d'un *raerae*. Mais Reva n'était pas pour lui un *raerae*. C'était un être humain. Point.

Le jour où il souffrirait, lui, il espérait juste qu'une voiture s'arrêterait.

Le pick-up de Tamatoa se gara. Reva en descendit.

Elle lui fit un signe de main qui le glaça.

Le signe de quelqu'un qui vous dit au revoir, vrai.

Mais pas un simple au revoir.

Un adieu.

42

Hiro était redescendu au pied de sa vallée. Le vent soufflait de plus en plus fort, ce grand baroudeur avait décidément beaucoup de choses à raconter. Le ciel se tourmentait. Hiro hocha la tête en se parlant à lui-même. Puis il tapota le museau de Yaya, sans quitter les nappes nuageuses du regard :

— Tu vois, Yaya, là-haut, les soucis ne doivent pas être plus simples à gérer.

Il fixa les montagnes derrière lui pour voir d'où viendrait la pluie. Les nuages gris s'accrochaient autour des pics comme s'ils fumaient.

Bientôt, la colère du ciel se déverserait.

Kali et Kaya accoururent dès qu'ils les virent passer le dernier tournant.

Elles sautèrent sur Hiro en remuant la queue, frénétiquement.

— Hey ! Mes pumas domestiques ! Du calme ! C'était juste un aller-retour...

Les bêtes tournèrent autour de lui en aboyant.

Hiro tâcha de les contenir et fit le bilan.

Il avait vengé sa sœur dès la première heure. O.K. Mais il n'avait ni mangé ni surfé.

Deux préoccupations essentielles.

Son regard se détourna vers le lagon et l'océan. Du bleu pour nourrir ses yeux.

Au large, les vagues claquaient sur la barrière de corail.

On était loin de la fameuse version caviar de Lascar pour surfer. Pas ce merveilleux petit vent du nord-est, le *upe*, qui descendrait de la vallée pour former la vague parfaite.

Ni le joli rayon de soleil qui polirait les reflets irisés du tube et créerait d'éphémères arcs-en-ciel.

Attendre l'idéal n'était jamais la solution. Il préférait aller vérifier ce que Teahupo'o donnait.

Il avait envie de surfer pour rejoindre ce monde où plus rien ne comptait.

Rien – une idée exceptée.

Fixe.

La survie.

43

Lascar venait de déposer Moea sur le Lagoon. Ce catamaran portait une devise qu'il n'aimait pas. Et il puait le fric facile. Mais les goûts et les couleurs, à chacun son beurre, non ? C'est ce qu'il se dit en manœuvrant pour retourner à la marina.

Le lagon était agité par les rafales de vent. Elles le striaient d'un clapotement infernal.

Ce matin, avant de partir, il avait choisi sa chemise préférée ; une gris anthracite qui s'accorderait avec le ciel puisque le temps s'obstinait à virer. Là-haut, ça allait cracher. Cette chemise mettait de la délicatesse dans la journée. Il l'avait achetée pour ses motifs plumes blancs. Un oiseau couvert de peinture avait dû plaquer ses ailes sur le tissu tant c'était réaliste. Bref, elle valait bien la fortune – relative – qu'elle lui avait coûté. Mais pour Lascar, tout ce qui ne rentrait pas dans le surf, dans la nourriture pour ses gosses et dans la fumette était trop cher. Il n'était pas sûr de l'ordre du tiercé... Au moment du départ, il était revenu chez lui en courant parce qu'il avait oublié sa casquette. Une Quiksilver qu'il avait baptisée La Balnéaire à cause de ses rayures bord de mer.

Tous ces détails auraient pu sembler anodins.

Mais ils étaient destinés à détourner Lascar d'une angoisse qui lui avait noué le ventre dès le matin. L'un de ses proches s'était fait dégommer à vélo. Et un autre avait bouffé grave à Hawaï. Ce surfeur était pour lui un demi-dieu et il était désormais dans un coma profond. Son ami s'était pris une série de vagues sur la tête à Pipeline. Résultat : sept arrêts cardiaques en quarante-cinq minutes.

Lascar souffla un bon coup. Des soucis comme ceux-là ne s'enterraient pas au *pelljob* – à la petite tractopelle. Ils le poursuivraient.

Il ôta sa casquette et lâcha le volant, puis jeta un dernier coup d'œil à Moea. En une fraction de seconde, il réalisa qu'elle était sacrément belle. Birdy avait l'air de partager pleinement son avis. Il faudrait qu'il le charrie un peu, son pote qui passait sa vie comme les chats – toute la journée dans un fauteuil. Lascar défit l'élastique qui retenait ses cheveux et les secoua. Puis il enroula l'élastique autour d'un doigt.

Moea agita la main en lui souriant, ses affaires sous le bras.

Lascar embrassa la scène et tiqua. Il était fier de l'emmener à son premier rendez-vous, et pourtant... Sur le catamaran, il se serait attendu à trouver une famille entière. Des bikinis qui séchaient, des bouées qui traînaient, des paréos qui prenaient le vent. Ou un mec bourré de thunes avec ses poules. Mais rien ne semblait bouger là-dedans. Ce

Lagoon, il le voyait pour la première fois. Le bateau était ancré par vingt mètres de fond, entre la marina et la baie de Teahupo'o, près de Pacaillou. Il était gris et blanc, avec des banquettes pour draguer le soleil sur le pont avant. Le *mana* qui s'en dégageait ne lui plaisait pas. Tout comme le type qui accueillit Moea.

Il avait la plus sale gueule que Lascar ait jamais croisée.

Lascar mit les gaz et s'éloigna, peu rassuré de laisser Moea sur un bateau au nom qu'il n'aurait jamais choisi : *Ti'aporo*.

Le propriétaire devait être un beau salaud.

Arrivé à la marina, il se demanda s'il devait prévenir Hiro.

Il n'avait pas envie de l'affoler pour rien ni de jouer les sonnettes.

Il fixa longuement son portable et hésita.

Sa mémoire lui balança en boucle la gueule du type tatoué et la devise du bateau.

Alors, il se décida.

Envoi.

44

Reva enfonça profondément son chapeau en *pae'ore* des Australes sur son crâne et ajusta ses lunettes de soleil. Autour d'elle, les voitures klaxonnaient. Bientôt, il faudrait les empiler sur une route à deux étages car, entre les pare-chocs, subsistait l'épaisseur d'une allumette. Papeete étouffait. Le *motu* Uta avait déjà été ravagé pour agrandir le port et construire plus de deux kilomètres de digue le long du récif. Avant 1962, ce petit *motu* était la vigie de la baie, coiffé de cocotiers. Et encore avant, le lieu où se retirait la reine Pomaré. Aujourd'hui, elle hallucinerait. La prochaine étape, ce serait des voitures avec des bouées qui flotteraient comme des méduses dans l'eau moribonde du lagon.

Reva voulut traverser mais une Rolls-Royce bleu cobalt faillit la heurter.

Eh quoi ! Elle était un déchet ?

Elle ne se laisserait plus faire. Plus jamais. Elle serra son sac à main contre elle et se pencha sur le capot de la

Rolls pour toiser le conducteur. Peut-être même l'insulter. D'un coup, la mascotte de capot disparut au-dessus de la calandre d'acier. Le célèbre Spirit of Ecstasy, oui, c'était le nom, elle avait assez longtemps travaillé dans un garage pour ne pas se tromper. Volatilisé, le Spirit ! Le conducteur avait contrôlé sa disparition depuis les commandes du véhicule.

Parce qu'en plus, ce connard pensait qu'elle allait la voler !

— Matérialiste bouseux ! Conducteur de demi-carrosse ! Pilote de tas de ferraille lustré !

Reva avait tapé rageusement sur le capot. Le conducteur, tout étonné, n'osa même pas descendre de son paquebot pour ne pas heurter le couple d'Anglais qui se prenaient pour la famille royale à l'arrière. Entre lâcher ses nerfs et perdre un pourboire…

Il continua à rouler au pas.

Dans le port, le *Sea Princess* Hamilton était arrimé et libérait des tonnes de touristes du monde entier, à quelques pas d'un couple qui mangeait du corned-beef à même la boîte sous le grand parasol d'un banian. Reva se retourna et lança un regard noir au paquebot de luxe. Il ressemblait vraiment à un immeuble blanc qui aurait pris un coup de tapette géante, avec son côté comprimé.

Des grappes d'hommes et de femmes, tous plus fluo les uns que les autres, se déversaient et bousculaient Reva. À croire qu'il y avait distribution gratuite de perles de culture sur le front de mer.

À ses côtés, un passant disait qu'ils étaient presque deux mille passagers.

Sur les trottoirs aux pavés disjoints, c'était la grande

sortie des déambulateurs. Un gang du troisième âge en marche à l'affût d'un dernier plaisir, spectacle de ukulélé ou *tāmūrē*. Des accros du bleu lagon pour lutter contre leur vie grisonnante. Fin de partie. Dernière croisière avant le cimetière. Allez ! encore une bière.

La « colonie de bulbuls en chamade », disait Chantal Spitz, cet écrivain qui avait le courage des mots. Elle l'avait entendue à la radio. L'expression lui était restée. Des deux mains, elle applaudissait.

Reva était déchaînée.

Elle les aurait tous renvoyés d'où ils venaient, ces cloportes qui vous bousculaient sans s'excuser.

Certains iraient traîner au quartier du Commerce pour tâter du *raerae*. Ils arpenteraient la rue des Écoles, celle « où on rigole, où on picole, où on racole », *juste comme ça*... Pour voir à quoi ça ressemblait, un homme-femme, comme on allait mater, l'air de rien, les femmes à barbe au cirque ou les sœurs siamoises.

Se rincer l'œil aux monstres, puis retourner à la normalité. Sans que les discours sur la différence n'aient bougé.

Elle en avait mal au ventre.

Triste de ces assauts de violence en elle, un peu honteuse aussi de nourrir la haine qu'elle condamnait, Reva essaya de se calmer.

Essaya.

Un... deux... trois...

Cette phase maniaque fut suivie d'un profond désarroi.

Disparaître.

Être transparente au monde parmi la foule. L'ignorer. S'ignorer soi-même. Marcher sur un fil de soie pour effacer son pas.

Les gens n'y verraient que du feu, trop occupés par eux-mêmes.

L'autre devenait une notion vague. Il suffisait de regarder les citadins marcher. Et voilà, cette snob en short aux cuisses rouges toutes piquées par les moustiques, qui ne voulait pas se pousser.

Non, elle n'existait pas.

Que la vengeance.

Que la vengeance, Reva.

Elle mit le cap sur la cathédrale de Papeete, le fief du père Christophe.

Elle devait le trouver. Elle remuerait la ville s'il le fallait.

45

Hiro était en train de se préparer pour aller surfer quand son téléphone sonna.

L'appareil était posé sur la table de la terrasse et franchement, il n'avait pas envie de s'interrompre pour palabrer.

Deux minutes auparavant, il avait enfilé son short car il avait besoin de sa dose de dopamine.

Kali, Kaya et Yaya avaient réclamé leurs noix de coco et Hiro avait déjà dû s'occuper de leurs caprices. Ils avaient calé leur demi-coque entre leurs pattes et la raclaient en donnant de violents coups de gueule.

Ses chiens avaient leur récréation. Maintenant, lui aussi, il voulait un moment à lui.

Plonger sous l'eau, et appartenir à la vague.

La sonnerie se fit insistante puis l'appel bascula sur son répondeur.

Satisfait d'avoir résisté, Hiro alla chercher sa wax.

Comme quoi, il suffisait d'un peu de volonté.

Il fit quelques pas et s'arrêta net. Bordel, la sonnerie récidivait.

— Ils ne peuvent pas vivre un peu sans moi ? râla Hiro.

Retour en arrière. Il décrocha.

C'était Terupe. Décidément, il prenait un abonnement.

Il n'eut pas droit à la voix tranquille du tatoueur mais à la version speed, bien plus rare. Au moins, ce devait être pour une bonne raison.

— Je ne te dérange pas ?

— Non, non, répondit Hiro en cachant sa lassitude. Je t'écoute.

Il espérait ne jamais connaître le jour où on grefferait ces téléphones sous la peau et rêva de jeter le sien dans le lagon.

— Tuhiti est un peu mal en point, je crois.

— Tuhiti ?

— Je roulais ce matin pour aller au shop et j'ai aperçu dans le fossé quelque chose qui ne bougeait pas…

— Il est en vie ? hurla Hiro.

— Oui, oui.

Seule cette certitude comptait.

Mais il ne comprenait pas. Moea lui avait dit que Tuhiti dormait à la Pointe chez Raoni.

— Tu es avec lui ? questionna Hiro.

— … Voilà.

— Tu ne bouges pas… J'arrive.

Son esprit se troublait. Sur le point de raccrocher, il réalisa qu'il ne savait même pas où ils étaient.

Terupe y pensa pour lui.

— Je suis garé au pont de la rivière Uri He'e.

Hiro fut là en quatre minutes top chrono et rouler comme un taré lui rappela de très mauvais souvenirs.

Il bondit hors du pick-up et claqua la porte bruyamment.

Une seconde peut-être, il resta pétrifié à la vue de Tuhiti.

L'image se superposa avec celle de son père, Mano, disloqué, bardé de traces d'écrasement.

Hiro secoua la tête.

— Tuhiti ! cria-t-il en se jetant à terre.

Il saisit immédiatement le visage du gamin entre ses mains.

Heureusement, Tuhiti ne semblait pas avoir été heurté par quoi que ce soit.

Mais il était en sale état. Il suait et sur ses joues et dans ses cheveux, Hiro nota des traces séchées de vomissures.

— Tu l'as trouvé comme ça ?

Terupe hocha la tête.

Un groupe s'agglutinait déjà autour d'eux.

Hiro leur fit signe de les laisser pour ne pas oppresser l'adolescent.

Tuhiti ouvrit les yeux. Ses pupilles étaient dilatées.

Tout était trouble mais il reconnut Hiro en surplomb et se demanda vraiment ce qu'il foutait là. Il entendit le vent dans le feuillage des arbres, comprit qu'il n'était pas normal qu'il voie les gens et les arbres de dessous, encore moins normal que son corps semble déconnecté, mais il essaya quand même de se redresser.

Hiro souffla un grand coup.

Il prit le temps d'observer le garçon pour trouver une réponse.

Ce fut l'odeur qui l'alarma. Par-delà celle du vomi, il sentit clairement celle du *paka*. Tuhiti avait un tee-shirt noué sur la tête qui ne sentait pas que l'herbe des prés.

— Tu crois qu'il a besoin d'un médecin ?

— Merci, Terupe, mais j'ai l'impression qu'il a surtout besoin de dessaouler.

Terupe était du même avis.

Hiro fouilla l'herbe du regard. Non loin, il repéra des canettes vides.

— Mais quel petit con, murmura Hiro.

En même temps, il ne pouvait lui reprocher de tâter un terrain que tous les garçons du coin expérimentaient. Et ça ne faisait que commencer. Il devait être honnête. Jusqu'à ce jour, Tuhiti l'avait épargné. Il espéra juste que ce dernier ne l'interroge pas sur ce qu'il faisait à son âge.

Terupe vérifia l'heure sur son téléphone.

Hiro l'interrogea du regard.

— Il est 9 h 30, dit Terupe.

Le surfeur leva les yeux au ciel. Il se demanda si un jour, un être humain arriverait à arrêter le temps. Ses yeux se posèrent sur les pupilles dilatées de Tuhiti ; en un sens, c'est un peu ce que visait la drogue.

Il saisit Tuhiti sous les bras et le remit debout. Ses points d'appui n'étaient pas des fondations mais ça devrait aller.

Avec l'aide de Terupe, il le traîna jusqu'au pick-up.

Hiro topa la main de Terupe. Le tatoueur lui répondit par le signe universel des surfeurs : le fameux *hang loose*.

Il démarra et, sans se tourner vers Tuhiti, dit :

— Allez ! Retour maison.

46

Arrivé au *fare*, il jugea bon de garder Tuhiti chez lui le temps de lui poser quelques questions. Il n'allait tout de même pas s'en tirer comme ça avec sa bénédiction, et partir pioncer tranquille dans le *fare* de Moea.

Il l'avait quand même trouvé à demi conscient – et à un mètre de la route.

S'il laissait passer cet incident, Tuhiti penserait que tout était permis.

Ce rôle de censeur n'était pas son préféré. Il mettait à mal l'enfant qu'il avait été. Mais la liberté totale n'était pas la liberté. Pour être libre, Tuhiti devait d'abord apprendre à être libre de ses choix. Voilà ce qu'il allait tenter de lui expliquer.

Tuhiti s'affala sur le banc de la terrasse et les chiens vinrent le lécher sur-le-champ.

Dans le ciel, la pluie menaçait, sûre de son coup.

Hiro perdit tout espoir d'aller surfer pour le moment. Il resta debout, pour garder du poids face à Tuhiti.

Sur sa cuisse, il écrasa un moustique qui profitait de la situation.

— Tuhiti, je sais que tu grandis...

Tuhiti étendit ses jambes sur le banc. Il en plia une, l'entoura de ses bras et resta ainsi, à attendre la foudre qui ne devrait pas tarder à s'abattre.

— Tu grandis, reprit-il en s'éclaircissant la voix, mais ça ne te donne pas tous les droits.

— C'est bon..., dit Tuhiti en baissant les yeux, je crois que j'ai compris.

— Tuhiti, un : ce n'est pas bon, et deux : tu n'as pas l'âge d'avoir compris.

Tuhiti soupira. La tête lui tournait encore et il se sentait très las, comme s'il portait un gilet de plomb.

— On continue ?

Tuhiti hocha la tête.

— Je commence par l'essentiel pour moi. Tu as menti. Tu nous as dit que tu dormais chez Raoni...

— C'était ce qui était prévu ! riposta Tuhiti.

— Oh ! *Umara !* (Ce qui n'était pas un compliment.) Je m'en balance de savoir ce qui s'est passé. Tu nous as laissés avec une fausse information.

Tuhiti fit la moue. Difficilement parable.

Son esprit eut soudain un trait de génie, il se souvint de la différence relevée par Birdy entre « Il m'est arrivé un accident » et « J'ai eu un accident ».

Triomphant, il releva les yeux vers Hiro.

— Tu sais, *il ne m'est pas arrivé* une erreur... *J'ai fait* une erreur, je le reconnais. J'ai merdé.

Au fond, il n'était vraiment pas un mauvais garçon. Juste quelqu'un qui aurait du mal à se trouver s'il ne mettait pas le paquet.

Hiro le pensa. Il se leva et vint lui taper sur l'épaule.

— Dis-moi seulement avec qui tu étais.

Le jeune hésita. Il n'aimait pas cafter. Mais c'était l'heure de vérité.

— J'étais avec Raoni, ça c'est vrai… On a bu une bière sur le pont.

— Une pour deux ? s'étonna Hiro.

— Oui…

— … Et ?

— Raoni a sorti un stick 1 000. On l'a fumé. Voilà.

Hiro ne se contenta pas de cette explication. L'histoire ne pouvait s'arrêter là.

Il observa Tuhiti qui laissait traîner ses mains pour attirer les chiens. Il avait besoin de réconfort. Quelque chose le tracassait.

— Ensuite, on a été pris en embuscade par le *motu* d'à côté.

Il parlait comme Lascar, maintenant.

— Les jeunes avaient des bières et des sticks. On a partagé.

— Contre quoi ? dit tout de go Hiro à qui on ne la faisait pas.

Tuhiti rougit.

— J'ai honte… Promets de ne pas t'énerver…

— Hmmm…

— Contre une de tes vieilles planches que tu avais remisée. Celle que Lascar avait réparée. L'orange, avec un éclair rouge et bleu.

— Quoi ?! Mais t'es malade, Tuhiti !

Il s'approcha de lui et le secoua comme un arbre fruitier. Ce qui était pourri en lui allait bien tomber.

— Tuhiti ! C'est à toi ou à moi, cette planche ? La vague l'aurait broyée en confettis que j'y tiendrais encore, O.K. ? J'ai risqué ma vie sur chacune de ces putains de *boards* !

Tuhiti hocha rapidement la tête.

— Tu vois, il suffit que je dise la vérité pour que tu scannes grave... Franchement, ça n'encourage pas.

— D'autres horreurs à apprendre... ?

Tuhiti leva les yeux dans le vague et réfléchit.

— Ils avaient aussi des boîtes d'allumettes de *weed*. À 5 000 CFP. Ils m'ont montré comment ne pas se faire arnaquer.

— Quoi ?? Et c'est qui, *ils* ?

Le vent emporta une bouteille d'eau sur la table et elle roula à terre.

— Tu ne les connais pas... Ils m'ont montré comment il fallait enfoncer vite le doigt pour vérifier si l'herbe était tassée.

Hiro ne comprit pas.

— Les dealers te sortent tout de suite la parade : ils t'assurent que c'est du bon bonbon et qu'il faut pas l'écraser... C'est juste pour t'arnaquer et en refiler moins.

Il faisait le grand, il faisait le malin. On était tous passés par là mais Hiro préférait qu'il l'épate en surf.

Hiro se mangea la peau des doigts puis déclara :

— Si tu crois que tu vas gagner tes compétitions en te mettant minable...

Tuhiti sentit que Hiro ne baisserait pas la garde.

Les phrases dites à Moea hantèrent Hiro : « Ton fils sera

comme les rivières. Son flot se nourrira des autres eaux et tu n'y pourras rien. Personne n'y pourra rien. »

En face de lui, il avait une rivière gonflée d'eaux polluées. Et il ne savait ni comment la purifier ni comment la détourner.

Pour le moment, il n'avait pas la solution. Mais elle devait exister.

— Bon, maintenant, tu vas te doucher parce que tu es une poubelle sur pattes. Et tant que tu y es, mouche-toi.

Il ne le lâcha pas tout de suite des yeux. Pas tant que Tuhiti ne baisse les siens.

Le garçon sortit un mouchoir, et un sachet dégringola.

Ou plutôt, c'est Hiro qui tomba.

D'un immeuble de cinq étages.

Il y eut un silence qui parut une éternité.

Cette fois-ci, c'est le sachet que Hiro ne quittait plus des yeux.

C'était impossible. Impossible. Pas Tuhiti. Un demi-gramme de cristaux blancs comme le quartz qui prenaient des reflets légèrement jaunes à la lumière. Un demi-gramme d'eldorado, un-demi gramme d'enfer.

Il le ramassa lentement.

Non, il n'y croyait pas.

Ce n'était pas la réalité. Tuhiti ne serait pas le prochain qu'on mènerait à l'abattoir. Il n'en pouvait plus de ce foutoir.

Sa voix, il ne la reconnut pas.

— Tuhiti... Tu... Tu en as pris ?

En Tuhiti, le mot constellation s'illumina de tout son sens. Son cerveau agita une constellation de tentations et de doutes.

— Tuhitiiiiii !

Cette fois-ci, Hiro venait de hurler. Et il recommençait. Sur la route, les cyclistes se retournèrent.

— Tuhitiiiii ! La vérité ! Tout de suite ! Maintenant !

— Je n'avais pas de pipe.

La déflagration fut énorme.

Il se serait pris un rocher de sa vallée qu'il n'aurait pas été moins écrasé.

Tuhiti écarta les bras.

— J'ai essayé d'en sucer un morceau... Un pas gros. Je me suis dit que c'était comme le piment, que ça ne pouvait pas être bien méchant... Hiro, je savais pas ce que ça donnerait. On m'avait dit que je deviendrais Superman...

Hiro éclata et secoua encore plus brutalement Tuhiti.

— Superman ??? *Hey toy !* Superman ? Tu deviens la plus grosse merde du monde, oui ! Une merde tellement nauséabonde que plus personne ne t'approche ! Tu comprends, oui ? Dis ! Tu comprends ? Ton petit paquet, tu le crames en deux coups et t'as plus rien ! Regarde-moi, bordel de merde, regarde-moi, Tuhiti ! Superman de mes couilles, oui ! Tu ne peux surtout plus te contrôler ! Tu ne dors plus pendant trois nuits, tu ne manges plus, oh ! elle est belle, la vie ! Mais au bout du compte, tu vas te mettre à dévorer le moindre truc que tu auras sous la main, même la bouffe pourrie des chiens ! Tu m'écoutes ? Oh ?

La joue de Tuhiti venait de se prendre une claque. Une bonne.

— Tu te douches plus, tu clopes, tu bois de la bière, partout de l'alcool. Et le jour où tu as un métier, tu vends tous tes meubles, ta télé, celle de tes parents, tout. Et tu bosses que pour te racheter tes putains de doses. Tu fonds de l'intérieur, tu maigris et tu prends vingt ans, tu vas à l'hosto, et t'as plus de globules blancs. C'est la vie de Superman, ça ? Tu ne vas pas devenir comme…

Hiro rugissait. Mais là, il s'arrêta. Il ne pouvait pas lui sortir une phrase comme ça.

— … mon père ? lâcha Tuhiti avec une fatalité qui faisait froid dans le dos.

Hiro secoua la tête. C'était plus que du désespoir. Un cauchemar le rattrapait et lui tendait sa main glacée.

Il en avait oublié la seule question qui l'intéressait.

Reprenant ses esprits, il se planta devant Tuhiti avec un air terrible.

— Qui, Tuhiti ? Qui ?

Un silence.

Le dire serait une trahison.

La fin d'une complicité, la fin d'un secret.

Non, il ne pouvait pas le dire.

Le ton monta.

— Qui, *eure* ?

Non.

Hiro se baissa, attrapa les coques de noix de coco laissées par les chiens et propulsa la première contre le mur.

— Une… ?

Tuhiti cligna des yeux.

— … Deux ? Toujours pas, cervelle d'huître ?

Pourquoi ne pouvait-il pas ?

— Trois !

La troisième coque s'éclata contre la paroi.

Hiro revint vers lui comme une furie.

— Tuhiti, si tu ne me dis pas qui c'est dans la microseconde qui suit, je fais de toi de la charpie.

Tuhiti n'en douta pas. Mais il ne broncha pas.

Plutôt mourir que de briser un serment de surfeur.

Le bras de Hiro s'abattit sur lui.

La foudre. Voilà.

Il le savait.

Hiro en eut immédiatement honte mais c'était trop tard.

Alors Tuhiti eut un sanglot. Des larmes comprimées depuis des années.

Et le nom le plus caché en lui tomba comme une feuille morte.

— Taj.

Et il s'enfuit dans le jardin.

Pour la seconde fois, Hiro s'écroula.

Pour la seconde fois, il n'y croyait pas.

Et pourtant, une lumière s'alluma en lui.

Tout s'assemblait.

Il allait le tuer.

Il allait lui faire bouffer son sachet d'*ice* au sabre, s'il le fallait. Jusqu'à ce qu'il tombe de la gorge aux pieds.

Où était ce meurtrier ? Qui le protégeait ?

Son téléphone bipa et il reçut un SMS de Lascar.

En fait, il lui en avait déjà envoyé deux.

Il lui parlait de Moea et du Lagoon, le *Ti'aporo*.

Hiro n'eut même pas à penser.

Qu'on appelle cette réaction intuition ou esprit d'étincelle du samouraï, il sut sans réfléchir.

Il sut où Taj se terrait.

47

La cathédrale se dressait sur une petite place, prise en étau par des immeubles. Elle était jaune fané, comme du raphia. Le premier évêque catholique de Tahiti l'avait fait bâtir. Reva leva les yeux. La date de 1875 surplombait le porche. Ce devait être celle de la fondation. Avec ses blessures, elle ne risquait pas de faire les magasins. Et elle n'avait pas le cœur à acheter. Pour consommer, il faut croire aux lendemains.

Elle ne croyait plus en rien. Elle le dirait à la Vierge. Elle le dirait à Père Christophe.

Sûr qu'il saurait comment on ressuscite la foi.

En attendant, elle venait pour leur intenter un procès.

Un procès en irresponsabilité.

Le mal était un scandale, il fallait le crier.

Quand on avait un troupeau, on ne laissait pas ses bêtes errer.

Elle réunit ses forces et avança vers l'entrée. Le porche

blanc ouvrait sur la pénombre. Il avait une forme de… Reva ressentit un trouble immense. Elle balbutia.

Une forme de fente. Il n'y avait pas d'autre mot.

Reva rougit. Elle entrait dans le vagin de l'église.

N'était-ce pas son rêve ? Retourner en arrière, revenir à la matrice ?

Sa vie n'avait aucun sens en avant.

Reva retira son chapeau et passa de la lumière à l'ombre. Et tout fut plus calme. Et tout fut plus doux.

Elle se signa et pénétra le silence. À l'entrée, un marque-page à l'effigie de la cathédrale l'attira. Elle le retourna et lut.

Le jour où j'ai crié
Tu m'exauças
Tu as accru la force en mon âme.
Psaume 138 (137), 3

Elle avait crié, tant crié, et sa force avait décru.

Sur les bancs de bois, une seule femme priait. Assise tout devant, de dos, face aux bouquets de *'ōpuhi* rouge sang.

Les pas de Reva firent peu de bruit sur le dallage qui menait à l'autel. Elle ne voulait pas déranger. Elle redoutait de vexer la prière. Droit devant elle, Jésus sur sa croix était le premier à la voir avec ses cheveux tailladés.

Elle ressemblait désormais à un homme.

Un homme qui marche vers Jésus avec des seins siliconés.

L'envie de pleurer revint, irrépressible.

À nouveau, elle essaya de respirer et de compter jusqu'à trois, mais à deux, elle éclata en sanglots et s'effondra sur les dalles de pierre.

C'était frais.

Comme le marbre des tombes de riches.

Sur sa croix de bois, Jésus la regarda.

Croix de bois, croix de fer, si je mens, je vais en enfer.

Jésus n'était pas charpenté, il était fin et presque féminin, avec des cheveux longs ondulés.

Il ne ressemblait pas à un surfeur. Il paraissait presque malingre.

Une femme vint à son secours et lui demanda si tout allait bien.

Reva releva lentement vers elle ses yeux noyés de larmes et hoqueta :

— Dans une église, *rien* ne va jamais bien, non ?

La femme eut l'air désespérée.

Soudain, ce fut comme si tout était enclume.

Le regard de Reva se perdit sur les murs et observa les boiseries peintes. Il tomba sur le chemin du calvaire.

La route de Vairao.

Hypnotisée, elle se remit sur ses pieds et s'approcha. Lentement, elle se souvint. Les peintures n'étaient pas occidentalisées. Il y avait des femmes en paréo, des teintes de peaux brunes, et même un bananier. Sur les vitraux, modernes, un ukulélé, un homme en pirogue soufflant dans une conque, une vahiné, saint Thomas à l'ombre d'un *'uru*, et des poissons volants. Et même des phrases en tahitien.

Tu te rappelles ce que tu avais dit une fois à Rumahere en allumant une bougie ? Que cette cathédrale se polynisait. Le mot n'existait pas. Mais il rappelait polliniser.

Pouvait-on féconder la culture ? Pouvait-on la sauver ?

Les paroles de la chanson que fredonnait Tamatoa lui

revinrent aussi à l'esprit, alors qu'elle avait eu l'impression de ne rien écouter.

Ce manque d'attention des hommes
Envers leur terre natale.

Reva se sentit lasse, infiniment lasse.

Elle n'avait pas les épaules pour porter autant de souffrance.

Jamais elle n'aurait les épaules d'un homme de la mer.

Elle était mince, fragile et disloquée. Si le vent soufflait jusqu'à l'autel, il la briserait.

Elle devait voir PK0.

Il avait ce point commun avec Teahupo'o.

Il était aussi PK0.

À cause du point kilométrique 0 de la place de la Cathédrale.

Maintenant, elle avait juste la force de lui dire sa colère.

Elle passa devant une Vierge à l'Enfant, née des mains d'un sculpteur des Marquises, et aperçut un homme d'Église.

La phrase resta d'abord bloquée dans sa gorge, puis s'échappa :

— Je dois voir Père Christophe.

— Ah ! il n'est pas au presbytère. Il avait des rendez-vous à l'extérieur.

Bien sûr, la souffrance n'avait jamais de vacances.

Reva crut que toute force l'abandonnait.

Elle baissa la tête et alla s'asseoir sur un banc.

Surtout, ne pas toucher mes cheveux.

Dehors, le vent semblait vouloir emporter la cathédrale.

Mais la nef résistait.

Père Christophe ne venait pas.

Aux reins, une douleur si intense qu'elle sentit qu'elle devait rentrer.

L'homme d'Église était toujours là. Elle lui remit une enveloppe pour Père Christophe.

À l'intérieur, il y avait des billets.

Et un mot, d'une écriture appliquée qui pourtant tremblait.

« Sur ma tombe, je ne veux pas qu'on écrive Vitori.

Vitori est un calvaire pour moi.

Je m'appelle Reva. »

48

Moea avait vu Lascar s'éloigner avec un pincement au cœur.

Masser sur des voiliers ou des catamarans, elle l'avait déjà accepté. Mais rarement. La situation n'était en soi pas évidente. Se retrouver à masser quelqu'un n'est jamais un acte banal. Il faut passer cette barrière invisible qui tient les êtres à distance et commettre cet acte irréversible de toucher. Chacun connaît son périmètre de sécurité. La zone dans laquelle il est réfugié et qu'un inconnu ne pourra pas franchir sans conséquences. Bien sûr, elle exagérait l'idée mais elle savait pourquoi. *No trespassing*. L'expression l'avait toujours marquée. Une personne ne se laisse pas toucher impunément. Ce point, Moea l'avait longuement médité.

Déjà, elle se livre. À une masseuse qu'elle n'a jamais vue.

Elle se livre sous ses doigts, à moitié nue.

Elle accepte qu'on décrypte son corps, qu'on parcoure

ses cicatrices, qu'on palpe ses bourrelets, qu'on sente ses pudeurs comme ses crispations.

Pour se laisser défroisser, il faut qu'une confiance puisse s'installer.

Une forme de cession temporaire. Je te cède l'exploitation de mon corps pendant une durée déterminée, dans un cadre strict où seule la surface est autorisée.

Mais c'est un rapport superficiel en profondeur.

Et où la personne massée s'abandonne à l'autre, lui obéit, ne bouge pas.

Voilà pourquoi parfois, l'autre se révolte contre sa passivité.

Et rebat les cartes en vous touchant à son tour.

Moea l'avait déjà vécu.

Elle était montée à bord d'un yacht avec deux collègues, pour masser plusieurs personnes. Un Demi, croisé avec du sang italien, les avait accueillies. Aux premiers effleurements, il s'était retourné et lui avait dit :

— J'ai appelé, donc maintenant, tu me fais ce que je veux. À moi... et mes amis.

Aussitôt, elle avait retiré ses mains et il en avait retenu une en précisant :

— J'ai réuni sept clients. Tu ne peux pas leur faire faux bond, là. Tu me dis ton tarif, et on ajoute ce qu'il faut. O.K. ?

Moea avait été écœurée. Pour qui il la prenait ?

Toutes trois, elles avaient réuni leurs affaires.

Et comme personne ne voulait les ramener avec l'annexe, Moea avait posé ses serviettes et sauté à l'eau, sous l'œil médusé du pseudo-Italien. Ses tongs s'étaient muées en palmes de main – elle était habituée.

Bien sûr, elle n'eut pas le temps de toutes ces réflexions en montant à bord du *Ti'aporo*.

Mais l'esprit était là.

Se méfier et guetter les signes.

Alors, quand elle vit la face cachée d'Ue, ce fut un choc qu'elle n'aurait pu imaginer.

Des volutes, des dragons et des esprits souterrains couraient sur la moitié de son corps, jusqu'au sommet de son crâne rasé.

Elle le salua et ne put s'empêcher de se retourner. Un instant, elle suivit des yeux le sillage du bateau de Lascar qui creusait le lagon de gerbes écumeuses.

Maintenant, elle était loin du bord.

Et près de l'inconnu.

49

Hiro en faisait une affaire personnelle. Il ne voulait pas mêler Lascar à cette histoire. Il prendrait sa barque alu, même si elle était fatiguée, et son moteur de quinze chevaux le mènerait jusqu'au *Ti'aporo* dans un bruit de tondeuse.

Mais avant, il devait tempérer sa colère.

Il ne pouvait exécuter Taj à coups de hache comme Matirohe.

Non pas qu'il s'en sente incapable. La haine en lui était incommensurable.

Mais il était vital qu'il prenne de la distance et ne laisse pas sa colère parler en premier.

Les paroles des Anciens de Teahupo'o le rappelèrent à la sagesse : « Ne va jamais surfer quand tu t'es engueulé avec ta femme, quand tu as fait la bringue ou quand tu es énervé. »

Ce qui s'appliquait au surf concernait encore plus la vengeance.

Hiro se mit en marche vers *Te oto pa'u*, le vallon du Tambour, celui qui avait la cascade de Tupe en ligne de mire.

Le ciel était gris acier.

Comme ses pensées.

Froides, cruelles, acérées.

Mais la situation était trop grave pour qu'il n'interroge pas le *mana*.

Sous les rafales de vent, il grimpa.

À chaque pas, il essaya de cerner la personnalité de Taj. Il devait investir chaque parcelle de son souvenir, se remémorer sa façon de surfer, interroger ses postures comme les rides de son visage.

Dans l'être humain, tout parlait – même les mots utilisés.

Tout traçait une carte d'identité bien plus précise que le cadavre de papier avec nom, prénom, lieu et date de naissance et adresse.

Hiro franchit la rivière et l'homme se dessina dans le creux des montagnes. Il était orgueilleux – mais blessé. Téméraire – mais menacé par sa fougue. Arrogant – mais traqué.

Et surtout, le sachet remis à Tuhiti avait mis à nu la raison de son amaigrissement.

Il prenait de l'*ice*.

C'était suicidaire.

Les surfeurs qui y avaient touché passaient de mystiques à aliénés.

Dans le magma qui donnait corps à ses pensées, un point résistait. Pourquoi avait-il choisi Tuhiti ?

S'il l'avait élu pour le pousser à bout dans la concurrence en surf qui les opposait, c'était radical et démesuré.

Quelque chose en lui n'y croyait pas.

Mais alors quoi ?

Il arriva au verger et Ronui galopa vers lui.

Il flatta ses naseaux pour calmer sa haine. À chaque fois, il n'en revenait pas que ce puisse être aussi doux.

En lui, une flamme s'alluma.

Tout *'aito* avait besoin de douceur. Même le plus dur des guerriers a en lui ce besoin d'une main qui se pose sur la douceur qui lui fera tout oublier.

Où se posait la main de Taj ?

Ronui le suivit jusqu'au vallon.

La cascade chanta. Mais Hiro tenta de l'oublier pour se concentrer sur les tambours.

Une seule fois dans sa vie, il les avait entendus. Les parois avaient grondé.

Non, non, il n'avait pas bu.

Au fond de sa vallée, les arêtes se calmaient soudain pour créer un replat.

Dans les temps anciens, les guetteurs se postaient là. Alors les tambours résonnaient pour prévenir du danger. De la vallée à la mer, il y avait sept kilomètres que chaque battement franchissait allègrement.

Pas une pirogue n'entrait dans la passe Hava'e sans que les tambours ne précèdent son arrivée.

Hiro s'assit sur une pierre et calma ce cœur que la rage faisait tambouriner.

Avec le surf, il savait le maîtriser.

Il respira avec la sérénité d'un rocher, comme s'il existait dans cette vallée depuis l'éternité.

Alors, il le jura, il entendit les versants gronder.

50

Son chemin de croix n'en finirait jamais. Sur la route du retour, elle avait dû changer trois fois de conducteur.

Elle restait élégante et cachait ses blessures, aussi personne ne l'avait refoulée.

Juste regardée étrangement.

Comme d'habitude.

Non, Reva. Un peu plus que d'habitude.

À l'approche de la salle omnisports de Vairao, elle avait vu l'heure au poignet de l'homme qui conduisait, et elle lui avait demandé de s'arrêter.

Un vague souvenir.

C'était insensé. Comme revenir sur les lieux du crime.

Mais il y avait une raison à cette folie.

Sa mission.

Elle marcha jusqu'au parking et obliqua à gauche.

Près d'une dalle de béton, un podium vert. Avec les chiffres blancs, bien visibles. 1. 2. 3. Comme sa respiration.

Elle inspira profondément. Un… deux… trois.

Et entra dans la salle.

Contre le mur de crépi gris, d'énormes pneus s'entassaient. Un vrai cimetière.

Des voix lui parvinrent. Des expirations fortes.

Sur fond de mur pistache, encore des pneus, en colonnes.

Des poings qui se crispaient. Des coups qui partaient.

Une dizaine de personnes qu'elle ne connaissait pas.

Un homme à l'écart, hors des cordes, qui la regarde comme une apparition.

Elle le salua et il se retourna plusieurs fois.

Ses yeux firent le tour de la salle, avalèrent toutes ces étrangetés si loin de son univers. Des gants, des poids, un punching-ball, un sac bleu qui pendait à une chaîne comme un étron, et ces hommes qui frappent leur adversaire, qui enchaînent les coups de pied dans les pneus sans se fatiguer.

Reva les regarda. Elle regarda tout ce qu'elle ne serait jamais.

Le coup fut rude. Pire que tous les directs du monde.

Des hommes puissants, vaillants, aux débardeurs trempés. Des muscles qui luisent sous les néons, des mines de durs que rien ne ferait plier.

Ils l'avaient déjà oubliée.

Ils retournaient à leur tâche, aux coups obstinés.

Une lutte contre des fantômes qui n'en finissait pas.

Alors elle comprit.

Elle comprit que jamais elle ne pourrait tuer cet homme qui l'avait bafouée.

Jamais elle ne serait un *'aito*, jamais elle ne serait un guerrier.

Ne restait plus qu'à rentrer.

Et à s'attaquer à la source du mal.

51

À sa grande surprise, Ue lui parla posément.

Mais ses poils ne pouvaient s'empêcher de se hérisser à sa vue.

Cet homme l'inquiétait. Moea sentait les âmes et celle d'Ue s'était trop habituée à la souffrance. Elle lui avait tanné le cœur.

Il lui expliqua que l'homme à masser n'était pas lui, mais un compagnon.

Il était allongé dans l'une des quatre cabines et, qu'elle se rassure, c'était climatisé.

Elle eut un sourire nerveux – ce n'était pas du tout ce détail qui l'inquiétait.

À ce stade, elle aurait rêvé l'entendre dire qu'elle devait masser une femme.

Ils descendirent un escalier et Ue poussa une porte en bois aux poignées dorées. Il lui confia que le client avait eu un léger accident qui le rendait peu liant.

Elle s'attendit au pire. Même à voir un amputé.

Aux côtés d'Ue, toute cruauté devait sembler normale.

Mais la porte s'ouvrit sur un homme au corps bronzé, sous des lumières tamisées. Il était déjà allongé sur une serviette et reposait sur le ventre. Ses cheveux étaient décolorés par le sel et sa musculature ne laissait aucun doute sur sa qualité de surfeur.

L'eau claquait contre les coques du catamaran et seul ce bruit, régulier, était rassurant.

À la tête du lit, l'homme avait le choix entre trois oreillers.

Il avait le visage en partie caché dans le plus gros et le plus mou.

Le lit était en bois, à tiroirs, et le linge sentait le neuf.

Les pieds de Moea s'enfoncèrent dans une moquette épaisse et elle entendit Ue, resté sur le pas de la porte, demander à l'homme s'il n'avait besoin de rien.

Il avait grommelé « non ».

Plus elle s'approchait, plus son cœur tapait dans sa poitrine.

Il lui avait adressé un bonjour presque inaudible.

Moea savait que certaines personnes ont besoin de rester dans leur bulle. Celles-là, il fallait à peine leur parler sinon elles vous le reprochaient ensuite.

Le plus dur était les premiers gestes, ce moment où ses mains se posaient sans transition, pour ne pas susciter d'ambiguïté avec les préliminaires lents des caresses.

C'était une question de tempo et d'énergie.

Elle posa ses bouteilles d'huile et les serviettes sur un bureau d'angle puis s'approcha avec le paréo.

— Huiles de coco et de monoï mélangées, ça te va ?

— Hmm.

Il avait hoché la tête contre l'oreiller.

L'avantage en Polynésie était de pouvoir tutoyer dès le premier contact. Ce qui facilitait les échanges.

Elle se pencha vers lui pour le couvrir du paréo.

Étrangement, il était peu tatoué. Des motifs *ma'ohi*, familiers.

Son regard s'attarda, l'homme avait un joli dos, au V bien dessiné, et quand elle vit ses fesses, elle se hâta de les couvrir. Heureusement, il n'était pas complètement nu.

Sur une tablette de nuit était posée une assiette de fruits presque intacte.

Elle parcourut des yeux les abords du lit tandis qu'elle nouait ses longs cheveux.

Elle nota une cannette de bière vide, et deux pleines qui attendaient.

Bon, ce n'était pas un sobre. Ses bras mis à part, qui portaient quelques ecchymoses, il ne semblait pas avoir eu d'accident.

Ue avait dû plaisanter à sa façon. Elle n'était pas persuadée d'avoir le même humour.

La porte d'entrée comportait un miroir et en se penchant vers l'homme, elle découvrit son propre reflet.

Elle roula le paréo jusqu'à mi-corps, chauffa de l'huile dans ses paumes et posa d'un coup ses deux mains.

— Tu me diras si tu as des douleurs particulières, hein ?

Il fit le signe O.K. avec deux doigts. Les muscles de son bras luirent sous la lumière.

En retrouvant les gestes qu'elle maîtrisait, Moea commença à se relaxer. Et la peau de son client était souple et douce.

Depuis son retour à Teahupo'o, il était le premier et pour Moea, chaque début prenait une importance capitale.

Elle redoubla d'application et sourit à son dos.

Sous ses doigts, l'homme se détendait.

Le catamaran tanguait et le bruit, répétitif, occupait leur silence.

Comme le vent.

Elle multipliait les gestes et les approches, palpait, défroissait, étirait les muscles, lissait la peau, travaillait chaque tension. Elle savait lire un corps comme un surfeur lit les lignes de houle.

Tous ces gestes, précis et professionnels, avaient vite chassé la phase d'intimité ambiguë du début.

Quand elle eut fini le haut, elle passa aux jambes et releva le paréo sur son dos. Le tissu brassa légèrement l'air et elle sentit son parfum, épicé et chaud.

Ses fesses changeaient de la chair molle ou fatiguée habituelle. Finalement, passé le barrage d'Ue, sa robe ballon lui portait chance.

Elle essaya de ne pas trop les regarder. Surtout cette zone juste au-dessus de la fente, où le corps se creusait. Il s'y formait comme un réceptacle où elle déposa de l'huile.

Ce petit creux, elle l'appelait le cendrier du corps.

Elle partit du cendrier et massa ce cul partagé en deux coques – c'était drôle, à l'image du catamaran.

Elle se raisonna et dut combattre le plaisir qu'elle y prenait. Cette conscience, rare, elle se l'interdisait.

Moea, arrête de te nourrir les yeux.

Mais en elle, quelque chose cessa de lutter et elle mit une ardeur particulière.

L'ardeur de la première fois sur Teahupo'o. Voilà ce qu'elle pensait pour dédramatiser.

Elle termina par les pieds et n'en négligea aucun des doigts.

Perfectionniste.

Puis elle lui demanda de se retourner.

Le choc fut tel qu'elle ne sut ce qu'elle vit en premier.

Mais un spectre, assurément.

Puis le bracelet en raphia qu'elle lui avait tressé des années auparavant, une éternité, orné d'une porcelaine à caresser.

Chaque fragment, chaque détail que son cerveau avait perçu séparément précipita comme une solution chimique.

C'était tellement évident. Son corps avait compris – bien avant l'esprit.

Il fut parcouru d'un long, très long frisson.

Bien sûr que tu avais raison.

Chacun a ses tremblements de terre.

Taj avait toujours été le sien.

Elle ne sut si elle devait fuir ou ouvrir la vanne du barrage intérieur qu'elle avait bétonné, depuis des années.

Un barrage pharaonique. Un barrage dément.

L'œuvre du renoncement.

L'œuvre de son propre enterrement.

Taj, lui, la regarda avec un sourire apaisé. Il s'était redressé.

Pour la première fois depuis longtemps, il ne posait pas, il ne fanfaronnait pas.

— J'ai toujours su que je te reverrais.

Sa voix.

Évidemment. Ces inflexions qu'elle connaissait par cœur.

Cette tendresse qui triomphe du guerrier.

Cette façon de finir les phrases comme si elles s'évanouissaient.

— Kai...

La sienne, elle ne put la finir.

Plus rien ne sortait. Si elle ouvrait à nouveau la bouche, tout déferlerait.

À nouveau, il sourit.

Un sourire triste, cette fois.

Cela lui faisait tellement du bien de ne plus être Taj.

Tellement du bien de se sentir, comme au plus profond de la vague, là où il devait être.

Plus encore, d'être réuni, de ne plus subir cette scission en lui.

Jamais la drogue ne lui avait procuré cette sensation.

Elle l'avait anesthésié, avait repoussé loin cette force de dissolution qui le menaçait, mais pour tout lui recracher à la gueule, et l'isoler.

La drogue dialoguait avec ses souterrains.

Elle le mariait à la solitude.

Elle le clouait à ce pieu de bois.

Seul.

Désespérément seul.

Seul à crever.

Moea ne pouvait détacher ses yeux de son visage. Ses joues s'étaient creusées. Comme son corps, tendu comme un fil d'acier.

Avec les années, le regard s'était durci aussi.

Au fond de chaque pupille, deux larmes qui auraient pris feu.

Une lueur folle y flambait.

Il répéta cette phrase qui sonnait comme un pacte d'adolescents :

— Je te jure que je le savais.

À cette déclaration, aucune réponse possible.

Que celle de ses lèvres qui vinrent se plaquer sur ce souvenir adulé et l'embrasser avec une telle fièvre que Taj ressentit une chaleur se répandre violemment en lui.

Le trip de sa vie.

C'était le trip de sa vie.

Immédiatement, il comprit que c'était ce qu'il avait cherché dans la drogue.

À combler ce vide d'avoir perdu Moea, d'avoir perdu sans explication la femme qu'il aimait.

Elle se détacha de sa bouche et il voulut parler.

— Chutttt, lui dit-elle en posant un doigt sur ses lèvres. Pas maintenant.

Et elle couvrit son cou et son torse des mille baisers dont ils avaient été privés.

L'érection qu'il éprouva fut si violente qu'une part s'alarma en lui.

Ce ne pouvait finir comme ça.

Les portes du bonheur n'étaient pas pour lui.

Espérer, voilà ce qu'il redoutait le plus.

Il n'aurait jamais avoué à Fauvero que sa plus grande peur était là.

Dans l'espérance.

Les lèvres de Moea, plus douces que n'importe quel mensonge chimique, glissèrent sur sa peau. Plus bas. Les caresses de ses mains ruisselaient sur lui et ses baisers ricochaient sur son corps, comme la gaieté de la pluie.

C'est alors qu'il entendit ce que son cerveau refusait d'interpréter.

Un bateau s'approchait.

Maintenant, il était là.

La tristesse envahit son esprit à la même vitesse que la joie l'avait à l'instant empli.

Kai renversa la tête en arrière.

C'était l'histoire de toute sa vie.

La possibilité de l'harmonie. La tentation de la réconciliation avec lui-même.

Et cette marche finale, au bord du ravin.

Sur la crête de la vague.

Au-dessus d'eux, sur le pont, le vent n'étouffa ni les coups ni les cris.

Instinctivement, Kai repoussa Moea pour la protéger.

Elle lui lança un regard où il aurait pu se noyer.

Le regard d'une femme, que le destin, pour la deuxième fois, brisait.

52

Reva rentra dans sa maison comme un automate.

Tous ses gestes semblaient programmés.

Elle commença par ranger ses affaires. Ce qui était vite fait. Reva était le contraire de quelqu'un de désordonné.

Elle n'eut pas à se lancer dans la vaisselle. Le moindre verre était rangé.

Mais elle prit une éponge, une serpillière et du nettoyant, et se mit à récurer chaque pièce.

Sur l'autel, elle renouvela les bouquets.

Dans ses armoires, elle vérifia que les piles étaient alignées.

Puis elle se fit un café. Pour changer.

Comme si elle était sa propre invitée.

Elle relut son carnet.

Une phrase l'arrêta.

« Le mal est un monstre dont la tête renaît toujours quand on l'abat.

Parce que la source est en moi. »

C'était ça.

Tuer, jamais sa mère ne le lui pardonnerait.

La vie des autres ne nous appartient pas. Ce principe, les tribunaux le ressassaient à longueur d'audiences.

Mais ils oubliaient de préciser qu'alors, on est seul maître de son corps.

Jusqu'au bout.

La petite Vierge ne serait pas d'accord.

Mais elle n'avait pas voulu la sauver.

Malgré elle, elle s'aperçut dans le miroir.

Plus rien ne pourrait la sauver.

Reva avait fini son café.

Il n'était pas mauvais.

Elle retourna à la cuisine, rinça la tasse et l'essuya puis ouvrit le tiroir et en sortit le long couteau.

Comment Teina avait-il fait ?

Il s'était planté… cette chose dans le front tout seul, comme un grand.

Elle ne s'était jamais sentie adulte.

Les pompiers avaient dit que le trajet de la lame était médian, d'avant en arrière. Qu'il avait dévié légèrement vers la gauche. Que la voûte crânienne avait été fracturée. Les gens regorgeaient toujours de détails insensés.

Teina était mince aussi. Avec des cheveux longs.

Comme elle, avant.

Son front était couvert de plaies.

Le couteau avait été enfoncé jusqu'à un centimètre et demi de la garde.

La voix des gens avait baissé d'un ton. Ils avaient bien vu

que leurs voisins ne comprenaient pas. Ce qui voulait dire que la lame était enfoncée de dix-sept centimètres dans le crâne.

Sur le poignet gauche, la lame avait dessiné une petite croix.

Pour obtenir cette performance contre nature, Teina s'était frappé la tête contre le sol de tout son poids. Avec le couteau enfoncé.

Cette rage contre soi, Reva la comprenait.

Tout son corps la comprenait.

Pour se donner du courage, elle se regarda encore dans le miroir.

Puis elle sourit à la Vierge, et implora son pardon.

Rumahere accepterait.

Quant à l'humanité, elle aurait le sang dont elle raffolait.

Elle aurait rêvé d'une autre fin. De se jeter depuis les falaises du Pari, au Fenua Aihere.

Là où le lagon s'arrête, et où les déferlantes lèchent les rochers.

Les Petites Marquises de Tahiti Iti.

Son lieu préféré.

Non loin du *motu* Fenua Ino, qui connut un naufrage. Un galion espagnol chargé de richesses.

Un homme de Tautira trouva une épée sertie de pierres précieuses et les habitants de Tautira crurent à la manne. Ils creusèrent le *motu* comme on lacère son pire ennemi. Ils firent honte à leur terre. Ils sacrifièrent le *motu* Fenua Ino – et Reva songea à *motu* Uta, à Papeete.

Elle se serait jetée dans l'eau émeraude, bien plus précieuse que toutes les pierres.

La matrice l'aurait entourée.

Elle aurait à nouveau baigné dans ce liquide qui promet l'aube.

Mais il n'y aurait plus d'aube.

En elle, la lumière avait été éteinte.

Elle tâta son front et prit ses repères.

La mort ne la jugerait pas, elle.

Elle eut une pensée pour Père Christophe, pour l'enveloppe.

Que son vœu soit exaucé, que sa parole soit respectée.

Qu'elle soit enfin réconciliée avec elle-même, pour l'éternité.

Maman, la mort m'accueille.

Maman, elle me tend les bras.

Je viens.

Attends-moi.

Et tout fut rouge.

Puis tout fut blanc.

Infiniment.

53

Une houle titanesque était annoncée pour le lendemain.

Elle enflerait dans la nuit.

Hiro lui avait laissé le choix.

Ou le trancher sur-le-champ à la hache et jeter ses morceaux aux requins ou venir se mesurer à lui à minuit.

La vague déciderait.

Le fameux détecteur d'humilité de Lascar.

Taj n'avait pas hésité.

L'idée l'avait fait sourire.

La nuit... Pourquoi pas. Bruce Irons avait bien surfé Teahupo'o les yeux bandés.

Si Bruce Irons avait réussi son pari, il y arriverait.

Remettre son corps au destin, Taj avait fait ce choix depuis longtemps.

Une façon de provoquer la mort et, en un sens, de la devancer.

De toute façon, chaque grosse vague de récif était à tout moment une roulette russe.

Il avait dit :

— O.K.

Et Hiro était reparti en bateau avec Moea, sûr que Taj tiendrait sa promesse.

Elle engageait ce qu'il avait de plus fier en lui.

À la tombée de la nuit, Hiro était remonté dans le vallon *Te oto pa'u*.

Pour se concentrer, il avait écouté la nature se déchaîner.

Le chant plaintif du *noha* l'avait accompagné.

Ce chant qui montait d'un terrier.

Cette plainte si déchirante qu'elle faisait fuir même les âmes bien trempées.

Hiro était redescendu pétri du sentiment d'unité le plus fort qu'il ait jamais éprouvé.

Lascar s'attendait à tout avec Hiro. Pourtant la demande l'avait laissé sur le cul.

Il avait ouvert la bouche pour le raisonner, mais quand Hiro lui avait fourni ses arguments, avant même qu'il ne puisse parler, il avait juste dit ce que l'on attend d'un véritable ami : oui.

À minuit, la lune était bien la seule à jouer avec les flots.

Hiro n'avait pas décroché un mot sur le bateau.

Sur la plage de sable noir, avant de partir, il avait enchaîné les exercices de yoga et de gainage.

Plus le challenge était puissant, moins il fallait stresser.

Lascar n'était pas aussi décontracté et toute idée de fumer l'avait quitté.

Il pria pour que les nuages laissent à la lune le droit de s'exprimer.

Il n'était pas pour le noir complet.

Pas ce soir, s'il te plaît.

Hiro se livra à des exercices de respiration en répétant trois séries de une minute chacune pour évacuer la pression.

Mettre son énergie au bon endroit, au bon moment.

Ça – et ça seulement.

Une vedette rapide, pilotée par Ue qui avait le visage bandé, venait d'arriver.

L'océan était agité comme lorsqu'on fouette l'eau du bain quand on est gamin.

Un bain d'enfer.

Il était temps de se mettre à l'eau.

Lascar serra fort le poing de Hiro.

— Je te prépare ton petit déjeuner, frérot ?

Hiro rit. Une dernière fois.

Un souvenir avec Lascar le traversa.

Ils étaient face à l'entrée du *fare* de Lascar et ils riaient comme des baleines.

Lascar lui expliquait l'intérêt de travailler l'apnée.

Il lui racontait comment il avait été coincé sous une série à Teahupo'o.

On parlait des séries de trois. Eh bien, à Tchopo, il avait eu droit à une série de douze.

Le cauchemar absolu.

Les deux premières étaient les plus puissantes. Les autres s'apaisaient, si on peut dire.

Il avait une chance de tous les diables.

La chance de sa vie, littéralement.

Alors depuis, il s'entraînait avec son portail.

Depuis la maison, il fallait courir à fond sans jamais reprendre sa respiration.

Et tenir l'aller-retour.

Hiro avait rigolé.

Il avait couru et touché le portail.

Quand sa main avait frôlé l'un des piliers du *fare*, il était au bord de l'asphyxie.

Depuis, il n'avait cessé de s'entraîner.

Ue s'était tourné vers Taj qui, depuis leur départ, était dans un état second.

Comme s'il venait d'un autre monde.

Mais il revenait d'un autre monde !

Un monde qu'Ue ne connaîtrait jamais.

Celui où le cœur fond comme neige au soleil.

Taj avait remarqué qu'Ue le regardait bizarrement.

Il regardait le revenant.

Taj avait essayé de se concentrer mais rien ne chassait Moea.

Il ne pouvait pas aller surfer avec Moea dans la tête.

Une bombe, ça ne se charge pas à deux.

Ue sentit la houle sous ses pieds.

— Il va falloir te greffer une troisième couille, garçon.

Taj eut un sourire lointain, faiblement éclairé par la lune.

Non, il n'avait plus besoin de troisième couille.

Et il se jeta à l'eau pour rejoindre le *line-up*.

Hiro était déjà là, serrant sa planche de salut.

Cette attente résumait le mystère du surf. Passer de la position allongée à la position debout en une fraction de seconde. Comme le petit homme de la naissance à ses premiers pas.

Sauf que la vague était toujours une renaissance.

Et que ce qui prenait des années devait devenir instantané.

L'instantané.

L'esprit d'étincelle du samouraï.

Ne pas penser la vague, être la vague.

Il fallait repousser toute idée négative et travailler la confiance en soi.

Sinon, comme disait Lascar, tu étais bon pour le syndrome de Lazare, à marcher sur l'eau au milieu de la mousse, jeté sur le *reef* tranchant.

Bon pour la pêche aux *mao'a*.

Hiro tourna le cou de droite à gauche et chercha l'équilibre entre détente et tension. La nuit perturbait ses repères.

C'étaient pourtant eux, son assurance-vie.

Dans le tumulte de la vague, impossible de savoir le plus souvent où étaient le haut et le bas, la montagne et le large.

Teahupo'o dut avoir pitié de ces tarés car ils n'eurent pas à attendre longtemps.

Ils laissèrent passer quelques vagues sales qui fermeraient trop rapidement.

Des mâchoires traîtres.

Puis arriva la série.

Sans se consulter, aucun ne prit la première.

Dans la deuxième, Hiro rama comme un fou et réussit son *take-off*.

Il jaillit sur ses pieds et, au-dessous de lui, la vague se fit montagne liquide et dessina une pente à quatre-vingt-dix degrés. Il était debout sur l'avalanche.

Le vertige de l'éphémère.

L’adrénaline de l’extrême.

Très vite, il comprit qu’elle était à la limite du *tow-in*.

Elle devait avoisiner les quatre mètres cinquante.

La vague aspira presque toute l’eau du *reef* comme un vampire assoiffé, mue par le goût proche du sang.

Ce qui dura un éclair parut l’éternité.

Elle n’en finissait pas de gonfler. Elle suçait des tonnes d’eau et Hiro sentit cette énergie démoniaque sous ses talons.

Cette furie creusait, creusait, creusait.

Il tressauta sur le monstre et géra le *take-off* rapide et engagé.

Le *barrel* était bien *fat*, bien gras, prêt à dévorer le surfeur offert en sacrifice.

Mais ce n’était plus Hiro qui surfa, ce fut son *mana*.

Il résista pour ne pas perdre de la vitesse, pompa énergiquement et se cala dans la vague.

Dans ce moment d’intimité farouche où elle et lui n’étaient plus deux.

Mais un.

Toi et moi. À la vie. À la mort.

Il avait triomphé de l’infernale verticale.

Derrière lui, l’air se comprima et il entendit le souffle du géant.

Il ne voulait pas se faire rouler dans le tapis blanc.

S’il chutait dans le creux du fer à cheval, il finirait en compost.

La nuit l’empêcha de garder le repère des cornes du rhinocéros de la montagne.

Tout en lui guetta la porte de sortie.

Ne même pas penser à penser à ne pas gicler.

Mais Hiro s'engouffra dans la porte et sortit, éjecté par l'énergie du monstre.

C'était un sans faute.

La maîtrise de toutes ses peurs.

Il n'avait fait qu'une erreur.

Il n'était pas un – mais deux.

Les jumeaux.

Hinapu'u et Maraeono.

Taj s'était élancé sur la vague presque en même temps que lui.

Dans la rage de l'action, le détail n'avait pu que lui échapper.

Les deux hommes avaient surfé Tchopo, en des trajectoires quasiment parallèles.

Taj, avec un temps de retard.

Il avait perdu de la vitesse dans le *take-off*.

Dans le fil d'acier, quelque chose s'était cassé.

L'irruption de la douceur.

La tentation de l'embrasser.

Déséquilibré, il essaya de retrouver ses appuis.

Au lieu de rester dans le tube, il partit tout droit.

Le *bowl* ouest avait déjà cassé et la lune lui permit de deviner le *reef*.

La vision la plus effrayante de la création.

Le rasoir à fleur d'eau, et le monstre à ses trousses.

Mais il ne paniqua pas.

Il releva même la tête vers la lèvre de la vague et son noir miroir.

Et s'offrit.

Kai n'avait pas peur d'être déchiqueté.

Cela faisait longtemps que sous l'enveloppe de chair, le chaos s'en donnait à cœur joie.

Il s'ouvrit à la délivrance.

RESET.

Et sous les yeux de Hiro, la lèvre de Teahupo'o l'emporta.

Encore aujourd'hui, elle seule sait ce qu'il lui dit.

La légende jure depuis, qu'il a souri.

La Vague

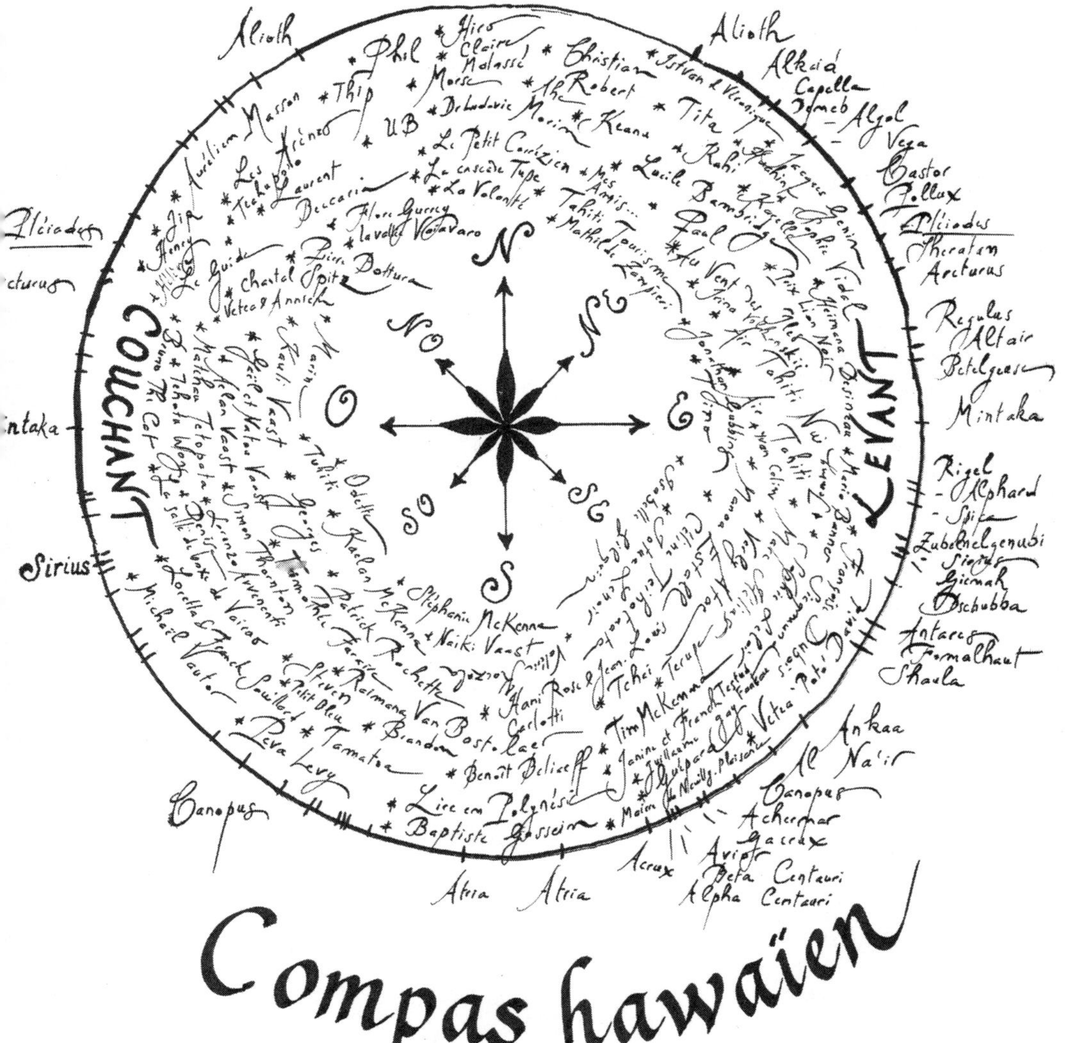

Compas hawaïen

L'EXEMPLAIRE QUE VOUS TENEZ ENTRE LES MAINS A ÉTÉ RENDU POSSIBLE
GRÂCE AU TRAVAIL DE TOUTE UNE ÉQUIPE.

COUVERTURE ET CONCEPTION GRAPHIQUE : Alain Blaise
MAQUETTE DE COUVERTURE : Camille Savage
MISE EN PAGE : Soft Office
PHOTOGRAVURE : Point 11
RÉVISION : Victor Antelme et Aurore Castaing
FABRICATION : Marie Baird-Smith, avec Bertille Comar

COMMERCIAL : Pierre Bottura
COMMUNICATION : Jérôme Lambert, avec Adèle Hybre
RELATIONS LIBRAIRES : Marie Labonne

RUE JACOB DIFFUSION : Élise Lacaze (direction), Katia Berry (Grand Sud-Est), François-Marie Bironneau (Nord et Est), et Charlotte Jeunesse (Paris et région parisienne), Christelle Guilleminot (Grand Sud-Ouest), Laure Sagot (Grand Ouest), Diane Maretheu (coordination) et Charlotte Knibiehly (ventes directes), avec Christine Lagarde (Pro Livre), Béatrice Cousin et Laurence Demurger (équipe Enseignes), Fabienne Audinet (LDS), Bernadette Gildemyn et Richard Van Overbroeck (Belgique), Nathalie Laroche et Alodie Auderset (Suisse), Kimly Ear (Grand Export)

DISTRIBUTION : Hachette

DROITS FRANCE ET JURIDIQUE : Geoffroy Fauchier-Magnan
DROITS ÉTRANGERS : Sophie Langlais
ENVOIS AUX JOURNALISTES ET LIBRAIRES : Patrick Darchy
LIBRAIRIE DU 27 RUE JACOB : Laurence Zarra
ANIMATION DU 27 RUE JACOB : Sophie Quetteville

COMPTABILITÉ ET DROITS D'AUTEUR : Christelle Lemonnier, Camille Breynaert et Christine Blaise
SERVICES GÉNÉRAUX : Isadora Monteiro Dos Reis

Achevé d'imprimer en France
par Normandie Roto Impression s.a.s. en janvier 2019.

ISSN : 2609-7966
ISBN : 978-2-7112-0047-4
N° d'impression : 1804795
Dépôt légal : février 2019